KB059086

오모리 후지노
OMORI FUJINO

일러스트 야스다 스즈히토
YASUDA SUZUHITO

김민재 옮김

15

© Suzuhito Yasuda

프롤로그 몸을 쉬는 모험자들의 노래   5

막간   성장과 지금과 호밀빵   13
1장   떠나는 날에, 시작하는 날에   27

막간   마이 홈, 마이 파밀리아   55
2장   HEY WORLD   67

막간   신데렐라는 행복의 꿈을 꾸는가   95
3장   재투성이 소녀   117

던전에서 만남을 추구하면 안 되는 걸까 15

오모리 후지노 지음 | **야스다 스즈히토** 일러스트 | **김민재** 옮김

S.NOVEL

카시마 오우카 — KASIMA OUKA

【타케미카즈치 파밀리아】소속. 단장을 맡아 동료들을 지키기 위해 솔선해 방패를 들고 전열을 맡는다. 벨프와는 견원지간.

타케미카즈치 — TAKEMIKAZUCHI

【타케미카즈치 파밀리아】의 주신. 가공할 무예를 자랑하는 무신이며, 미코토와 같은 아이들에게 다양한 「기술」을 전수했다.

나자 에리스이스 — NAZA ERSUISU

【미아흐 파밀리아】단원. 미아흐에게 접근하는 여성들에게 질투심을 품는다.

카산드라 일리온 — CASSANDRA ILION

다프네와 같은 경력을 거쳐 현재는 【미아흐 파밀리아】에 속한 모험자. 자신을 이모저모로 챙겨주는 다프네를 잘 따른다.

아냐 프로멜 — ANYA FROMEL

【풍요의 여주인】점원. 조금 바보스러운 캣 피플. 시르와 류의 동료.

루노아 파우스트 — LUNOR FAUST

【풍요의 여주인】점원. 상식적인 것 같으면서도 무서운 일면을 가진 휴먼.

미아 그랜드 — MIA GRAND

주점 『풍요의 여주인』의 점주. 드워프임에도 매우 키가 크다. 모험자가 울며 도망칠 정도로 힘이 장사.

츠바키 콜브랜드 — TSUBAKI COLLBRANDE

하드워프 스미스. 【헤파이스토스 파밀리아】소속. 전투능력도 높아 Lv.5를 자랑한다.

루안 에스펠 — RUAN ESPEL

【아폴론 파밀리아】의 옛 단원. 지금은 주점 『난장이의 은신처』에 몸을 의탁하고 있다. 파룸 특유의 콤플렉스가 있다.

에이나 튤 — EINA TULE

던전을 운영하고 관리하는 「길드」소속 접수원. 벨과 함께 모험자 장비를 구입하는 등 공사 양면에서 도와준다.

히타치 치구사 — HITACHI CHIGUSA

【타케미카즈치 파밀리아】소속. 미코토, 오우카와는 소꿉친구인 마음 착한 소녀. 원래 전투에는 적합하지 않은 성격.

미아흐 — MIACH

【미아흐 파밀리아】의 주신. 주로 포션 등의 회복계 아이템을 판매한다.

다프네 라우로스 — DAPHNE LAUROS

한때 카산드라와 함께 【아폴론 파밀리아】에 속했던 모험자. 『워 게임』을 거쳐 현재는 【미아흐 파밀리아】소속.

시르 플로버 — SYR FLOVER

주점 【풍요의 여주인】의 점원. 우연한 만남으로 벨과 친해졌다.

클로에 로로 — CHLOE LOLO

【풍요의 여주인】점원. 신들의 언동을 따라하는 캣 피플. 벨의 엉덩이를 노린다.

헤파이스토스 — HEPHAISTIOS

벨프가 속했던 【헤파이스토스 파밀리아】의 주신. 헤스티아와는 천계 시절부터 오랫동안 알고 지낸 사이.

아이샤 벨카 — AISHA BELKA

【이슈타르 파밀리아】에 속했던 아마조네스. 성격은 대담무쌍하며 색을 밝힌다. 현재는 【헤르메스 파밀리아】로 컨버전했다.

소마 — SOMA

릴리의 옛 주신. 술을 만드는 일 말고는 관심이 없는 취미인이었으나 지금은 조금씩 내면에 변화가 생긴 듯.

헤스티아
HESTIA

인간과 아인을 넘어선 초월존재인, 천계에서 내려온 신. 벨이 속한【헤스티아 파밀리아】의 주신. 벨이 너무 좋아!

벨 크라넬
BELL CRANEL

본 작품의 주인공. 할아버지의 가르침 때문에 던전에서 멋진 헤로인과 만날 날을 꿈꾸는 신출내기 모험자.【헤스티아 파밀리아】소속.

릴리루카 아데
LILIRUCA ARDE

'서포터'로 벨의 파티에 들어온 파룸(소인족) 소녀. 보기보다 힘이 장사.【헤스티아 파밀리아】소속.

아이즈 발렌슈타인
AIS WALLENSTEIN

아름다움과 강함을 겸비한 오라리오 최강의 여성모험자. 별명은【검희】. 벨에게는 동경의 존재. 현재 Lv.6.【로키 파밀리아】소속.

야마토 미코토
YAMATO MIKOTO

극동 출신 휴먼. 한번 미끼로 삼았던 벨에게 용서를 받은 데에 은혜를 느끼고 있다.【헤스티아 파밀리아】소속.

벨프 크로조
WELF CROZZO

벨의 파티에 들어온 스미스 청년. 벨의 장비《깡총이 Mk-II》의 제작자.【헤스티아 파밀리아】소속.

류 리온
RYU LION

원래는 뛰어난 모험자였다. 현재는 주점【풍요의 여주인】에서 점원으로 일한다.

산죠노 하루히메
SANJONO HARUHIME

벨과 환락가에서 마주친 극동 출신 르나르(여우 수인).【헤스티아 파밀리아】소속.

CHARACTER & STORY

미궁도시 오라리오—— 통칭『던전』이라 불리는 장대한 지하미궁을 보유한 거대도시.

모험자가 되려는 소년 벨 크라넬은 이 도시에서 여신 헤스티아와 만나【헤스티아 파밀리아】에 입단한다. 동경하는【검희】아이즈 발렌슈타인에게 인정받고자 던전 탐색에 매진하는 가운데 서포터 릴리, 스미스 벨프, 극동 출신 미코토, 르나르 하루히메도 같은【파밀리아】의 일원이 되었다.

셀 수도 없는 모험을 넘어서, 가혹하기 그지없는『원정』을 마친【헤스티아 파밀리아】는 수많은 이들의 도움을 받아 지상으로 귀환하는 데 성공했다. 따뜻한 햇빛이 벨 일행에게 찰나의 평온을 가져다주고 있었다——.

커버 그림, 본문 일러스트 | **야스다 스즈히토**

프롤로그 몸을 쉬는 모험자들의 노래

© Suzuhito Yasuda

"벨, 너……!"

"벨 님, 그 모습은……!"

그 『광경』을 보고 벨프와 릴리가 비탄에 잠겼다.

"벨 님, 아아, 그럴 수가……!"

"역시 벨 공의 왼팔은 이미……!"

하루히메와 미코토까지도 그 『모습』에 견디지 못하고 눈을 돌렸다.

동료들 앞에 말없이 서 있던 소년 벨은 무겁게 입을 열었다.

"어쩌다 보니, 이렇게 됐어……."

벨은 팔을 고정하고 있었다.

정확하게는, 금속 장갑에 싸인 왼팔을 삼각건으로 고정하고 있었다.

누가 봐도 의심할 여지 없는 고정 붕대──『깁스』였다.

맑게 갠 푸른 하늘 아래에서 소년의 허탈한 웃음소리가 새어 나왔다.

"경과만 보는 거라면서 꽤 오래 걸린다고 릴리돌이하고도 얘기하고 있었다만…… 【데아 세인트】가 많이 화냈냐?"

"응, 엄청……. 아미드 씨가 이렇게나 화를 낼 수 있었구나 싶었을 정도로 무진장……."

장소는 북서쪽 메인 스트리트, 별명은 『모험자 거리』.

넓은 대로에 세워진 순백색 석조 건물——【디안 케흐트 파밀리아】의 치료원에서 막 나온 벨을 【헤스티아 파밀리아】, 【미아흐 파밀리아】, 【타케미카즈치 파밀리아】 멤버들이 맞아주었다.

"고성능 치료 마도구로 보호했다지 않았나……?"

"그렇긴 했지만요…… 역시 여기저기 움직이다 탈이 났나 봐요……."

뭐라 형언할 수 없는 표정을 짓는 오우카에게 대답하며 벨은 멀쩡한 오른팔로 뒷머리를 긁었다.

파벌연합의 『원정』——강화종 모스 휴지와의 조우, 테이머 쥬라 할머의 악행, 그리고 『심층』에서의 결사행——으로부터 이미 2주가 흘렀다.

저거노트와 싸우며 왼팔에 중상을 입었던 벨은 치료 조치로 치료용 마도구를 장착하기는 했지만, 자꾸만 몸을 움직이게 되는 바람에 오늘 경과 관찰을 받다가 아미드에게 호되게 야단을 맞았던 것이다.

『조용한 인형 같은 미소녀』, 『항상 냉정 침착한 수재』라 불리는 【데아 세인트】의 노성은 그야말로 무시무시해서 벨의 백발이 새까맣게 그을릴 정도였다.

"그래서 팔을 함부로 움직이지 못하게, 이런 깁스를 장착한 거군요……."

릴리의 탄식이 공허하게 울려 퍼졌다.

덧붙이자면, 『깁스』라 불리기는 하지만 여기에 사용된

소재는 석고와 붕대가 아니라 딜 아다만타이트다. 몸에 부담이 적은 경량 정제금속이라지만 『절대 못 움직이게 하겠다』는 힐러 소녀의 의지가 느껴졌다.

진찰을 담당한 아미드의 분노가 여실히 드러났다.

"이번에도 말을 안 들으면, 치료원 침대에 꽁꽁 묶어놓으시겠대……."

몇 분 전의 광경을 떠올리는지 벨은 몸을 부르르 떨었다.

그래도 치료를 관두겠다고는 하지 않았다는 점에서 아미드라는 힐러의 다정함과 자긍심이 엿보이지만, 지금의 벨에게는 용의 화염 입김보다도 그녀가 더 두려웠다.

아름다운 여성, 특히 평소에는 얌전한 사람의 분노만큼 무서운 것이 없다는 사실을 깨달은 벨은 오늘도 조금 똑똑해지고 말았다.

"역시 【디안 케흐트 파밀리아】는 돌팔이……. 벨, 지금이라도 늦지 않았어. 우리한테 맡겨. 초 특별한 약이랑 초 귀중한 식사요법으로 확실하게 치료해줄게……."

"아뇨, 그 약이랑 식사가 엄청 비쌀 거 같으니까 사양할게요……."

졸린 듯한 눈으로 퐁퐁 어깨를 두드려주며 시앙스로프 나자가 말했다.

【미아흐 파밀리아】와 【디안 케흐트 파밀리아】는 사업상 라이벌 관계였으며, 또한 나자는 【헤스티아 파밀리아】와도 친한 사이지만 이번에는 고객의 치료를 아미드에게 양보

했다. 아니, 맡겼다고 하는 편이 옳을 것이다.

팔 하나를 잃은 자신에게 『의수』를 이식했을 때와 마찬가지로, 【데아 세인트】라면 벨의 팔을 치료해주리라 믿고.

주신 미아흐는 그렇다 쳐도 나자 자신은 그 사실을 절대 인정하지 않겠지만.

이렇게 트집을 잡는 것도 어디까지나 농담의 범주일 것이다.

"아쉽네……. 우리 【파밀리아】에 다녔으면, 계속 얘기 나누고 싶어 하던 카산드라의 욕구불만도, 해소할 수 있었을 텐데……."

"흐엑?!"

나자가 느물느물 수상한 웃음을 짓자 곁에 있던 카산드라가 괴상한 비명을 질렀다.

그녀의 얼굴은 과일처럼 새빨개졌다.

"카산드라 씨가 욕구불만……? 의논 상대가 되어드리란 뜻인가요?"

"아, 아니에요! 제가 만나러 갈까 말까 고민했을 뿐이고, 하지만 벨 씨는 부상을 입었으니까 찾아가도 폐가 되지 않을까 해서! 어, 그러니까, 어─…… 아, 아무튼 아무것도 아니에요!! 그치? 그치? 맞지, 다프네?!"

"왜 나한테 묻는데……."

벨은 의아해하고, 카산드라는 금세 침착성을 잃었다.

바로 옆에 선 다프네에게 진저리난다는 시선을 받으며

누가 봐도 수상쩍은 태도를 보였다.

"아, 하지만……『원정』이 끝나면 얘기 많이 나누자고 약속했으니까요. 그럼 다음에 제가 가게에 들를게요."

"아, 기억하고 있어…… 우~~~~~! 다프네에~~~~~
~~~~~~~~~!"

"그러니까 왜 나한테 달라붙는데?!"

웃음을 짓는 벨에게 감격한 것처럼 뺨을 붉게 물들이면서 역시 갈팡질팡.

자신의 등 뒤로 후다닥 숨으려 하는 절친 소녀에게 다프네는 결국 목소리를 높였다.

사태를 이해하지 못한 벨이 애매하게 곤혹스러워하고 있으려니, 문득 벨프가 물었다.

"그러고 보니 벨, 그 주점 엘프는 어떻게 됐냐? 여기에는 안 왔어?"

"류 씨 말야? 미아 씨네 가게가 바쁘니까 못 오시는 것 같던데……."

그리고 벨은 애매한 말을 덧붙였다.

"그것 말고도, 뭐랄까, 나랑 만나려고 하질 않아서……. 어딘가 피하는 것 같기도 하고……."

지금 【디안 케흐트 파밀리아】의 치료원 앞에 모인 멤버는『파벌연합』에 참가했던 각 파벌 사람들뿐이다. 일심동체로『원정』을 넘어섰던 동료이자, 가장 중상을 입었던 벨의 치료 경과를 보러 와준 것이다.

이 자리에 없는 사람은 『주신님에게 호출받았다』고 투덜거리던 아이샤를 제외하면 류뿐.

결벽한 엘프인 점으로 짐작건대 모르는 사이에 실례되는 짓을 한 것이 아닐까, 벨이 불안해하며 고민하는 동안, 릴리만은 무언가 눈치를 챈 표정이었다. 다만 표정과는 달리 말은 한마디도 하지 않았다. 어떻게 말할 수 있겠는가. "카산드라 님에 이어 류 님까지……? 아니아니 그럴 리가 없죠. 그래서는 안 돼요……" 하며 곁에서 중얼거릴 뿐이었다. 그런 모습을 보며 하루히메가 고개를 갸웃하고 있었다.

"저, 그런데…… 벨 씨, 팔이 이런 상태라면, 던전 탐색은…….'

아직도 뺨에서 발그레한 기운이 가시지 않은 카산드라가 진저리를 치는 다프네의 어깨 뒤에서 쭈뼛쭈뼛 눈만 내밀고 물었다.

벨은 웃으며 고개를 끄덕였다.

"네. 『원정』도 끝났으니…… 한동안은 푹 쉴까 해요."

머리 위를 올려다보면 투명하리만치 푸른 하늘이 펼쳐져 있다.

가혹한 시련을 넘어선 모험자들에게 찰나의 휴식을 주듯, 하늘은 구름 한 점 없이 화창했다.

"날개를 쉬는 것도 모험자의 일이라고, 주신님이 그러셨으니까요."

막간 성장과 지금과 흐름이

벨 크라넬

Lv.4

힘: I0→C676 내구: I0→B701 기교: I0→B724 민첩:
I0→B718 마력: I0→C655

행운: G→F 내성: H→G 도주: I

《마법》

【파이어볼트】

ㅇ속공마법.

《스킬》

【리아리스 프레제】

ㅇ조숙한다.

ㅇ마음이 이어지는 한 효과 지속.

ㅇ강도에 따라 효과 향상.

【영웅선망 아르고노트】

ㅇ액티브 액션에 대한 차지 실행권.

【옥스 슬레이어】

ㅇ맹우 계열과 전투 시 모든 능력 초고보정.

"벨, 넌 대체 뭘 했던 게냐?"

【스테이터스】갱신을 마친 헤스티아의 첫 마디였다.

소년의 등을 바라보며, 엄청나게 진지한 표정으로.

하지만 목소리는 매우 딱딱했다. 전혀 억양이 없었다.

깁스를 했으므로 침대가 아니라 의자에서 갱신 작업을 받았던 벨은 바늘방석에 앉은 것처럼 몸을 꼼지락거렸다.

【헤스티아 파밀리아】의 홈, 『화덕관』 1층의 빈방.

헤스티아와 벨은 『원정』에서 생환한 후로도 좀처럼 시간을 내지 못해 미루고 미루었던 【스테이터스】갱신을 했다. 정확하게는, 하고 있었다.

옷을 벗어야만 하기 때문에 방에는 두 사람만 있는 가운데, 헤스티아는 작업을 하던 두 손을 무릎 위에 놓았다.

어쩐지 이마를 닦으며 산뜻한 웃음을 짓고 있었다.

단순한 현실도피지만.

——어빌리티 숙련도 합계 3400 이상.

틀림없이 소년의 최고기록이었다. 아니, 어쩌면 이것도 세계기록일까?

그야 다른 신의 권속도 마음만 먹으면—— 갱신을 전혀하지 않은 채로 【엑세리아】를 쌓고 또 쌓아 【스테이터스】를 해방하면 못할 것도 없으므로 찾아보면 사례가 있을지 모르지만…… 이제는 비교하는 것조차 무의미했다. 단 한 차례의 『모험』에서 이렇게나 숙련도가 올랐답니다~ 해봤자 자랑거리도 되지 않는다.

그것은 다시 말해 권속이 말머리에 『초』자가 붙는 『아수라장』을 몇 번이고 넘어섰다는 것을 뜻하며, 잘못하면 이곳에 없었을 수도 있다는 사실의 반증이었으므로.

"어……."

갱신용지를 받아든 벨도 벨대로 매우 민망한 표정이었다.

가공할 수치의 성장을 기뻐하지도 못하고 한 손으로 손가락을 꼽아가며 말했다.

"……여덟 번 정도, 죽을 뻔했어요."

응, 뭐. 알고 있다만.

강화종『모스 휴지』인지 하는 몬스터의 이야기만으로도 위험했겠다는 생각이 들건만, 심층종『램톤』이니『저거노트』니 영문 모를 상대와 싸우고, 심지어『심층』에까지 끌려가 사선을 헤매고 또 헤맸다는『원정』의 전말은 똑똑히 들었다. 보고를 들은 직후 현기증이 나서 졸도할 뻔했으니까. 아니, 실제로 쓰러졌다만.

그 이야기가 지금, 새삼스레【스테이터스】라는 수치로 눈앞에 드러나는 바람에 헤스티아는 자신도 모르게 머리를 손으로 짚고 말았다.

"……벨. 서포터 군이랑 다른 아이들의 갱신은 다음에 하자고 전해주겠느냐? 미안하지만 어쩐지, 엄청나게 피곤해졌어……."

"아, 네…… 죄, 죄송합니다……."

아주아주 지친 목소리로 중지를 요구해 벨은 매우 송구스럽다는 표정을 지었다.

분명 『길드』의 어드바이저 군도 이 이야기를 들으면 테이블에 엎어져 버리겠지~ 어째 엄청나게 친근감이 드는걸~ 다음에 벨에 대한 체크도 겸해 둘이 한잔하러 가볼까~.

헤스티아는 먼 곳을 바라보는 표정으로 잠시 현실도피를 했다.

까놓고 말해 어쩐지 【랭크 업】까지도 가능할 것 같았지만 언급하지 않았다.

그치만 어디까지나 그런 생각이 들었을 뿐인걸?

착각일 수도 있고?

이제 막 Lv.4가 되었는데, 신회에서 발표한 것도 얼마 지나지 않은 이 타이밍에 【랭크 업】했다고 말했다간 신들이 침을 줄줄 흘리며 경천동지, 눈알을 뱅글뱅글 돌리며 광희난무할 거라고는 조금도 생각하지 않거든? 진짜거든? 진짜로 진짜라고오!

헤스티아는 마음속에서 솟아나는 자신의 목소리와 영문 모를 씨름을 벌이며, 그야말로 길고도 긴 한숨을 토해냈다.

"……정말로 성장했구나, 벨."

그리고.

자신감을 가지고, 누구보다도 감개무량하게 말했다.

"처음 만났을 때부터, 정말로."

눈을 깜빡이는 소년에게—— 자신의 첫 『권속』에게 웃음을 지으며.

"그럼 다녀오겠습니다."

주신님과의【스테이터스】갱신을 마친 나는 홈을 나왔다.

오늘은 내키는 대로, 목적지도 정하지 않고 산책을 할 생각이다.

휴식의 측면은 물론 있지만, 가장 중요한 것은 『심층』을 오랫동안 헤맸던 반동 때문이다.

애타게 그리워했던 지상의 빛을 한껏 받고 싶다고 몸이 주장하는 것 같았다.

고정된 왼팔을 생각하면 너무 오래 돌아다니는 것도 좋지 않겠지만, 뭐, 쉬엄쉬엄 걷는 정도는 괜찮겠지.

기왕 얻은 휴식이니 느긋하게 시내를 둘러볼 생각이었다.

"이렇게 벨하고 둘이 걷는 것도 오랜만인걸."

"그러게. 요즘은 벨프하고 단둘이 뭔가 한 적은 없었던 것 같아."

보호자라고 하기는 뭣하지만, 깁스를 찬 나와 함께 가겠다고 자청한 사람은 벨프였다.

나나 미코토 씨의 무기 정비가 막 끝났다고 해서 따라와 준 것이다. 사실은 릴리도 오고 싶어 했지만…… 지금은 기한이 임박한 『원정』 보고를 하기 위해 『길드』에 갔다.

우리는 『이상사태』가 속출해 『하층』 정도가 아니라 『심층』까지 가버렸지만, 릴리는 한사코 길드에 사실을 보고해

선 안 된다고 주장했던 것이다.

그녀의 말에 따르면,

"『심층』까지 갔다는 사실이 알려지면, 만에 하나이기는 하지만【파밀리아】의 랭크가 올라가 버릴 가능성이 있어요. 그렇게 되면 어떻게 될까요, 맞아요길드에바쳐야하는 세금이올라가겠죠용납할수없어요. 그랬다가길드가『그럼 다음목표는38계층이다~』하고지껄이면어떡하시겠어요? 앞으로원정미션에서가장쉬운『도달계층늘리기』라는달성조건도어려워지겠죠! 벨프님흉내는아니지만『장난하냐아아 아!!』하고고함을질러버릴거예요릴리는. 아이샤님이나류님 이없으면『심층』은고사하고『하층』도위험한데무리무리무리 절대무리예요! 성가신퀘스트나미션을떠넘길가능성도없진 않으니까도달계층을대폭갱신했다는소리는비밀로해두는 게당연히좋아요틀림없이의심할나위없이진리와도같이! ……게다가, 강행군에 또 강행군을 하는 바람에 이번 『원 정』은 완전히 적자였다고요."

……라고, 숨도 쉬지 않고 주워섬겨댄 참모의 말에 주신 님을 포함해 이의를 제기하는 사람은 아무도 없었다.

참고로 『완전한 적자』를 말할 때 릴리는 눈가에 제37계층보 다도 어두운 어둠을 드리웠다. 나와 하루히메 씨는 겁을 집어 먹고, 벨프와 미코토 씨는 입을 다물 수밖에 없었다……

솔직히 우라노스 님이나 펠즈 씨는 사정을 알 테니 그렇 게 과민하게 굴지 않아도 될 것 같지만……

아무튼 릴리는 길드로부터『원정』실패의 페널티를 받아, 【헤스티아 파밀리아】를 아직까지는 큰 실적이 없는 중견 파벌로 남겨두고 싶은 모양이었다.

　실제로 강화종『모스 휴지』와 맞닥뜨린 후로는 목표인『드롭 아이템』을 모을 틈도 없었으니 이번 미션은 실패한 셈이다. 적지 않은 상납금이 담긴 자루를 안고 끙끙 앓는 소리를 내며 길드 본부로 떠나던 릴리의 뒷모습이 지금도 인상에 남아 있다. 덧붙이자면 후학을 위해서라며 하루히메 씨도 억지로 끌고 갔다.

　홈을 지키는 역할은 미코토 씨, 그리고 분위기를 살피러 와주었던 오우카 씨 등등 【타케미카즈치 파밀리아】분들이 맡아주었다. 주신님은 알바를 하러 가실 때가 됐다.

　"야, 벨. 너 홈에 돌아온 후로, 가끔 밤에 자다가 느닷없이 벌떡 일어나고 그랬지?"

　"……알고 있었어?"

　"그래. 나랑 네 방은 바로 옆이잖냐. 역시『심층』에 오래 있었던 탓이야?"

　"응…… 거기서는 5분 이상 쉴 수가 없었던 데다, 언제 몬스터한테 습격을 당할지 모르는 상태였으니까. 지상에 돌아온 후로도 몸이 민감해졌던 것 같아…….."

　벨프와 이야기를 나누며 나란히 거리를 걸었다.

　느닷없이『심층』에 떨어지는 바람에 트라우마가 생겼나 걱정이 드는지, 벨프는 안쓰러운 눈으로 나를 보았다.

"힘들겠다. 그럼 제대로 잠도 못 자겠네."

"괘, 괜찮아, 걱정하지 마! 게다가 하루히메 씨도 눈치챘는지, 내가 일어난 걸 알고 방에 왔던걸!"

"──응?"

"수인이라서 그렇기도 하겠지만, 그 뭐랄까, 유곽에서『일』하다 보면 손님이 자다 몸을 뒤척일 때도 있고, 상대가 자는지 깼는지 신경을 써야 한다고 배웠다면서……!"

"──으응?"

"내가 잠들 때까지 손을 잡아주기도 하고, 같이 영웅담 책을 읽어주기도 하고……! 누나가 있다면 이런 느낌 아닐까 하고 기뻐져서……가 아니고! 아, 아무튼 괜찮으니까 걱정하지 마!"

"…………너, 헤스티아 님이랑 릴리돌이한테는 그 얘기 절대 하지 마라."

걱정을 끼치지 않으려고, 낯을 붉히면서도 하루히메 씨와 밤에 있었던 일을 필사적으로 보고하자 벨프는 뭐라 형언할 수 없는 얼굴을 했다. 어라라, 왜 그런 표정이야?

──오랫동안 싸우기만 했으니 날카로워진 신경을 천천히 풀어주려 했던 것 아닐까, 나는 그렇게 받아들였다.

이것은 개인적인 생각일 뿐이지만, 제1급 모험자인 아이즈 씨 같은 사람을 필두로『원정』에 갔다가 돌아온 사람들도『지상의 아무것도 아닌 시간』에 몸을 맡기고 그러지 않을까. 나처럼 산책을 하거나, 하늘을 멀거니 올려다보거나, 인파에 부대끼거나.

자신을 되찾기 위한 『의식』이라고 하면 좋으려나…… 뭐라고 할지, 던전에 오랫동안 눌러앉으면 지상의 공기에 당황하거나, 느긋한 시간의 흐름에 갈팡질팡하거나, 아무튼 『엇나간』 감각이 생기는 것 같다.

자다가도 작은 소리 하나에 과민하게 반응해 벌떡 일어나는 것이 가장 좋은 예일 것이다.

어떤 의미에서는 이것도 『던전병』이 아닐까.

『평화로운』 시간에 적응해 마음과 몸을 풀어주지 않으면 쉬어도 쉴 수가 없다.

그러니 역시 모험자에게는 이런 시간도 필요한 것이다.

"저건 【리틀 루키】…… 아니, 【래빗 풋】?"

"【이그니스】도 있잖아."

"여, 꼬마! 오늘은 던전 안 가냐!"

"싱싱한 과일이 들어왔는데, 괜찮으면 하나 가져가렴."

"하얀 머리 형! 팔은 왜 그래?"

"던전에서 다쳤어?"

"아프겠다~!"

벨프와 함께 거리를 걷고 있으려니 여기저기서 주목을 받았다.

멀리 에워싸고 바라보는 동종업자 휴먼들도 있고, 청과점 앞에서 말을 걸어주는 드워프 아저씨, 수인 아주머니, 천진난만하게 말을 거는 하프 아이들도 있다.

Lv.4…… 제2급 모험자가 된 증거일까. 친근감을 가지기 쉬운 헤스티아 님의 권속이라는 점도 분명 크겠지만, 평소에도 인사를 나누는 이웃 외에도 모르는 사람에게서 "힘내!"하고 응원을 받곤 했다.

엇갈려 지나가는 남신님들에게서는 "그때 내 【파밀리아】에 가입시켰으면~." "벨꿍 하악하악." "큭, 과거여 돌아와라!" 등등, 무슨 표정을 지어야 좋을지 반응이 애매한 소리도 듣곤 했다.

"은근히 유명인…… 아니, 어엿한 인기인이 됐구나. 기분 어떠냐?"

"그, 그건 기쁘지만…… 역시 당황스러워……."

놀리는 벨프의 말에 멋쩍어하며 나는 솔직하게 대답했다.

비네가 왔을 때…… 다시 말해 『제노스』사건 직후, 한때는 실의와 악의의 대상이 된 적도 있다.

이렇게 시민들의 웃음을 받으면 많은 일을 넘어섰다는 기분이 강하게 든다.

그렇다.

정말로, 오늘까지 많은 일이 있었다.

"어……."

그렇게 어울리지도 않는 감회에 젖고 있을 때.

앞쪽에서 누군가의 놀란 목소리가 들렸다.

눈을 돌려보고 나도 걸음을 멈춰버렸다.

아연실색하며 서 있던 것은, 약간 남루한 옷을 입은 중년의 휴먼 남성이었다.

나이는 나보다도 스무 살쯤 많다. 까만 앞머리는 눈가를 살짝 덮는 정도.

마주 본 채 굳어버린 우리를 보고 벨프가 의아한 표정을 지었다. 갑작스러운 일에 머릿속이 새하얗게 물들어 나는 설명도 할 수 없었다.

길모퉁이에서 맞닥뜨려버린 그 남자는, 매우 민망한 표정을 짓더니 발을 돌려 빠르게 가버렸다.

"저, 저기요!"

그런 그의 뒷모습에.

나는 얼른 외쳤다.

"호밀빵, 잘 먹었어요!"

크게 목소리를 높이고 힘차게 고개를 숙였다.

금세 상대의 놀란 기척이 전해졌다.

고개를 들자, 휴먼 남성은 눈을 크게 뜨며 이쪽을 빤히 바라보고 있었다.

몸을 일으킨 나와 시선을 마주하기를 한동안.

그는 몸에서 힘이 빠져나간 것처럼 웃음을 지었다.

"넌…… 정말로 상급 모험자가 돼버렸구나. 전혀 달라지지 않고."

"……."

"나도 사람 보는 눈이 없지."

코 밑을 손가락으로 문지른 그는 무언가를 떠올리듯 눈

을 가늘게 떴다.

"그 뭐냐…… 나 같은 놈이 이런 소릴 해봤자 쓸데없는 참견일지도 모르겠지만……."

그리고 머리를 긁더니 시선을 지면에 이리저리 돌리고, 말하기 힘든 것처럼 우물거리다가…… 그래도 말해주었다.

"……힘내라, 꼬마."

"──네!"

즉시 대답한 나는 활짝 웃고 있었다.

기뻤다.

스스로도 이유를 알 수 없을 정도로, 이곳까지 오면서 많은 사람에게 응원의 말을 들었는데도, 시선 너머에 있는 그 사람에게 응원을 받은 것이── 참을 수 없이 기뻤던 것이다.

내 웃음에, 그는 역시 멋쩍어하면서 이번에야말로 내 앞에서 떠나갔다.

"벨, 아는 사람이야?"

잠자코 지켜보던 벨프가 입을 열었다.

처음 보는 사람에게 고개를 갸웃거리는 【파밀리아】 동료에게 대답했다.

"응…… 오래전에, 신세 졌던 분이야."

그렇다.

릴리나 벨프, 심지어 주신님과도 만나기 전.

이곳 오라리오에 막 도착해 아무것도 몰랐던 그 무렵.

나는 기대와 불안의 틈바구니에서 흔들리고 있었다.

그때 나는 지금 이런 나를 상상할 수 있었을까?

수많은 『만남』을 겪고, 수많은 『모험』을 넘어, 가족——【파밀리아】에 에워싸인 지금의 나 자신을.

……분명 못하겠지.

수많은 사람이 그렇듯, 과거의 자신이 자신의 미래를 내다볼 수는 없다.

내다보지 못하기에 현재를, 과거가 될 시간을 열심히 나아가는 것이다.

머리 위를 올려다보았다.

아름다운 창공이 펼쳐져 있다.

이 오라리오의 하늘도, 변함이 없는 듯 변해간다.

아무것도 몰랐던 그 시절, 봄철 하늘은 지금보다 따뜻했다.

지금은 이미 가을로 접어들어 시원한 바람이 머리를 간질인다.

하늘이 내 기억을 이끌어주어.

나는 『시작의 날』의 추억을 떠올리고 있었다.

1장 떠나는 날에, 시작하는 날에

© Suzuhito Yasuda

『오라리오에는 뭐든지 있지.』

어린 나에게, 그 사람은 그렇게 말했다.

『예쁘고 귀여운 여자아이들은 물론이고, 네가 좋아하는 엘프, 봉긋 잘록 봉긋한 여신…… 운명의 만남도 있다마다. 가고 싶으면 가라.』

영웅담을 한 손에 들고, 강한 동경을 품던 그 시절.

『잘만 활약하면 부도 명성도 손에 넣을 수 있을 게야. 하지만 길을 잘못 들면 가차 없이 시대의 소용돌이에 말려들지. 거긴 그런 곳이야.』

어린 나를 내려다보며, 웃지도 않고 화내지도 않고, 그저 담담하게.

『그러니까…… 영웅도 될 수 있다마다. 각오가 됐다면, 가거라.』

할아버지는 분명 그렇게 말했다.

『남에게 뜻을 맡겨선 안 돼. 정령이 됐든 신이 됐든 마찬가지야. 하물며 나는 아무 말도 하지 않을 게다.』

그 사람의 말을 기억한다.

『누가 시켜서가 아니라, 스스로 결정해.』

그 사람의 눈빛을 기억한다.

『이건 너만의 이야기야.』

그 사람이 지은 웃음을, 결코 잊을 수 없다.

이제는 이 세상에 없는 그 사람의 수많은 말을, 소중한 추억을.

나는 앞으로도 분명, 어쩌다 문득 떠올리곤 할 것이다.

❧

"이봐, 꼬마야. 보이기 시작한다."

덜컹덜컹.

수레바퀴 소리와 진동에 흔들리며, 꿈에서 깨어나 눈을 떴다.

무릎을 안은 채 잠들어버렸던 나는 마부 아저씨의 목소리에 벌떡 일어나, 밀 이삭이 잔뜩 쌓인 짐마차에서 황급히 고개를 내밀었다.

"······!"

정돈된 가도를 달리는 마차 너머, 야트막한 언덕 저편에서 보이는 광경.

커다란 벽에 에워싸인 거대한 도시와, 창궁을 향해 우뚝 솟은 백대리석 거탑.

시선 너머의 장대한 광경에 나는 바보처럼 입을 벌리고 넋을 놓았다.

"굉장하다······!"

"하하하, 오라리오를 처음 보는 사람은 다 그렇게 말하지."

말을 몰던 휴먼 행상 아저씨는 감동하며 몸을 떠는 내가 우습다는 듯 껄껄 웃었다.

이곳까지 오는 동안 고개를 들어보면 늘 보이기는 했지

만, 뚜렷이 보이는 거탑의 모습은 압권 한 마디밖에는 나오지 않았다. 태어나 자란 마을을 떠나 처음 보는 광경에 —— 거대한 도시의 전모에, 언어는 어디론가 날아가 버리고 말았다.

미궁도시 오라리오.

부와 명성, 운명의 만남도 있는『세계의 중심』.

수많은 영웅담에 등장하는 모험의 무대에, 나는 소름이 돋을 정도로 마음이 떨렸다.

"고맙습니다, 아저씨! 여기서 내려주세요!"

하나뿐인 가족인 할아버지를 잃고 1년 남짓한 지금, 일대 결심을 하고 고향 마을을 뛰쳐나온 것이 바로 며칠 전.

이곳까지 태워준 마음 착한 행상 아저씨에게 인사를 하고 나는 마차에서 뛰어내렸다.

나는 얼마 안 되는 짐을 고쳐 들며, 거대 도시로 이어지는 가도를 따라 달려갔다.

"아, 꼬마야! 아직 도착하려면 멀었어!"

"괜찮아요, 뛰어갈게요!"

돌아보고 손을 흔들며 웃음을 지었다.

치미는 흥분에 떠밀리듯, 나는 미궁도시를 향해 언덕을 뛰어 내려갔다.

거대한 석벽에 도착한 것은 시간이 꽤 지난 후였다.

땀을 흘려 비실거리면서도 발을 멈추지 않고 여기까지 뛰어온 나는 멀리서 봐도 거대했던 석벽 앞에서 몇 번째인지 모를 감탄성을 냈다.

올려다보면 고개가 아플 정도로 높은 거벽의 박력은 엄청나다. 세계에 하나밖에 없다는 미궁의 방파제로서 『고대』 시절부터 유유히 존재했던 장벽은 어딘가 냉담하고도 살벌하다.

뻣뻣하게 서 있던 나는 정신을 차리고 서둘러 도시에 들어가려 했다.

문 앞에 줄줄~이 늘어선 상인의 마차와 여행자들의 장사진 뒤에 서서 차례를 기다렸다.

"다음 사람!"

검과 방어구를 착용한 사람을 대열 속에서 발견하면 눈길을 빼앗겨 안절부절못하게 되는 가운데, 마침내 내 차례가 왔다. 긴장한 나는 뻣뻣하게 걸어 두 명의 문지기 앞으로 갔다.

"통행허가증은 있나?"

"어…… 뭐, 뭔가 필요한가요?"

까만 제복을 입은 수인 남성──분명 소문으로만 들었던 길드 직원일 것이다──이 서류 제시를 요구해 당황하고 있으려니, 그는 금세 웃음을 지었다.

"보아하니 여행자는 아닌 것 같고…… 너도 모험자가 되려고 왔지?"

"아, 네!"

"그럼 괜찮아. 너 같은 모험자 지망자는 수백 수천 명씩

오곤 하니까."

단속해봤자 끝도 없다면서, 길드 직원은 내게 뒤로 돌아
서도록 지시했다.

고분고분 따르자 허리에 찬 램프 같은 도구를 등에 가져
다 댄다.

"그, 그건 뭐 하시는 거예요?"

"『팔나』가 있는지 확인하는 거야. 다른 나라나 다른 도시
에 속한 첩자를 막기 위한 검문이지."

그는 신의 피 『이코르』에 반응하는 마도구라고 설명해주
었지만, 시골뜨기인 나는 무슨 말인지 알아들을 수 없었
다. 눈을 이리저리 돌리고 있으려니 또 다른 문지기, 허리
에 검을 찬 남자가 팔짱을 끼며 말했다.

"또 귀엽게 생긴 녀석이 왔구만."

한 눈에도 알 수 있었다── 모험자다.

풀어 입은 옷의 어깨 부분에는 문장, 아니, 코끼리 머리
를 본뜬 【파밀리아】의 엠블럼이 달렸다.

갈색 피부에 수염이 덥수룩한 그 모험자에게는 분명 뭐
랄까, 나 같은 녀석도 알아볼 수 있을 만한 존재감 같은 것
이 있었다.

모험자…… 내가 되려 하는 직업을 가진 사람, 아니, 대
선배에게 긴장감과도 같은 감정을 느꼈다.

"오라리오에는 왜 왔냐? 일자리 얻으러 왔다는 시시한
이유는 아닐 테고. 돈? 명성? 아니면…… 여자?"

"어, 그……?! 더, 던전에서 만남을 추구하러……."

동경하는 존재이기도 한 모험자가 싹싹하게 말을 걸어주어 당황한 나는 나도 모르게 본심을 불쑥 말해버렸다.

"——크하하하하하하하하하하하하하!! 그건 또 뭔 소리야? 이런 소리 하는 놈은 처음 봤네! 재미있는 꼬마구나, 너!"

휴먼 모험자는 눈을 동그랗게 뜨고는 큰 웃음소리를 터뜨려 주위의 주목을 끌었다. 섣부른 발언으로 무덤을 파버린 나는 얼굴을 새빨갛게 물들이고 말았다.

"하샤나, 근무 중이야."

"너무 그러지 마. 너희 길드가 지나치게 심각한 거지."

길드 직원이 주의를 주자 모험자는 웃음을 머금은 채 어깨를 으쓱했다.

보아하니 길드 직원과 모험자가 함께 도시의 문을 지키는 모양이다. 시야 가장자리, 문 옆에 있는 대기소에는 검은 제복을 입은 사람과 무장을 갖춘 사람 두 종류가 보여, 나는 대충 그렇게 이해했다.

이윽고 검문이 끝났는지 길드 직원은 이상 없다며 마도구를 치웠다.

"모험자 등록을 하려면 일단 길드 본부로 가도록 해. 모험자에 대한 설명도 거기서 해줄 거야."

"고, 고맙습니다!"

"다만 등록 조건은 『팔나』를 가진 자…… 신의 【파밀리아】에 입단하는 게 최소조건이야."

이런 설명은 익숙한지, 길드 직원은 모험자가 되기 위한 절차를 가르쳐주었다.

【파밀리아】

초월존재 데우스데아, 다시 말해 신들이 결성한 조직.

우리 같은 하계 사람은 신들과 계약해 『팔나』를 얻고 권속이 될 수 있다.

그리고 권속, 【파밀리아】란…… 생사고락을 함께 하는 가족.

할아버지와의 기억과 어렴풋한 지식을 떠올린 나는 나도 모르게 가슴이 두근거리는 것을 느꼈다.

"뭔가 알고 싶은 거 있냐? 지금이라면 뭐든 대답해주마."

아까 내 발언이 어지간히 마음에 들었는지 휴먼 모험자가 기분 좋게 웃음을 지었다.

나는 조금 망설인 후, 눈높이가 높은 상대의 얼굴을 올려다보며 물었다.

"모험자에게 가장 중요한 건 뭔가요?"

적당한 키에 다부진 체구의 모험자는 망설임 없이 대답했다.

"좋은 신과 만날 수 있느냐지."

척 팔짱을 끼며 확신한 웃음과 함께 고개를 끄덕인다.

"이것만은 길드도 챙겨줄 수가 없어. 좋은 신을 찾아내는 건 모험자의, 아니, 그 녀석의 실력에 달렸고…… 그 외에도, 그래, 『운』이 필요해."

"운……."

"그래. 모험자에게 가장 필요한 힘이기도 하고."

그는 마지막으로 "힘내라, 신입"이라고 말하며 내 어깨를 두드려주었다.

"네!"

그의 웃음에 나도 모르게 기뻐져 크게 대답하고, 활짝 열린 문으로 나아갔다.

흥분과 긴장, 그리고 기대를 품으며 문을 지나자── 단숨에 시야가 탁 트였다.

"우와아……!"

눈앞에 펼쳐진 것은 벽 밖에서는 상상도 할 수 없을 정도로 아름다운 시가였다.

현재의 위치인 문 앞 광장 시작해 똑바로 뻗어 나가는 커다란 대로, 질서정연하게 깔린 포석 위를 오가는 마차, 좌우로 늘어선 온갖 상점. 시야 저 멀리 장엄한 백색 거탑을 중심으로 번영한 오라리오의 시가는 시골 농촌에서 볼 수 없을 만큼 화려하면서도 북적거렸다.

한눈에 시골뜨기임을 알아볼 수 있는 모습으로, 뺨을 흥분에 물들인 채 걸어 나갔다.

옆을 돌아보는 얼굴의 움직임도, 감탄성도 그칠 줄 몰랐다.

길을 오가는 수많은 데미휴먼── 그리고 검으며 갑옷으로 무장한 모험자들!

검을 찬 아름다운 엘프에게 넋을 잃고, 거대 도끼를 짊어진 드워프 전사에게 눈을 빛낸다. 뾰족 모자를 쓰고 지팡이를 든 파름 마법사는 앳된 용모와 맞물려 귀여웠다.

내가 자라난 마을에는 휴먼과 얼마 안 되는 수인만이 있었으므로, 이렇게 다양한 종족으로 이루어진 인파만 해도 감동이 느껴졌다. 사람의 물결에서 솟아나는 소음조차 묘하게 마음이 푸근했다.

『이국의 정취』라는 단어가 절로 떠오른다.

처음 보는 미궁도시.

보이는 것 들리는 것이 모두 신선해, 이렇게나 마음이 들뜨는 때가 있다는 사실을 나는 처음으로 깨달았다.

"……? 뭐지?"

그리고 도시문── 북쪽에 위치한 문을 지나 정처 없이 대로를 남하하고 있으려니, 엄청나게 많은 사람이 모여 있었다.

나는 그곳으로 다가가 물어보았다.

"저기요! 왜 이렇게 사람이 모여 있나요?!"

"【로키 파밀리아】야, 【로키 파밀리아】!! 『원정』에서 돌아왔어!"

【로키 파밀리아】……『원정』……?

뭔지 잘 모르겠다는 내 얼굴을 보고, 대답해준 휴먼 청년이 의아하다는 표정을 지었다.

"너 오라리오 처음이야? 【로키 파밀리아】를 모르다니,

얼마나 시골에서 온 거야?"

청년은 어이없어하며 설명해주었다.

【로키 파밀리아】는 이곳 오라리오에서 1, 2위를 다투는 모험자 집단.『제1급 모험자』라 불리며 오라리오, 아니, 세계에서도 손꼽히는 권속들을 보유한 초 실력파 파티라고.

도시 최대 파벌.

그 말을 듣고 나는 황급히 인파 너머를 보려 했다.

모여든 사람의 무리는 대로를 나아가는 모험자들에게서 거리를 둔 채 길을 열어주며, 마치 두려워하듯 다가가려 하지 않았다. 나는 간신히 틈새로 고개를 내밀며 모험자 파티를 볼 수 있었다. 온통 흠집이 난 갑옷을 입은 휴먼과 데미휴먼들이 언뜻언뜻 눈에 들어왔다.

드워프 대전사와 엘프 마도사. 아니, 어쩌면 왕족인 하이엘프일까? 큰 짐을 짊어졌으며, 본 적도 없는 무기니 지팡이, 거대한 방패가 햇살을 받아 찬란하게 빛난다. 마치, 그렇다, 마치 전장에서 개선하는 영웅들 같았다.

역전의 모험자라 불릴 만한 풍격이 있었다.

오라리오에 막 도착한 나는 벌써부터 영웅담의 일막 같은 광경과 맞닥뜨리고 말았던 것이다.

술렁이는 관중과 함께, 이곳에서도 바보처럼 넋을 잃고 말았다.

"야, 저기 좀 봐!"

"금발 금안……!"

"【검희】다!!"

이윽고 멀리서 구경하던 사람들만이 아니라 다른 모험자들까지도 술렁거리던 목소리를 높였다.

'【검희】……?'

흥분한 그들 틈에서 내가 그 모습을 볼 수 있었던 것은 한순간이었다.

금색 장발에 은색 방어구. 칼집에 담긴 한 자루의 검.

너무 짧은 순간이라 얼굴을 제대로 보지는 못한 채 정면을 지나쳐간 모험자…… 나와 키가 거의 비슷한 소녀는 사금 같은 광채를 띤 머리카락을 찰랑이며 멀어져갔다.

저렇게 가녀린 여자아이도 제1급 모험자일까?

금속으로 만든 대형 상자를 수송하는 무리가 대로를 꺾어 옆길로 사라져가는 가운데, 역전의 모험자들 속에서 반짝이는 선명한 금발을 계속 눈으로 따라가고 있었다.

"【검희】…… 검의 공주, 란 뜻일까."

인파가 저마다 흩어질 무렵, 입술 사이로 중얼거리는 목소리를 흘리며 나도 그 자리에서 이동을 시작했다.

도시의 광경에 언제까지고 눈을 반짝이기만 할 수는 없다.

도시에 들어왔으면 일단 숙소를 잡는다. 여행의 기본이다. 뭐, 마을 사람들에게 들은 말이지만.

내 눈으로 둘러보면서, 용기를 내 길을 가는 사람들에게 물어보기도 하면서 저렴한 숙소를 찾아 헤맸다. 할아버지가 없어진 집에 남은 돈, 지금 주머니에 있는 것이 전재산이니 절대 낭비할 수는 없다. 도시 중심지의 엄청나게 광대한 광장과 백색 거탑…… 던전의 입구 앞에서 발을 멈추기도 하면서, 나는 숙소가 밀집되었다는 도시 동쪽 구역으로 향했다.

"실례합니다……."

대로변에는 붉은 벽돌로 지은 화려한 호텔 같은 것이 눈에 뜨였지만, 내가 들어간 곳은 조금 한적한 길가에 모인 목조 여관 중 하나였다. 그늘 속에 오도카니 서서 『INN』이라는 간판만 내건 2층짜리 숙소가, 조금 실례되는 표현이지만, 매우 저렴해 보여서.

삐걱거리는 소리를 내며 문을 열자 카운터에서 지루한 표정으로 정보지를 읽던 중년 휴먼 주인이 나를 보았다.

"손님이야?"

"아, 네. 한동안 방을 빌리고 싶어서……."

"하루 800발리스. 밥은 안 나와."

──800발리스?!

비싸! 생각했던 가격이랑 완전히 달라!!

물건을 사러 외지로 나가던 마을 사람들 말로는 2~300발러스 정도가 고작이라고 했는데, 이게 도시, 아니, 오라리오의 물가란 걸까? ……『세계의 중심』이니까.

어떡하지.

갑자기 소지금이 확 줄어버렸지만, 다른 여관도 별로 다르진 않을 것 같고…….

"사흘이면 2,000발리스. 싫으면 나가든——."

"그, 그걸로 부탁드릴게요!"

"——아?"

사흘 치 숙박비를 내면 깎아준다는 호의에 달려들었다.

무뚝뚝한 태도를 보이던 상대는 정보지에서 고개를 들었다. 나를 빤히 바라보더니,

"고맙습니다!"

"어, 응…… 그래."

내가 인사를 하자 어딘가 민망한 듯 몸을 움찔거리고는 다시 정보지로 눈을 돌렸다.

카운터 위에 놓아준 열쇠를 받아들고 2층 방으로 뛰어 올라갔다.

문을 잠글 수 있는 방! 이게 도시! 나와 할아버지가 살던 집에는 이런 거 없었는데!

객실에 가구라고는 침대 정도밖에 없었지만 충분했다. 요금을 깎아준 데다 3일 동안 머물 거점을 확보할 수 있었으므로 나는 기분이 고양되는 것을 느꼈다.

쉬지도 않고 다시 시내로 나가고자, 돈 이외의 짐을 방에 놓아둔 채 계단을 뛰어 내려갔다.

"죄송합니다, 다녀올게요!"

카운터에 말하고 숙소를 나갔다.

무뚝뚝한 주인 아저씨에게서 대답은 없었지만 신경 쓰지 않고 포석으로 포장된 대로를 따라 쭉쭉 속도를 높이며

달려나갔다.

명실공히 염원하던 모험자가 되려면 길드 본부에서 수속을 거쳐야 하며, 그러려면【파밀리아】에 속해야만 한다는 건 알았지만…… 나는 그 전에 하고 싶은 일이 있었다.

이곳 오라리오에 오면 꼭 가기로 결심했던 장소가 있었다.

오가는 사람들에게 물어보고, 그 장소는 지금의 위치에서 가까운 도시 남동쪽에 있다는 사실을 알아냈다.

"다이달로스라는 슬럼이 있으니 조심해~."

그런 주의를 듣기는 했지만, 나는 길을 잃지 않고 무사히 목적지에 도착했다.

무수한 묘가 늘어선 묘지였다.

"……."

『제1묘지』, 또는『모험자 묘지』라고도 불리는 오라리오의 공동묘지.

던전에서 스러져간 모험자들이 묻히는 장소.

뒷길에서 긴 계단을 따라 내려가 도착한 넓은 공간에는 아무도 없었다. 하얀 석재로 만든 무수한 묘비에 목을 꼴깍 울리며 묘지 안쪽으로 향했다.

이윽고 보인 것은, 거대한 칠흑의 위령비.

그 밖의 묘비와는 구조가 다른……『고대』영웅들의 묘.

"이게 바로……."

5M은 되는 칠흑의 위령비를 보고, 나는 눈을 크게 떴다.

어린 시절의 애독서였던『던전 오라토리아』.

이 오라리오에서 이어져 온 역사, 영웅들의 궤적.

자신의 몸을 바쳐 지하세계에서 온 몬스터의 침공을 막아내고, 수많은 목숨을 구했던 위대한 영걸들—— 나는 가슴이 떨릴 정도로 동경했던 그들의 묘 앞에 서 있는 것이다.

"……."

이야기 속에서 들었던 영웅들의 이름이 칠흑의 묘비에 새겨져 있다. 모든 이름을 읽어본 나는 흥분에 몸이 뜨거워지고, 어째서인지 눈물을 흘릴 것만 같았다.

위령비 앞에는 수많은 꽃이 있었다. 사람들은 지금도 자랑스러운 영웅들에게 경의를 품은 것이다. 멋있는 말은 한마디도 못 하는 못난 자신을 부끄러워하며, 자세를 바로잡고 눈을 감았다.

이제부터 나도 이 오라리오에서 모험자가 된다.

영웅은 되지 못하겠지만…… 아주 조금이라도, 동경하는 그들에게 다가갈 수 있도록.

맑게 갠 창공 아래에서, 나는 그런 바람과 함께 조용히 기도를 올렸다.

🔥

오라리오에 입성한 다음 날.

나는 나를 받아들여 줄 【파밀리아】를 찾기 시작했다.

파벌의 주신님에게 받는 『팔나』──【스테이터스】.

이것을 새긴 자가 아니면 미궁도시에서는 모험자 행세를 할 수 없다.

기합과 의욕을 담고, 파벌 엠블럼이 걸린 홈을 찾아가 보았다.

……찾아가 보기는, 했지만.

"또 거절당했어……."

이미 오후.

총 10연패를 기록한 나는 북적거리는 대로에 인접한 반원형 광장에 있었다.

돌계단에 앉아 고개를 푹 숙여버렸다.

역시 그렇게 쉬운 이야기는 아니었나보다. 내 의욕과 달리 【파밀리아】 사람들의 반응은 쌀쌀맞았던 것이다.

내 모습을 보고 문전박대하는 경우가 대부분.

한눈에 시골 출신임을 알 수 있는 몸가짐에, 전직이라고 해봤자 농부. 심지어 무기 같은 것도 없는 맨손. 【파밀리아】에 신세를 질 생각만 그득한 세상 물정 모르는 시골뜨기니 그야 거절할 만도 하지. 첫인상은 틀림없이 밑바닥이었을 것이다. 물론 파벌 측에서 먼저 권유할 리는 만무했다.

내가 거친 일에 종사하던 사람이거나 스미스 같은 기술자였다면 아마 대접도 달라졌겠지만…….

"종족도 관계가 있으려나……."

열 번째 【파밀리아】의 입단 교섭에 실패했을 때, 터덜터

덜 돌아 나온 나와 엇갈려 홈을 방문한 엘프 남성은 큰 환영을 받았다.

뒤를 돌아보며 얼굴을 실룩거렸던 나는 종족의 벽을 본 기분이 들었다.

휴먼과 파룸은 다른 종족에 비해 대접을 받지 못한다는 이야기를 어디선가 들은 적이 있다.

용모가 수려하며 『마법』에 뛰어난 엘프, 힘이 강해 하위 몬스터라면 『팔나』 없이도 맞서 싸울 수 있는 드워프는 물론이고, 투쟁심의 덩어리인 아마조네스, 날카로운 오감을 가진 수인은 우대받는 경향이 있는지도 모르겠다.

어디까지나 평범한 휴먼은 입지가 좁은 걸까.

아니, 아마도 시골뜨기 냄새가 풀풀 풍기는 나한테 문제가 있는 거겠지만…….

"……으음!"

몇 번째인지 모를 한숨을 내쉰 나는 두 뺨을 짝 두드리며 고개를 들었다.

낙심만 해봤자 방법이 없잖아! 그럴 시간이 있으면 나 같은 사람이라도 받아줄【파밀리아】를 찾아야지.

조금 알아보니, 대형【파밀리아】는 원래 입단자를 받지 않는다고 한다. 역시 다짜고짜 찾아가려면 아직 발전 도중이라 조금이라도 인원이 필요한 모험자 파벌이겠지.

공복을 때우기 위해 노점에서 『감자돌이』란 것을 샀다.

절약을 염두에 둔 나에게는 고맙게도 30발리스란 착한

가격.

감자 요리라 배도 든든하다.

어쩐지 앞으로도 오랫동안 함께 하게 될 것을 예감하며, 나는 주눅 들지 않겠노라고 북적거리는 오라리오 시가를 달리기 시작했다.

☙

그리고── 이틀 후.

"오, 오늘도 전멸이야⋯⋯."

도시를 에워싼 장벽, 거대 시벽 서쪽에서 스며드는 저녁 놀 빛을 받으며 나는 비실비실 여관으로 돌아가고 있었다.

오라리오는 놀랄 정도로 넓어, 매일 돌아다녔던 몸은 이미 지쳐버렸다.

그리고 찾아다닌 【파밀리아】에서는 좀처럼 받아주려 하질 않았다.

기껏 길가에 붙은 벽보를 보고 인원을 모집 중인 파벌에 달려가 보았지만, 다른 입단희망자와 비교당해⋯⋯ 떨어지고 말았다.

"⋯⋯."

웃음소리가 들려온다.

신과 단원들이 나란히 서서 사이좋게 웃음을 나누는 목소리가.

지면에 외롭게 늘어진 그림자가 발을 묶어놓는다. 나는 고개를 숙이고 있을 수밖에 없었다.

한심한 얼굴을 꼭두서니색으로 물들이며, 신세를 진 여관으로 느릿느릿 들어갔다.

오늘로 3일을 채웠으니 계속해서 묵고 싶다고 부탁하자,

"……갱신 비용 포함해 사흘에 2,500발리스."

"네……?"

"처음에 사흘뿐이라고 했잖아. 다른 손님에게 빌려줄 예정이었던 방이 하나 줄었어. 수수료야."

가격을 듣고 놀란 나에게 주인 아저씨는 무뚝뚝하게 말했다.

그것도 그렇겠구나……. 여관을 경영하는 아저씨의 말이 맞겠지. 나는 가방에서 자루를 꺼내, 남은 돈의 거의 대부분을 카운터에 놓았다.

카운터 자리에서 주르륵 미끄러지는 아저씨를 내버려둔 채, 나는 2층 객실로 돌아갔다.

저녁 식사는 건너뛰고 일찍 자기로 했다.

"오늘도 틀렸어……."

얇은 이불을 몸에 감으며 나무 천장을 올려다보았다.

이제 돈은 없다.

앞으로 사흘 안에 【파밀리아】에 입단하지 못하면 노숙해야 한다.

【파밀리아】의 홈을 찾아가 보면, 응대하는 사람은 모두

모험자였다. 단원이 상대를 해주지 않는다면 최종수단으로 신과 직접 담판을 짓는 방법도 있다. 지난 며칠 동안 시내를 오가는 신들도 자주 보였으니까…….

하지만 말을 걸려 해도 너무 위대한 존재들이라 아무래도 주눅이 들었다. 게다가 어지간해서는 호위하는 사람이 있으니 함부로 다가갔다간 눈을 부라리고 노려본다. 벌써 몇 번이나 경험했다.

딱 한 번, 입단을 받아줄 것 같은 남신님이 있었지만『여장을 하는 조건으로!』라고 뭔지 모를 소리를 하는 바람에 도망쳐버렸다.

어쩐지 무서워져서…… 그 사건 때문에 신들에게 다가가기 힘들어진 것인지도 모른다.

"……좋은 신하고 만날 수 있을까."

생각에 잠긴 사이에 창밖은 완전히 깜깜해졌다.

나는 도시에 들어오기 전에 들었던 모험자의 말을 떠올렸다.

그 사람은 좋은 신을 만나는 것이 모험자의 실력에 달렸다고 했다.

『운』이라고도 했다.

나는 나를 맞아줄【파밀리아】를…… 신을 만날 수 있을까.

"……."

오라리오에 와서 희망이니 기대니, 두근거리는 온갖 마음을 품고 있었는데.

지금은 이렇게나 손발이 차다.

이렇게나 가슴이 싸늘하다.

불안, 두려움, 고독감.

마을에서는 느껴보지 못했던, 할아버지와 있는 동안에는 무관했던『쓸쓸함』을 느끼고 말았다.

어쩌면 그것은 그 사람이 사라졌을 때의『상실감』과도 비슷해서.

거대한 석벽에 에워싸인 새장 같은 이 도시가 처음으로 차디차게 느껴졌다.

완전히 밤이 깊어, 마석등 불빛이 미덥지 못하게 흔들렸다.

천장을 올려다보는 시야가 뿌옇게 흐려졌다.

⋯⋯괜찮아.

내일은, 내일이야말로⋯⋯.

하지만.

"돌아가. 우린 짐짝 받아줄 여유는 없어."

스스로를 위로하던 나를 비웃듯.

"모험자~? 서포터 데리고 다시 와!"

싸늘한 눈빛에 쫓겨나고.

"돈 가져오면 생각해보마! 으하하하하!"

받아들여 줄 파벌은 찾지 못한 채.

눈 깜짝할 사이에 사흘이 지나고 말았다.

"……오늘까지 신세 많았습니다."

숙박 기한이 지난 아침, 나는 카운터에 있는 아저씨에게 인사했다.

이젠 낼 돈이 없다.

당연한 일이다.

너무나도 비참해서 고개를 들 수가 없었다.

짧은 인사를 마치고, 나는 여관 문을 나섰다.

"……아~ 젠장."

그리고 문을 닫으려 했을 때.

카운터에서 정보지만 읽던 아저씨가, 자신의 머리를 벅벅 긁어댔다.

어딘가 화를 내는 것처럼 일어나는가 싶더니, 카운터 밑에 넣어두었던 무언가를 꺼내선 놀라는 내 앞에 다가와 불쑥 내밀었다.

"가져가."

"네……?"

그가 내민 것은 자루에 담긴 호밀빵이었다.

당황하는 내가 받아들지 않고 있자, 아저씨는 억지로 떠넘겼다.

"꼬마…… 넌 좀 사람을 의심하는 법을 배워."

그래서는 살아남지 못해.

까만 머리를 흔들며, 무뚝뚝한 아저씨는 그렇게 말했다.

그리고는 생각을 끊어버리려는 듯 등을 돌리고 여관 문을 닫는다.

손에 들린 자루를 잠자코 내려다보던 나는 눈시울이 뜨거워지는 것을 느꼈다. 이유는 잘 모르겠다.

자루를 꽉 움켜쥐고, 문 앞에서 깊이 고개를 숙여 인사했다.

"……가야지."

6일 동안 신세를 졌던 여관에 등을 돌리고 걸어 나갔다.

오늘도 오라리오의 하늘은 맑았다. 계절은 봄. 날씨는 따뜻하고 온화했다. 나는 무의식중에 건물 그늘을 따라 이동했다.

길 한구석에 앉아 호밀빵을 전부 먹은 후, 아직 거절당하지 않았던 【파밀리아】를 찾아가 보았다.

가는 길에선 우락부락한 장비나 화려한 의상을 입은 모험자들과 몇 번이나 마주쳤다.

그들이 향하는 곳은 도시 중앙, 백색 거탑 밑에 잠든 장대한 지하미궁. 몬스터가 날뛰는 마굴에서 오늘도 동화 같은 모험담이 그들의 손에서 펼쳐질 것이다.

신들은 모험자들의 이야기를 지켜보고, 도시 사람들은 그들이 가져온 이야기를 고대한다. 평소와 다를 바 없는 오늘 하루의 시작을 수많은 사람들이 기뻐하며, 서로서로 웃음을 나눈다.

그런 즐거운 목소리에 에워싸여, 나는 혼자 방황하듯 도시를 걸어 나간다.

그리고 오늘 열여섯 번째의 【파밀리아】에서 문전박대를 당하고…… 마침내 길거리 한구석에 쪼그려 앉았다.

"……."

남의 이목도 아랑곳하지 않고, 힘이 다해 벽에 기대 주저앉은 채 나는 눈앞에 흘러가는 사람들을 멀거니 바라보았다.

오라리오에 내 보금자리는 있을까?

오라리오에 나를 봐줄 사람이 있을까?

앉아있는 곳과 함께 자신이 세상에서 도려내진 듯한 감각. 수많은 발소리와 거리의 소음이 멀게 느껴졌다. 모든 이가 나의 존재를 잊어버린 것처럼 길을 오간다.

꼭 미아 같다. 넓은 도시를 정처 없이 홀로 헤매고 있다.

이곳에 오기 전에 품었던 마음도 사라져가려 한다.

불안과 외로움에 짓눌릴 것 같았다.

"……나는."

만남을 추구해, 이곳 오라리오에 왔다.

분수에 맞지 않는 영웅선망도 버리지 못한 채, 이 미궁 도시에 왔다.

내게 남은 할아버지와의 추억이, 유대가 끊어지지 않도록.

하지만, 정말은.

내가 정말로 원했던 것은——.

"……."

앞머리로 눈가를 가린 채 깊이 고개를 숙였던 나는 비틀비틀 일어났다.

이제는 어디로 가야 좋을지도 알지 못한 채, 북적거리는 대로에서 도망치듯 어둠에 잠긴 뒷골목으로 들어가려 했다.

그저 홀로, 알아주는 이 하나 없는 채로.

"이봐~ 거기 너. 뒷골목은 위험하니 안 가는 게 좋을 텐데?"

그래서.

그것이 처음에는 누구에게 한 말인지 이해하지 못했다.

"응......?"

나는 분명, 틀림없이, 절대로.

이때의 광경을, 이때의 사건을, 잊지 못할 것이다.

"어, 고마워...... 음, 넌 누구야? 이런 데 혼자 있다니, 미아니? 길 잃었어?"

"......미아 같은 표정을 하고 있는 건 네가 아니냐."

그 사람의 모습을. 그 사람의 목소리를.

"아— 음음, 사실은...... 나도 지금【파밀리아】입단 권유를 하던 참인데, 모험자 조직원이 좀 있으면 좋겠다~ 하고 우연히도 생각했다만, 그 뭐냐, 음, 어.......”

그 사람이 내밀어준 손을.

"들어갈게요! 들어가게 해주세요!"

"......괘, 괜찮겠느냐? 정말로, 내【파밀리아】같은 데 들어와도?"

"괜찮아요! 완전 괜찮아요! 오히려 제가 묻고 싶은걸요! 저 같은 놈이 들어가도 되나요?!"

내가 손을 맞잡자 정말로 기뻐하며 웃던 그 사람의 얼굴을.

"내 이름은 헤스티아다! 네 이름은 뭐라고 하지?"

내 이름을 물어주었던 주신님의 온기를.

"벨…… 벨 크라넬이에요."

울 것 같았던 그때의 기쁨과 함께, 결코 잊을 수 없을 것이다.

나는 주신님과 만났다.

수많은 만남이 찾아오는 이 도시에서, 수많은 모험담이 펼쳐지는 이 미궁도시에서, 수많은 영웅이 태어나는 이 장소에서.

한 여신님과 만날 수 있었다.

『이것은 네 이야기다.』

내 이야기는 분명 이날 시작되었을 것이다.

우리의【파밀리아】는—— 이날 시작을 맞았던 것이다.

막간
마이 홈, 마이 파밀리아

여름에서 가을로 계절이 바뀌려 하는 탓인지, 조급해진 태양은 시벽 너머로 이미 사라졌다. 별이 반짝이는 찬연한 어둠이 하늘을 덮는다.

밤이 왔다.

오늘도 오늘대로 오라리오는 북적거렸다. 마석제품 제조 업무를 마친 노동자, 귀중한 자원을 확보하고자 연회 개최에 여념이 없는 상인, 그런 그들에게 환대받는 유력 【파밀리아】의 신들. 혹은 스미스나 약사, 바드, 창부. 던전에 관여하는 다종다양한 직업에 종사하는 사람들이 풍기는 것은 모종의 절조 없는 열기였다. 『세계의 중심』이라 칭송받는 미궁도시 특유의 공기이기도 했다.

던전에서 돌아온 모험자들 또한 목을 축이고자 주점으로 몰려갔다.

총 8개의 메인 스트리트는 어디나 사람으로 북적였다.

그런 가운데, 시내로 나가지 않는 자들도 있다.

근검절약. 혹은 청빈. 혹은 가난.

이유는 다수 있겠지만, 잡다한 소란에서 벗어나 홈에서 단란한 한때를 보내는 가족, 【파밀리아】였다.

"호오, 그러면 비네 군도 만났느냐?"

"예! 때와 장소는 적절하지 못했사오나 손을 잡고 기쁨을 나누었나이다!"

헤스티아에게 기뻐하며 말하는 사람은 에이프런을 입은 하루히메였다.

『화덕관』의 넓은 거실.

저녁 식사를 마친 【파밀리아】의 권속들이 저마다 자유롭게 편한 자세로 쉬고 있다.

헤스티아는 메이드 일을 마친 하루히메와 소파에 앉아 담소를 나누었다.

"이런 표현은 귀여운 비네 님에게는 어울리지 않는 것 같사오나…… 다부지게 보였사옵니다. 정말로 아주아주."

"그렇구나. 그 아이는 이제 울보 꼬마가 아닌 게야. …… 좋았겠구나~ 나도 보고 싶구나~. 다만, 신은 던전에 가면 안 되니까~."

"부, 분명 만날 수 있을 것이옵니다! 그그, 뭣하면 헤스티아 님도 벨 님과 함께 몰래 던전에……!"

"후후. 전에 그랬다가 헤르메스와 함께 길드에 크게 혼이 났거든……. 또 그때와 같은 페널티를 받았다간 서포터 군에게 무슨 꼴을 당할지 알 수 없단다, 하루히메 군……."

부러워했다가 격려를 받았다가 먼 곳을 보기도 하며, 이곳 홈에서 함께 살았던 또 다른 『가족』의 화제로 즐겁게 이야기를 나눈다.

수습 메이드이기도 해서 곧잘 함께 홈을 지키게 되는 하루히메는 이렇게 헤스티아와 환담을 나눌 기회가 많은 편이다. 어린 여신의 인품, 아니, 신품 덕이기도 하지만 입단하고 나서 터놓고 지내기까지는 그리 많은 시간이 필요하지 않았다.

예의 바르고 조신하며, 언뜻 보기에 연약한 새끼 여우처럼 쭈뼛거리기는 하지만 마음을 터놓으면 누구보다도 부드럽게 웃음을 짓는 것이 하루히메의 매력이리라. 그리고 생각보다 훨씬 의지가 강한 점 또한.

용종 소녀 비네가 헤스티아보다도 빨리 그녀를 따랐던 것도 수긍이 간다.

"하루히메 군…… 너는 노력파니 나는 여러모로 너를 응원한다만…… 벨 군에게는 이상한 짓을 해서는 안 된단다. 거듭거듭 몇 번이고 말한다만. 특히 밤에."

"네헥?!"

편향된 지식 때문에 소년에게 생각지도 못한 행동을 하는 걸을 제외하면, 헤스티아는 하루히메를 매우 아꼈다.

물론 릴리나 벨프, 미코토도 그렇다.

사랑하는 것이다.

친애나 자애의 대상으로서. 둘도 없는 권속으로서.

『원정』 때문에 그녀나 다른 권속들이 자리를 비운 동안 집을 지켜주었던 미아흐나 타케미카즈치의 단원들과 함께 있어도, 홈이 매우 넓게 느껴졌던 것은 역시 그래서가 아닐까.

헤스티아는 자신의 일임에도 그렇게 생각하고 있었다.

"저기 미안한데, 홍차 잎은 어디 놔뒀어?"

"아, 헤스티아 님. 죄송하오나 잠시……."

"아, 괜찮다. 다녀오거라."

찬장 뒤에서 고개를 내민 벨프의 물음에 하루히메가 일어났다.

찰랑거리는 금발과 여우 꼬리를 지켜본 후, 헤스티아는 시야를 옆으로 돌렸다.

거실 한가운데에서는 벨과 미코토, 릴리가 둥근 고양이 발 테이블을 에워싸고 있었다.

"아, 릴리의 『졸』이 미코토 씨의 진지로 들어갔으니까…… 이러면 『승격』하던가요?"

"그렇습니다, 벨 공. 이 국면에서 저는 궁지에 몰리고 있지요……!"

"후후. 릴리는 이미 요령을 파악했답니다, 미코토 님. 이대로 승리를 거머쥐겠어요!"

낡은 목제 게임말을 놓는 모습이 제법 뜨겁다.

극동의 보드게임 『장기』라고 한다.

오늘 미코토와 다른 권속들이 저녁 찬거리를 사러 교역소에 나갔을 때 이국의 물건으로 팔고 있었다나. 관심이 동한 릴리가 ——다른 이도 아닌 수전노 릴리가—— 자비로 구입했다는 것이다.

아직 깁스를 풀지 않은 벨도 섬나라의 신기한 게임에 어린아이처럼 빠져들었다.

"우리 【파밀리아】도 기호품을 살 수 있게 되었구나……. 좋은 일이야, 좋은 일이고말고."

보드게임은 물론, 홍차도 그렇다.

등받이에 몸을 기대고 온몸에 힘을 풀며 헤스티아는 감회에 젖었다.

그야말로 【파밀리아】 결성 당시와 비교해서, 많은 것이 달라졌다.

'처음에는 하루하루 살아가는 것이 고작이라 매일 허리띠를 졸라매야 했지…….'

물론 기호품 같은 것은 생각도 할 수 없었다.

신출내기였던 벨도 많이 애썼지만, 우선순위는 첫째가 식량, 둘째가 식량, 셋째도 넷째도 식량이고 다섯째가 되어야 겨우 마석등을 비롯한 잡화였다.

워 게임 덕에 아폴론에게서 압수한 이 호화 저택도 그렇고, 『자산』이라 부를 만한 것이 상당히 늘어났다는 생각이 들었다.

"그리고…… 시끌벅적해졌지."

귀족 대장장이인 크로조 가문에서 익힌 맛있는 홍차 끓이는 법을 접하고 경탄하는 하루히메, 칭찬을 받고도 내심 복잡한지 목을 문지르며 쓴웃음을 짓는 벨프.

보드게임에서 맹위를 떨치는 릴리, 일일지장(一日之長)으로 버티고 있는 미코토, 그런 두 사람을 모두 응원하는 벨.

하계에 처음 내려왔을 때는 거의 생각할 수도 없었던 【파밀리아】의 광경이었다.

겨우 반년 전에 느꼈던 『혼자 쓸쓸하게 보내던 밤』은 이미 영원의 저편으로 사라졌다.

헤스티아는 이제 혼자가 아니다.

"……."

부스스 몸을 일으킨 헤스티아는 말없이 자리에서 일어나, 그대로 거실 벽에 놓인 난로로 다가갔다.

계절은 아직 가을.

나올 차례는 멀었지만, 잠깐이면 괜찮을 거라는 생각에 슬금슬금 준비를 시작했다.

가녀린 다리를 접어 쪼그리고 앉아, 난로 속에 조그만 집을 만들듯 장작을 쌓는다.

"주신님, 뭐 하세요?"

돌아보니 의아하다는 표정을 짓는 벨이 눈앞에 있었다.

"벨, 장기는 어떻게 되었느냐?"

"미코토 씨가 지구전에서 이겼어요. 릴리가 분하다고 한 판 더 두자고 했어요."

쳐다보니, 릴리는 어지간히 억울했는지 원통한 기색으로 장기말을 늘어놓고 있었다.

미코토도 웃으며 흔쾌히 받아주었다.

다음에는 서포터 군이 이길까 생각하며 벨에게 시선을 돌렸다.

"음, 어쩐지 난로를 쓰고 싶어져서 말이다."

"주신님은 언젠가 난로가 있는 집을 갖고 싶다고 하셨으니까요."

"어라, 내가 그런 말을 했더냐?"

"네, 하셨어요. 주신님이 관장하는 사물은 성화(聖火)이며 수호의 불…… 집을 비춰주는 불꽃이라고요."

그것은 정말로 자신이 하던 말이다. 그렇다면 헤스티아가 기억하지 못할 뿐, 눈앞의 소년에게도 들려주었던 모양이다.

싱긋 웃는 벨에게 헤스티아도 웃음을 지어주었다.

"벨…… 사실은 말이다. 나는 로키네보다도 더 큰【파밀리아】를 만들겠다는 게 처음 목표였단다."

"그, 그건…… 장대하달까 무시무시하달까, 무모하달까……."

"그때는 그랬지. 하지만 지금은 다르단다. 우리【파밀리아】는 야무지게 앞으로 나아가고 있어. 로키네의 등 정도는 따라간다고 생각한다."

"……그러게요. 그럴지도 모르겠어요."

바닥에 앉은 소년과 이야기를 나누며 부싯돌을 꺼냈다.

손이 서툰 헤스티아답지 않게, 벨도 감탄해버릴 만큼 산뜻한 손놀림으로 난로에 불을 붙였다.

처음에는 연기만 날 뿐이었지만.

빨간 불이 힘없이 흔들리더니 서서히 장작으로 퍼져간다.

난로에 불길이 퍼져가는 광경에 헤스티아가 눈을 가늘게 뜨고 있으려니, 함께 바라보던 벨이 천천히 입을 열었다.

미소를 지은 채.

"가끔…… 주신님과 함께 살던 교회 지하실이 생각나곤

해요. 릴리랑 다른 친구들이 【파밀리아】에 들어와주고, 홈도 커져서 기쁘긴 하지만…… 그때가 그리워서."

"아하하, 나도 그렇다. 옛날에는 '더 호화로운 집을 얻고 말 테다!' 하고 씨근덕거렸던 주제에 지금은 '그때의 생활도 좋았지~ 벨과 단둘만 살던 그때로 돌아가고 싶구나~' 하고. ……정말, 아이들이나 신이나 제멋대로라니까."

첫 홈이었던 『교회의 비밀 지하실』은 매우 작았다.

벨이 와주기 전까지는 혼자였으며, 춥고 쓸쓸했다.

지금의 보금자리는 매우 크다.

모두가 함께 있으며, 따뜻하고 충만하다.

"정말 많은 일이 있었구나……."

문득 자신의 입에서 흘러나온 그 한 마디에 헤스티아는 만감이 깃든 듯한 생각이 들었다.

곁에 앉은 권속 소년도 같은 생각을 했으리라.

난로 불빛을 받는 헤스티아의 옆얼굴을 보면서, 벨은 문득 그런 말을 했다.

"주신님, 어깨 주물러 드릴까요?"

"흐에?"

생각도 못 했던 제안에 헤스티아는 눈을 동그랗게 떴다.

"……벨, 우리의 관계를 생각해보더라도 그건 아슬아슬하게 성희롱으로 간주할 수 있단다."

"무슨 말씀인지는 모르겠지만…… 죄, 죄송합니다. 하지만 어쩐지 그러고 싶어져서……."

송구스럽다는 듯 어깨를 움츠린 벨은 민망한 표정으로 뺨을 긁으며 쓴웃음을 지었다.

"저희를 위해 많이 애써주신 주신님에게, 무언가 해드리고 싶어져서요……."

그것은 아마 자식이 부모의 노고에 품는 존경의 마음이나, 문득 남에게 솟아오르는 다정함 같은 것이리라.

또한 헤스티아와 늘 고락을 함께 했던 최초의 권속이었기에 할 수 있는 말이었을지도 모른다.

헤스티아는 자신의 마음에도 난롯불이 타오르는 듯한 기분을 느꼈다.

"……그럼 내 부탁을 하나 들어주겠느냐?"

"아, 네. 뭔가요?"

헤스티아는 아무 말 없이 일어났다.

그리고 벨의 눈앞에 다시 앉았다.

마치 흔들의자에 앉듯, 소년의 가슴에 몸을 기댄 자세였다.

"앞으로도 나와 함께 있어다오."

돌아보며, 바로 눈앞에 있는 소년의 얼굴에 웃음을 짓는다.

몸이 밀착해 소년이 당황할 줄 알았으나 그렇지 않았다.

놀란 표정을 짓기는 했지만, 벨은 머리 위에서 마주 웃음을 지었다.

그것이 기뻐 헤스티아는 등에 체중을 실었다.

벨도 아무 말 없이 받아주었다.

"벨."

"?"

"【파밀리아】란, 좋구나."

"……네."

융단 위에 함께 앉아 서로 몸을 겹친 채 눈앞의 난로를 바라본다. 그것만으로도 몸과 마음이 따뜻해진다.

반려와도 같다, 고까지는 말할 수 없다. 옆에서 보면 체격의 차이도 있으니 고작해야 오빠와 여동생. 혹은 오랜 세월을 함께 했던 노부부 같은 기분도 들었으나 아무렴 어떠냐 하는 생각이었다.

분명 릴리 같은 아이에게 들키면 금방 떨어지게 될 테니.

그러니 그때까지, 소년의 온기를 만끽하고자 몸을 기울였다.

소리를 내며 장작이 튀었다.

따뜻한 빛이 두 사람의 얼굴을 비춘다.

그것이 행복이라고, 절절히 생각했다.

이 소년이 첫 권속이 되어 곁에 있어 주어서 행복하다.

불꽃 속에서 어른거리는 추억의 단편.

헤스티아는 조용히 타오르는 불꽃을 보며 눈을 가늘게 떴다.

2장 HEY WORLD

© Suzuhito Yasuda

하늘 가득 뜬 별이 여행자를 인도하듯 반짝였다.

어둠이 펼쳐진 가운데, 소년은 홀로 서 있었다.

고요한 산속의 조그만 마을, 그곳에서 조금 떨어진 절벽 위. 밤바람에 하얀 머리카락을 나부끼며, 어떤 묘와 마주 서 있었다.

돌과 나무를 쌓아 만든 묘는 모양뿐인 것이었다. 사실 그 밑에는 들어가 있어야 할 이의 시신이 없다. 그저 소중한 이의 죽음과 이별을 소년에게 담담히 가르쳐줄 뿐이었다.

소년은 그 자리에서 한 걸음도 움직이지 않았다. 망설임과, 이에 대한 선택의 조언을 구하듯 묘비에 의문을 던진 후 거듭 자문할 뿐이었다. 이제까지 의지하고 사랑했던 비호의 존재를 잃어버린 그가 스스로 답을 내기까지는 아직 시간이 필요했다.

루벨라이트색 눈이 연신 깜빡이는 가운데, 산속의 맑은 밤하늘이 그를 지켜보고 있었다.

그때였다.

"——별똥별."

머리 위가 환하게 밝아질 정도의 광채가 달려간 것은.

흠칫 놀란 소년이 고개를 들자 시야에 비친 푸른색 섬광.

무수한 빛의 입자를 흘리고 아름다운 빛의 꼬리를 끌며 광대한 밤하늘을 가로지른다.

몇 초도 안 되는 한순간의 광경을 거쳐 푸른 유성은 시야 밖—— 소년의 마을에서 아득한 남쪽 방향으로 사라져버렸다.

"혹시…… 신일까?"

신 하나가 지상에 강림한 것임을 소년은 직감했다.

그가 답을 내고 세계의 중심인 미궁도시로 향하기 반년 전의 일이었다.

둥실.

부유감이 찾아왔다.

짐승이며 몬스터가 모조리 도망치는 가운데, 하늘을 달려나간 푸른 유성은 그야말로 지표 격돌 직전의 순간에 기세를 늦추었다.

마치 화려하고 민폐스러운 등장은 바람직하지 않다는 양 유성은── 푸른 빛의 구체는 허공에서 정지한 채 천천히 착륙했다. 빛의 덩어리 속에서 사람의 윤곽이 떠오른 다음 순간, 빛의 입자가 확 흩어졌다.

광채가 무산되는가 싶더니 한 소녀가 그곳에 나타났다.

어린이와 소녀의 경계를 오가는 아름다운 외모, 칠흑의 머리카락, 어린 몸에는 어울리지 않는 풍만한 두 개의 융기.

하늘에서 내려온 앳된 소녀는 맨발로 초원을── 하계의 땅을 밟았다.

"──오오, 여기가 『하계』구나!"

신비로운 푸른색이 감도는 눈으로 눈 앞에 펼쳐진 광경, 한밤의 대초원을 둘러본 그녀는 밝은 목소리로 말했다.

뿌옇게 숲의 윤곽이 떠오른 밤의 경치, 풀 냄새, 어디선가 들려오는 올빼미 울음소리.

오감으로 전해지는 모든 것에 흥분하며 동글동글 매끄러운 뺨에 홍조를 띠었다.

몸을 이리저리 흔들며 주위를 둘러보던 소녀—— 여신 헤스티아는 잠시 후 두 팔을 펼치며 감탄했다.

"역시 천계와는 다르구나. 겨우 내 차례가 돌아와 이렇게 내려올 수 있었어……. 이제부턴 염원하던 하계 생활이 시작되는 거야."

헤스티아는 눈을 가늘게 뜨며, 어딘가 득의양양한 표정으로 머리 위의 밤하늘을 우러러보았다.

이윽고 자신의 몸을 내려다본다.

신들이 규정한 하계의 규칙에 저촉되지 않도록 『아르카넘』을 제어하고 신위까지 억제해 『무능』의 영역으로까지 전락한 몸은 전능감과는 무관했다.

자신의 팔다리는 외견대로 가늘어 아무 힘도 없다.

그러나 그런 무력한 몸조차 기분 좋다는 양 헤스티아는 활짝 웃음을 지었다.

"그러면…… 아마 가까운 곳에 내려왔을 텐데."

시원한 밤바람에 칠흑의 머리카락을 나부끼며 헤스티아는 주위를 두리번거렸다.

달과 별의 빛을 받는 대초원 속에서 고개를 좌우로 돌리고 뒤를 돌아본 순간 원하던 존재를 발견했다.

"오. 찾았다 찾았어."

시야 아득한 저편에는 밤하늘을 향해 우뚝 솟은 백색 거탑이 있었다.

맨발로 대초원을 걸어 나간 헤스티아는 우연히 근처를 지나가던 상인의 마차를 얻어 타고 백색 탑이 솟은 미궁도시 오라리오로 향했다.

하계에서는 『세계의 중심』이며, 천계의 신들 사이에서도 관심의 중심인 그곳이 헤스티아의 목적지였다. 신을 공경하는 착한 여성 상인의 안내로, 어린 여신은 날이 밝을 무렵 도시를 바깥세상과 갈라놓는 거대한 시벽 앞에 도착했다.

신이나 【파밀리아】가 새로이 오라리오에 살게 되면 도시 밖으로는 쉽게 나갈 수 없다는 길드 문지기의 경고에 당황하면서도, 번잡한 수속을 거쳐 북쪽 시벽문을 지났다.

"검문인지 뭔지가 엄청 길었지. 도시에 들어오고 사는 데에도 여러모로 규칙이 있다니⋯⋯. 하지만 이것도 『하계의 참맛』이라는 거 아닐까."

긴 검문에 조금 피로를 느끼면서도 헤스티아는 웃음을 지었다. 모든 것이 자유롭고 얽매이는 것이 없었던 천계에 비해 이 하계는 불편하고 부자유스러웠으며 모든 것이 신선했다.

잠시 후 시벽의 안쪽, 여러 건물이 늘어선 거리의 광경을 본 헤스티아는 환호했다.

"여기가 오라리오! 좋은 곳 아니냐!"

『세계의 중심』이라는 이름은 허명이 아니어서, 화려한 거리는 여신을 감탄케 했다.

포석이 깔린 대로, 상점, 여관, 종루, 광장, 마천루 시설, 크고 작은 다양한 인공물이 넘쳐나는 광경은 천계──웅대한 대자연이나 구름에서 흘러나와 빛나는 폭포 등 하계 사람들이 떠올리는 환상적이면서도 신비로운 낙원의 풍경──에서는 있을 수 없는 그림 중 하나였다.

이미 태양은 중천에 접어들려 했다.

시벽 앞에 도착한 것이 아침 무렵이었는데, 긴 검문에 시간을 빼앗긴 탓이다.

천계에서는 딱히 필요도 없었기에 신발을 신지 않고 맨발로 차닥차닥 포석 울리는 소리를 내며 걸었다. 곳곳에 북적이는 수많은 데미휴먼, 웃음이 넘쳐나는 아이들의 모습에 매우 기쁜 표정을 지으며 헤스티아는 도시의 메인 스트리트를 따라 걸었다.

"자, 언제까지고 관광 기분만 낼 수는 없으니…… 일단은 헤파이스토스를 찾아볼까. 어디에 있으려나~."

이곳 오라리오에 주거를 잡으면서 먼저 하계에 내려왔

던 절친신의 존재를 의지하게 되었다.

이미 몇백 년 전인지는 잊어버렸지만 오래 알고 지낸 여신은 『나도 역시 오라리오에 가볼까 해』라며 작별인사를 전하곤 한발 먼저 여행을 떠났던 것이다.

하계의 지식——정확하게는 생생한 정보——은 별로 없어 무지나 다를 바 없는 헤스티아는 헤파이스토스를 찾아가고자 대로를 왕래하는 아이들과 접촉을 시도했다.

"아앙? 아나, 니 설마……."

"응? ——으엑."

그때 뒤에서 누군가가 말을 걸었다.

돌아본 헤스티아는 시야 속에 들어온 인물, 아니, 신물을 보고 묵은 원수라도 만난 듯한 표정을 지었다.

"로키!!"

"카아~ 역시 땅꼬마 아이었나~. 와~ 기분 끝장이데이~."

붉은 머리 붉은 눈을 가진 여신의 이름을 외치자 상대는 —— 로키는 탄식하듯 하늘을 우러러보았다.

그건 내가 할 소리야!

헤스티아는 속으로 분개했다.

천계에서도 막무가내의 대명사였던 트릭스터 로키.

툭하면 시비를 걸고 바보 취급을 하는, 헤스티아의 적이었다.

"촌티 풀풀 나는 꼴 보니께 니 이제 막 하계에 내려왔구마~? 설마 땅꼬마 니 오라리오에서 살라 카는 생각은 아니겠제?"

"그럼 어쩔 건데!"

"흐히히, 분수도 모른다꼬 내 비웃어줄란다! 오라리오는 니 같은 방구석 폐인 게으름뱅이 여신이 살 만한 곳이 아이데이!"

"뭐라고오~~~~~~?! 어디서 잘난 척이야!!"

헤스티아는 천계와는 다르다고 설교를 늘어놓는 상대에게 달려들 듯이 분개했으나── 우뚝 몸을 멈추었다.

로키의 곁에 있던 데미휴먼 한 사람이 쭈뼛쭈뼛 입을 열었기·때문이다.

"저기, 로키? 그 여신님은……?"

"아, 레피야, 이딴 못난이 여신한테 인사할 거 없데이~. 저건 걍 땅꼬마면 충분하구마."

로키의 말에는 화가 났지만, 그보다 무시할 수 없는 점이 있었다.

미목수려한 엘프 소녀 외에도, 휴먼이며 수인 미소녀들.

설마……?!

헤스티아는 동요를 드러냈다.

"로, 로키, 그 애들은……?!"

"이제야 봤나, 땅꼬마! 니 생각이 맞데이, 전~부 내 귀여운 【파밀리아】인기라!"

【파밀리아】.

신의 은혜『팔나』를 받은 아이들── 신의 권속, 혹은 신의 파벌을 가리키는 통칭.

쇼핑 도중인지, 혹은 돌아가는 길인지 로키의 권속들은 물건이 잔뜩 든 봉투를 안고 있었다.

주신이 자랑스럽게 소개하자 한데 모여 있던 소녀들은 짜증 난다는 듯한 표정을 지었지만, 대식구라 할만한 【파밀리아】의 모습을 본 헤스티아는 터무니없는 충격에 사로잡혔다.

다른 신도 아닌 로키가!

막무가내와 민폐의 화신이!

하계 아이들에게 흠모를 받고 있(는 것처럼 보이)다니!

"……흐, 흥. 하지만 로키니까 분명 【파밀리아】도 별거 아니겠지……."

몸이 휘청거릴 뻔한 헤스티아는 간신히 평정심을 유지하며 입을 열었지만,

"암것도 모른다 카는 건 죄데이~. 우리는 던전 탐색계, 소위 모험자 데리꼬 있는 파벌 중에서도 최고…… 오라리오의 탑 【파밀리아】라 안하나?"

"뭐, 뭐야?!"

느물느물 웃으며 내려다보는 로키에게 눈을 크게 떴다.

"거짓말하지 마! 너처럼 천박한 신의 【파밀리아】가 최강이라니 말도 안 되지?!"

"니 지금 천박하다 캤나, 천박하다꼬?!"

"술이 있으면 토하는 데까지 세트인 여신 실격의 【파밀

리아）가 톱이라니, 하계도 완전히 망했네 망했어!!"

"보자 보자 하니까 이놈의 로리 슴가가~~~~~~~!!"

"로, 로키?! 그만 해요——?!"

천계에서는 흔한 광경이었던 두 여신의 드잡이질이 시작되었다.

깜짝 놀라는 시민들, 당황한 엘프 소녀와 다른 권속들 앞에서 울려 퍼지는 전투의 공 소리. 매도와 험담을 섞어가며 뺨과 머리카락을 잡아당기는 추한 싸움이 시작되었다.

"헉, 헉…… 쳇, 천계 때보다 몸이 잘 안 움직여."

"헥, 헥…… 니는 천계 때부터 운동치 아이었나!"

겨우 권속들에게 붙잡혀 떨어졌을 때는 둘 다 머리는 엉망이 된 채 어깨로 숨을 헐떡이고 있었다.

턱 아래에 늘어진 땀을 닦은 로키는 갑자기 심술궂은 웃음을 지었다.

어이없어하는 권속들을 등지고, 헤스티아를 내려다보며.

"마, 어데 함 애써 바라. 니는 분명 얼라 하나 몬 모으고 오라리오에서 도망칠기라! 꺄하하하하하하하!"

자신의 『실적』을 여봐란듯이 자랑하며 깔깔 웃는 로키에게 권속 하나 없는 헤스티아는 으드득 이를 악물 수밖에 없었다.

"──그런 일이 있었어, 헤파이스토스!"

"아하하하! 하계에 오자마자 아주 호되게 당했구나."

헤스티아는 얼굴을 새빨갛게 물들이며 절친신에게 설명했다.

장소는 도시 북동쪽, 화산을 방불케 하는 거대한 건물 내의 사무실이었다.

로키가 떠나간 후, 이 대장장이신 헤파이스토스의 홈까지 어찌어찌 도착한 헤스티아는 그녀의 환영을 받았다.

안내받은 주신의 신실에서 로키와 다퉜던 일을 주워섬 겨댄 그녀에게, 오른쪽 눈에 커다란 안대를 한 친구는 몇 번이나 어깨를 들썩이며 웃었다.

"이렇게 되면 로키가 깜짝 놀랄 정도로 엄청난【파밀리아】를 만들 거야! 반드시 울상을 짓게 만들어줄 테다!!"

"어머, 세게 나오네. 로키네는 진짜로 오라리오의 톱【파밀리아】인걸?"

"알 게 뭐야!"

헤스티아는 둥근 테이블을 끼고 맞은편 의자에 앉은 헤파이스토스의 말에 대꾸했다.

막무가내라고 말하면서도 헤파이스토스는 눈을 가늘게 뜨고 웃으며 헤스티아의 열의와 의기를 호의적으로 받아들이는 듯했다.

"하계에 내려와 아무것도 모를 테니, 천계 친구인 내가 자립할 때까지 뒤를 봐줄게. 뭐 필요한 게 있으면 말해."

"응! 고마워, 헤파이스토스!"

헤스티아는 원조를 해주겠다는 절친신에게 감사를 표하는 한편, 숙적 로키의 얼굴을 떠올리며 두고 보라고 각오를 다졌다. 하계에서 신의 지위에 직결되는 【파밀리아】를 눈 깜짝할 사이에 크게 만들어 혼쭐을 내주겠다며 대항심을 불태웠다.

그때 방문이 소리를 내며 열렸다.

"주신님, 노점에서 너무 많이 사 왔는데 하나 드시겠소? ──어이쿠, 바쁘신가?"

"아냐. 괜찮아, 츠바키."

방으로 들어온 사람은 헤파이스토스의 권속, 하프드워프 여성이었다.

그녀는 커다란 종이봉투를 안고 있었다.

향긋한 기름과 소금 냄새에 코를 움찔거린 헤스티아는 봉투 안을 빤히 바라보았다.

"헤파이스토스, 그건 뭐야?"

"이건 오라리오라면 어디에서나 파는 노점 음식인데 이름은──."

"『감자돌이』라고 한다오, 어린 여신님. 하나 드셔보시겠소?"

대담한 헤파이스토스의 말을 이어받아, 주신과 같은 안대를 한 하프드워프가 웃음을 지었다.

자기소개도 없이 먹을 것을 권하는 자신의 권속과, 김을 풍기는 감자 요리에 흥미진진하게 손을 내미는 절친신을 보며 헤파이스토스는 쓴웃음을 지었다. 그러거나 말거나 헤스티아는 『미지』에 도전하는 표정으로 『감자돌이』를 먹었다.

"——웃."

한 입 깨문 직후, 헤스티아는 조그만 몸을 떨었다.

"마, 맛있다……?!"

"흐하하하하, 그럴 게요."

껄껄 웃는 하프드워프의 곁에서, 눈을 크게 뜨고 『감자돌이』를 응시하는 헤스티아는 감격에 몸을 떨었다.

이것이 그녀가 하계의 수많은 감동 중 하나—— 미식을 맛본 순간이었으며.

또한 『타락』의 시작이기도 했다.

"크흑, 후후후…… 아하하하하!"

3개월 후.

【파밀리아】를 결성할 때까지 빌리기로 한 【헤파이스토스 파밀리아】의 객실에는 소파 위에 벌렁 드러누운 채 책을 펼치고 웃어젖히는 헤스티아의 모습이 있었다.

곁에는 접시 위에 쌓인 감자돌이의 산.

먹고 읽고 웃기를 되풀이한다.

여신의 조그만 몸이 방 밖으로 나갈 기척은 전혀 없었다.

"……애, 헤스티아? 너 이제 슬슬 아이들 모집을 좀 시작하지 그래? 미리 말해두지만 【파밀리아】를 시작한다는 건 그리 쉬운 일이——."

"응, 내일부터 할게~."

객실을 찾아온 헤파이스토스에게 헤스티아는 책에서 눈을 들지도 않고 대답했다.

지난 3개월 동안 하계 신참인 어린 여신은 계속 이런 꼴이었다.

감자돌이를 비롯한 하계의 요리를 먹고, 하계의 책을 읽으며 눈을 빛낸다. 수많은 신을 포로로 삼았던 『하계의 오락』에 완전히 푹 빠져버린 헤스티아는 자신의 본성을 발휘하고 있었다.

다시 말해, 방종.

천계에서도 툭하면 신전에 틀어박혀 매일매일 게으름을 피웠던 헤스티아는 『하계의 오락』—— 최고의 심심풀이 거리를 손에 넣어 파워업하고 말았던 것이다. 대장장이 신의 단원에게 부탁해 감자돌이와 새로운 책을 받아서는 하루의 일과를 모두 방 안에서 마쳐버렸다.

어떻게 지내나 몇 번씩 살펴보러 왔다가는 충고를 하는 헤파이스토스에게 『내일부터 열심히 할게』라고 말한 헤스티아는 다음 날도, 그다음 날도, 그 다음다음 날도 【파밀리아】 결성 따위 잊어버린 채 방에 틀어박혀 있기만 했다.

그리고── 타락과 쾌락을 마음껏 구가하는 헤스티아에게.

마침내 헤파이스토스의 인내심이 바닥을 드러냈다.

"당장 나가아아아아아아아아아아아아아아아아아아아아아아아!!"

"뜨아악?!"

홈의 현관까지 끌려나가 걷어차이기까지 한 헤스티아는 땅에 꼴사납게 쓰러졌다.

"뭐, 뭐 하는 거야, 헤파이스토스?!"

항의하려고 고개를 들자── 정면에 서 있던 것은 팔짱을 낀 채 우뚝 선 홍발홍안의 분노한 여신이었다.

"선의로 잠깐 지내게 해주었더니 매일매일 아무것도 하지 않고 게으름만 피우다니……!"

"헤, 헤파이스토스……?"

"네 어리광을 받아준 내가 잘못이었지……! 하계의 쓴맛을 맛보고 와! 이제 두 번 다시 내 집에는 못 올 줄 알아!!"

노발대발한 헤파이스토스는 헤스티아에게 잔뜩 겁을 주고는 힘껏 문을 닫아버렸다.

훌륭한 홈에서 쫓겨나 처량한 꼴로 주저앉았던 어린 여신은 비틀비틀 일어났다.

"뭐람, 헤파이스토스 녀석. 그냥 하계 생활을 좀 만끽하려고 했을 뿐인데! 석 달 정도 가지고 뭘!"

영원을 살아가는 신의 척도로 불만을 늘어놓은 헤스티

아는, 아직 알지 못했다.

좀 더 정확하게 말하자면 『실감』이 부족했다.

이곳은 『천계』가 아니라 『하계』라는 사실에 대한 실감이.

"뭐, 됐어. 【파밀리아】 만들고, 집 같은 건 금방 찾아낼 거니까. 로키를 깜짝 놀라게 만들기 위해서라도!"

겨우 당초 내걸었던 목표를 떠올리며 【헤파이스토스 파밀리아】의 홈 앞에서 걸어 나갔다.

그녀가 향한 곳은 휴먼이나 데미휴먼으로 북적거리는 도시의 대로였다.

"【파밀리아】에 가입시킬 아이는…… 역시 모험자를 지망하는 아이가 좋겠지. 여긴 미궁도시니까!"

그렇게 말하며 대로 한구석에 대기했다.

방종한 생활 속에서도 하계에서는 과감한 행동이 중요하다는 사실 정도는 이해했던 헤스티아는 소속이 없는 아이가 있을지 오가는 사람들을 관찰했다.

'저 아이는 마음이 안 맞을 것 같아. 저 아이는 불량하고…… 저 아이는 좀 너무 어린걸.'

신비로운 푸른빛이 감도는 눈이 아마조네스며 수인, 파룸 등 많은 아이들의 본질을 가름했다.

썩어도 신인 헤스티아는 아이들이 가진 성질을 어느 정도 알 수 있었다. 말을 나눠보면 그 사람의 인격을 거의 파악할 수 있을 정도였다. 『하계 주민은 신에게 거짓말을 하지 못한다』는 것은 하계에서도 유명한 말이었다.

자신과 파장이 맞을 법한, 말하자면 눈에 드는 아이를 계속 찾던 헤스티아는 어떤 엘프 소녀를 발견하고 "저 아이가 좋겠다!"며 다가갔다.

 여봐란듯이 활과 화살통, 경장갑옷을 착용하고 모험자로서 성공하겠다는 의욕이 드러나는 인재에게 싹싹하게 말을 걸었다.

 "여어, 엘프 군! 보아하니 어느 신과도 계약을 맺지 않은 모양이구나. 나의【파밀리아】에 들어오지 않겠느냐!"

 기운차게, 애교 있게, 신으로서의 위엄을 잃지 않도록 가슴을 펴며 권유하자── 상대 엘프는 키가 작은 헤스티아를 가늠하듯 머리끝부터 발끝까지 빤히 살펴보았다.

 "실례지만 여신님, 성함이 어떻게 되시나요?"

 "나는 헤스티아다!"

 "【헤스티아 파밀리아】…… 들어본 적이 없는걸요. 신규 파벌이라면, 홈은요? 현재의 단원 수는? 지금 수준은?"

 "아? 응?"

 헤스티아는 엘프의 빠른 질문에 당황했다.

 전혀 대답하지 못하는 기색을 보며 무언가를 눈치챘는지, 상대는 숲의 요정이라 칭송을 받는 미모를 쌀쌀한 표정으로 바꾸며 눈을 가늘게 떴다.

 "【파밀리아】의 운영방침은요?"

 "어, 으음…… 더, 던전에서 돈을 벌었으면 하는, 뭐 그런……."

계획성이 없다는 사실을 헛웃음으로 얼버무리려 하자, 상대는 숨통을 끊으려는 양 얼어붙은 눈빛으로 노려보았다.

작별인사도, 목례조차 하지 않고, 위엄도 뭣도 없는 어린 여신에게 등을 돌린다.

시간 낭비.

그렇게 말하듯, 아이의 등이 멀어져가고 말았다.

"휴, 휴지 조각이라도 보는 듯한 눈으로 쳐다봤어……!!"

난 신인데……?!

충격을 받은 헤스티아.

하계 신참인 헤스티아는 알 도리가 없었지만, 보통 탐색계【파밀리아】는 도시 밖에서 준비를 한 다음 이곳 오라리오에 들어오곤 한다. 인원이나 자산 같은 것이 어느 정도 갖춰지지 않고서는 미궁 탐색을 파벌의 생업으로 삼기란 어렵다. 적어도 전도가 다난하다는 정도는 예상할 수 있다.

모험가 지망자들도 자신의 목숨이 걸린 일이다.

조금이라도 나은 환경, 혜택이 좋은【파밀리아】를 희망하는 것도 자명한 이치다.

"이, 이 정도쯤이야! 이제 막 시작했으니, 계속 모집하다 보면 한 명 정도는……!"

하물며 여신이 자기 혼자, 모험자부터 시작해 모든 것을 현지에서 조달하는 경우는 전무하다. 하계 주민들에게는 아무런 이점도 없으며, 고생을 할 것은 불을 보듯 뻔하다.

무엇보다도 이 오라리오── 아니, 하계에서는 인간의 지혜로는 헤아릴 수 없는 터무니없는 신들이 있다는 사실은 누구나 잘 알며, 그런 신에게 걸려선 안 된다는 것이 공통의 인식이었다.

　말로 들려줄 만한 파벌의 전망도 없는 어린 여신은 그런 우스꽝스러운 신들과 같은 취급을 당한 것이다.

　쉽게 말해, 『신용할 수 없다』고.

　해가 저물 때까지 이어진 그녀의 권유 활동은── 완전 패배로 끝났다.

　"저, 전멸……?! 이게 바로 하계에서 살아간다는 것……?!"

　신앙을, 아니, 신뢰를 얻기란 어렵다.

　헤스티아가 처음으로 직면한 하계의 쓴맛이었다.

　"우우, 헤파이스토스으……."

　"얘…… 너 쫓겨난 지 하루밖에 안 지났어."

　하계에서 처음으로 노숙을 경험한 다음 날, 헤스티아는 절친신에게 울며 매달릴 수밖에 없었다.

　하계의 세례를 당한 헤스티아는 자존심을 버리고 헤파이스토스에게 고개를 숙였으며── 그로부터 매일, 그녀의 자비를 구걸했다.

　"헤파이스토스으……."

때로는 돈 없느냐고 매달리고.

"헤파이스토스으으……."

때로는 입에 풀칠할 일거리를 찾을 수 없다고 호소하고.

"헤파이스토스으으으……."

때로는 비를 피할 장소가 없다고 흠뻑 젖은 채 애원했다.

『아르카넘』 없이는 혼자서 아무것도 할 수 없음을 드러낸 헤스티아를 보며 헤파이스토스는 심각한 두통을 느꼈다.

절친신의 어리광을 받아줄 수도 없고, 그렇다고 객사하도록 내버려 둘 수도 없다. 대응이 난감해진 홍발홍안의 여신은 깊은 한숨을 쉬었다.

"……이게 마지막이야."

그리고 자신이 너무나 어수룩함을 자각하며, 약속과 함께 헤스티아에게 새로운 주거지를 마련해주었던 것이다.

모두에게 잊힌 뒷골목 깊은 곳의 추레한 교회 지하에 존재하는 『비밀방』이었다.

"고마워, 헤파이스토스……!"

"정말로, 저엉마알로오 이게 마지막이야! 알바할 곳도 소개해줬으니까 나머진 네가 스스로 알아서 해!"

남 챙겨주기를 좋아하는 절친신에게 이끌려간 교회 앞에서 헤스티아는 "응!" 하고 고개를 끄덕였다.

탄식과 함께 돌아간 헤파이스토스와 헤어진 후, 반쯤 폐허가 된 교회의 지하실, 자신의 거점이 될 홈에 발을 들였다.

"허걱, 뭐 이런 건물을 떠넘긴 거야, 헤파이스토스……."

교회 지하실의 참상을 보고 헤스티아는 자기도 모르게 신음해버렸다.

예전에 빌렸던 객실과 비교할 것도 없이, 너절했다.

벽의 칠은 다 벗겨졌으며 금이 간 곳도 있었다.

마석등은 천장에 매달린 것 하나뿐.

그나마 헤파이스토스가 챙겨준 침대며 소파 등 세간은 몇 가지 구비되어 있지만, 전부 중고였다.

"아니아니, 배부른 소리를 할 때가 아니지…… 정들면 고향!"

반쯤 자신을 타이르듯 외치고, 일단은 방의 확인과 정리, 청소를 시작했다.

수도를 비롯한 마석제품의 유무를 확인하고, 조그만 자신의 몸에 맞도록 세간의 위치나 높이를 조절했다. 모든 것이 끝났을 무렵에는 날도 완전히 저물어, 후우 한숨을 내쉰 헤스티아는 방 한가운데에서 주위를 둘러보았다.

"……넓구나."

문득.

조그만 입술에서 작은 목소리가 새어 나왔다.

매우 좁고 작은 집일 텐데도, 혼자뿐인 지하실이 헤스티아에게는 그렇게 보였다.

"천계에서는 혼자 있는 데에도 익숙했는데…… 로키나 헤파이스토스네는 시끌벅적했지."

머릿속에는 권속에 에워싸인 동향 출신 신들의 얼굴이 떠올랐다.

아이들은 짜증 난다는 듯 쳐다보았지만 그래도 기뻐하는 표정을 짓던 로키. 단원들에게 흠모를 받으며 자신도 웃음으로 대하던 헤파이스토스. 그녀들 이외에도, 오늘까지 보았던 신들은 모두 어딘가 행복한 것 같았다. 어딘가 만족스러워 보였다.

천계에서는 볼 수 없었던 표정을 수없이 보았다.

"……쳇, 누가 쓸쓸하다고 그래!"

스스로도 허세처럼 들리는 말이 싸늘한 지하실에 울려 퍼졌다.

멍하니 서 있던 헤스티아는 마석등을 끄고 침대로 올라갔다.

"……내 권속은 어떤 아이일까."

어떤 아이가 자신의 손을 잡아줄까.

조악한 끈으로 묶었던 머리를 풀고 침대에 벌렁 드러누우며 헤스티아는 생각했다.

약간의 쓸쓸함과 불안, 그리고 조그만 기대.

하계 주민 누구나가 맛보는 장래에 대한 감정.

온갖 것들이 뒤섞여 확실치 않은, 자신의 미래에 대한 마음.

그것을 여신인 헤스티아 또한 느끼면서 눈을 감았다.

그로부터 헤스티아의 고생──진정한 하계 생활이 시
작되었다.

　기본은 자급자족. 굶주림은 자신 혼자만의 힘으로 해결
해야만 했다.

　자신을 먹여 살릴【파밀리아】의 구성원을 만들려 해도
스카우트는 모조리 실패했으며, 좌절과 참패의 나날을 보
내야 했다.

　이제까지 뭐든 할 수 있었던 신의 힘『아르카넘』이 봉인
되어 나날이 고난을 맛보는 헤스티아의 뇌리에는 절친신
이 말했던『하계의 쓴맛』이 스치고 지나갔다.

　오락이 있다. 자극이 있다. 즐거움이 있다. 그러나 무엇
보다도 신들에게 하계는 힘든 곳임을 헤스티아는 절절히
깨달았다. 알바를 하는 감자돌이 노점에서 발화장치를 잘
못 조작하는 바람에 가게와 함께 폭발시켜 일찌감치 거액
의 빚을 졌을 때는 눈물로 뺨을 적시기도 했다.

　그러나 그런 괴로움 속에서도 은혜로운 만남이 있었다.

　"헤스티아, 오늘도 고생하는구나. 이 포션을 가져가도록 해."

　"오오……! 늘 고맙다, 미아흐!"

　"미아흐 님, 또 쓸데없이 포션을 나눠주시고……. 심지어
모험자도 없는【파밀리아】에 줘봤자 의미도 없는데……."

　영세【파밀리아】이면서 마음 착한 남신 미아흐, 그의 권

속인 시앙스로프 나자. 이곳 하계에서 처음 만난 신과 그의 【파밀리아】는 가난뱅이 동맹으로서 이따금 헤스티아를 도와주곤 했다.

"너 헤스티아 아니냐?! 이런 데 있는 걸 보니, 설마……!"

"넌 타케?! 그 차림은 설마……!"

""감자돌이 알바?!""

천계에서 면식이 있었던 타케미카즈치와 이곳 오라리오에서 재회한 것도—— 그도 또한 극빈자로서 알바에 종사하는 몸이란 사실 또한—— 노력하고자 하는 헤스티아에게 정신적인 보탬이 되어주었다. 직장 동료들도 앳된 용모의 헤스티아를 귀여워하며 아껴주었다.

그리고 오라리오에 살기 시작한 지 반년.

헤파이스토스에게 쫓겨나고 약 3개월이 지난, 어느 맑은 날이었다.

"또 거절당했어……."

정확하게 오늘 50명째의 【파밀리아】 권유에 실패하고, 헤스티아는 어깨를 축 늘어뜨렸다.

이곳 오라리오에 온 후로 합계를 내보면 이제는 얼마나 많은 아이들에게 말을 걸었는지도 알 수 없었다. 감자돌이 알바하는 곳까지 일부러 비웃으려고 찾아온 로키에게 한마디 받아치지도 못하는 꼴이었다.

오늘도 성과가 없구나……

터덜터덜 골목을 걷고 있으려니—— 한 소년이 시야에 들어왔다.

'저건 휴먼 아이구나……. 어쩐지 나 못지않게 추레한 인상인걸.'

자신과 마찬가지로 어깨를 축 늘어뜨린 채, 마찬가지로 터덜터덜 정처 없이 시내를 걷고 있다.

머리카락은 첫눈, 혹은 토끼를 연상케 하는 순백색.

눈은 선명한 루벨라이트색이며, 몸은 가녀리다.

그 뒷모습이 묘하게 신경 쓰였던 헤스티아는 소년의 뒤를 따라가 보기로 했다. 서로의 분위기에 친근감을 느꼈기 때문이기도 하지만, 침울한 옆모습을 간과할 수가 없었던 것이었다.

오종종 뛰어서 쫓아가다가는 건물 뒤에 숨고, 사삭 재빨리 튀어나온다. 주위에서 길을 가는 사람들에게서 수상쩍다는 시선이 쏟아지는 서툰 미행술을 구사하고 있으려니, 소년은 【파밀리아】에 입단하려는 사람임을 알 수 있었다. 온갖 파벌의 홈을 돌아다니며 문을 두드리고는 즉시 문전박대를 당했다. 보아하니 모험자를 지망하는 듯했다. 주신을 만날 기회조차 얻지 못한 채, 촌티 나는 풍모만으로 장래성이 없다는 판단을 받은 모양이었다.

그 사실에 헤스티아는 이건 설마, 하는 생각이 들었다.

【파밀리아】 권유의 찬스가 아닐까 하는 기대를 품고 말았다.

멀리서 봐도 소년은 헤스티아의 눈에 들어올 만한 인물이었으며, 소박하고, 내향적이고, 무엇보다 순수했다.

　머리카락 색과 마찬가지로 그의 영혼은 순백색일 것이라는 생각이 들었다.

　헤스티아는 침착성 없이, 여신답지 않은 모습으로 살금살금 동향을 살폈다.

　"그건 그렇다 쳐도……."

　외로워 보이는구나.

　흘러가는 사람들 속에서, 길 잃은 아이처럼 헤매는 소년의 뒷모습을 보며 헤스티아는 그렇게 느꼈다.

　염원하던 권속을 찾아낼 수 있을지 불안과 기대를 품은 자신과는 다르다.

　유구한 시간을 살아가는 신과는 결정적으로 다른, 진짜 어린아이.

　불안한 모습으로 자신의 보금자리를 찾는 그의 옆얼굴을 빤히 바라보았다.

　'나 원, 그런 표정을 보이면…… 차마 저버릴 수가 없지 않으냐.'

　헤스티아가 관장하는 사물은 불꽃. 그것은 곧 보금자리를 지키는 빛.

　탄원하는 이에게 구제의 손길을 내밀어주며, 상처 입고 길 잃은 아이를 맞이하는, 난로와도 같은 불멸의 불꽃이다.

지금 막 길 잃은 아이를 발견한 헤스티아는 그의 뒷모습에 말을 걸고 있었다.

"이봐~ 거기 너."

　별것 아닌 그 한 마디가 모든 일의 시작이었음을.

　이때의 여신은 전혀 알지 못했다.

　소년과의 『만남』이 그녀에게 무엇을 가져다주고 무엇을 낳을지.

　이때는, 아직.

막간
신데렐라는 행복의 꿈을
꾸는가

© Suzuhito Yasuda

"서포터 군, 축하한다. ──【랭크 업】이구나."

벨의 【스테이터스】 갱신을 마친 다음 날.

릴리에게 갱신 결과를 말하지 않았던 헤스티아는 일부러 모두의 앞에서 발표했다.

"네?"

무슨 말을 들었는지 이해하지 못했던 릴리는 한동안 시간이 얼어붙은 것처럼 가만히 있었다.

그리고 표정 하나 바꾸지 않은 채 입을 열었다.

"누가요?"

"네가."

"뭘요?"

"【랭크 업】을."

"어디서요?"

"여기서."

"언제요?"

"지금 막."

동료들이 모두 모인 거실에 침묵이 흐르고.

잠시 후.

"아──앗싸아아아아아아아아아아아아아아아아아아아아아아아아아아아아아!!"

릴리는 두 팔을 천장으로 쳐들었다. 포효와 함께 두 주

먹을 부르쥔 만세 자세. 평소 같으면 결코 보이지 않을 만
한 모습이었다.

혼신의 승리포즈였다.

미코토와 하루히메가 깜짝 놀라고, 벨과 벨프는 몸을 벌
렁 젖혔다.

"이게 【랭크 업】 전의 마지막 갱신 결과다만~."

헤스티아는 태평한 태도로 ——웃음을 참으며—— 갱신
용지를 내밀었다.

너무 고함을 질러 어깨로 숨을 헐떡이던 릴리는 낚아채
듯 종이를 받아들었다.

릴리루카 아데

Lv.1

힘: I97→H106 내구: H144→189 기교: G265→298 민
첩: E417→468 마력: E499→D500

《마법》

【신다 엘라】

○변신마법.

○변신할 모습은 영창 때의 이미지에 의존. 구체성이 없
을 때는 실패.

○모방 추천.

○영창식: 【당신의 상처는 나의 것. 나의 상처는 나의
것.】

○해주식: 【울려 퍼지는 열두 시의 알림.】

《스킬》

【아텔 어시스트】

○장비의 하중이 일정 이상일 때 받는 보정.

○능력 수정은 중량에 비례.

【커맨드 콜】

○일정 이상 성량의 고함에 전달기능 확장.

○난전 때에만 확장보정은 전투규모에 비례.

○같은 은혜를 가진 자에게만 원격감응 가능. 최대 범위는 Lv.에 비례.

Lv.1의 최종 【스테이터스】.

【랭크 업】의 조건에는 상위의 【엑세리아】 획득──『위업』의 달성 외에도 임의의 어빌리티 평가 6단계 이상이 필수적이다.

현재 D 평가에 접어든 것은 『마력』 어빌리티뿐이며, 이쪽은 사실 약 1개월 전에 대폭으로 상승했다. 다름 아닌 『제노스』의 미궁귀환 작전──『다이달로스 거리』에서 벌였던 『변신마법』 교란 전술 덕이다. 지난번에 D 평가에 근접할 정도로 성장했던 마력이 마침내 D에 도달한 것이다.

그리고 가장 중요한 『위업』.

직접 전투할 기회는 거의 없었다지만, 그녀가 헤쳐나온 수많은 사선이 【랭크 업】하기에 충분한 『시련』으로 인정을 받았던 것이리라.

결정타는 틀림없는 강화종 『모스 휴지』나 계층 터주 『암피스바에나』와 조우했던 이번의 『원정』이겠지만, 그전까지도 『중층』의 결사행이나 『칠흑의 골라이아스』와의 격전, 워 게임, 『제노스』를 둘러싼 사건 등등 Lv.1 서포터가 경험하기에는 무시무시한 궁지가 수없이 있었다.

무엇보다도 한때는 어둠의 상징이나 마찬가지였던 『신주』를 극복한 것.

그러한 모든 것들의 총결산인 셈이었다.

좀 더 자세히 말하자면, 그것은 태어난 직후 『팔나』가 새겨져 『신의 권속』으로서 15년 동안 살아왔던 릴리루카 아데의 인생이 평가를 받았다는 뜻이기도 했다.

덤이라고 말하기는 뭣하지만, 새로운 『스킬』도 발현했다.

갱신용지를 뚫어져라 바라보던 릴리는 이때만큼은 감동에 몸을 떨고 말았다.

"그리고 『발전 어빌리티』는 어떻게 하겠느냐? 『내성』 말고도 『조합』이라는 어빌리티가 발현될 듯하다만."

"그, 그건 나자 님이 가지신 어빌리티잖아요?! 도적 시절에 모험자를 함정에 빠뜨리기 위해 열심히 아이템을 조합했던 보람이 있었네요!"

타이밍을 가늠해 확인을 구한 헤스티아의 말에 힘차게 반응했다.

헤스티아가 곧바로 【랭크 업】을 시키지 않고 【스테이터스)를 『보류 상태』로 놓아둔 것도, 본인이나 동료들의 의견을 물어본 후 『발전 어빌리티』를 결정하기 위해서였다고 한다.

다시 텐션이 상승했던 릴리는 갑자기 고민하기 시작했다. 그것도 그거대로 기쁜 고민이기는 했지만.

『조합』은 약사가 취득하는 경우가 많은 『발전 어빌리티』이며, 주로 제약에서 능력을 발휘한다.

포션을 비롯한 아이템의 효력을 『마법』이라 불릴 만한 단계——상처를 순식간에 치유하는 등——까지 끌어올리는 것이다.

다시 말해 이 『조합』을 얻으면 자신의 손으로 포션 같은 것을 만들 수 있게 되어—— 아이템 값을 상당히 절약할 수 있다!

자신이 약사가 된 모습은 전혀 상상할 수 없었지만, 릴리는 솔직히 후자가 너무나도 매력적으로 느껴졌다. 『장래에는 자기 손으로 포션을 마구 만들어 경비를 대폭 절감한다』니, 【파밀리아】의 지갑을 쥔 참모로서 마음이 크게 흔들렸다. 잘만 하면 그렇게 만든 아이템으로 장사를 할 수 있을지도 모른다.

'하지만 『내성』도 은근히 유용한 어빌리티니까…….'

『상태이상』을 막아주는 『내성』은 그것만으로도 강력하다. 특히 던전을 탐색하는 자들이라면 우선적으로 확보해 두고 싶어 하는 어빌리티이기도 하다. 더 깊은 계층을 지망하는 상급 모험자라면 필수라 해도 과언이 아니다. 이 『발전 어빌리티』가 있느냐 없느냐에 따라 할 수 있는 일이 크게 달라진다.

릴리는 고민하고 또 고민했다.

그리고 한참을 고민한 끝에『내성』을 선택했다.

뛰어난 아이템을 직접 만들 수 있는『조합』은 금전적인 면에서도 지극히 매력적이었으나, 릴리의 목적은 역시 벨의 서포터로 살아가는 것이었다.

던전에서 그의 발목을 잡을 수는 없다.

곁에서 소년을 끝까지 지탱한다.

파티, 나아가서는 벨에게 도움이 되는 것을 우선시한 결과였다.

게다가 극동의 속담에서도『떡은 떡장수에게』라고 하지 않던가. 필요한 아이템이라면 단골인 나자가 마련해준다. 벼락치기『조합』을 써봤자 지식과 기술이 있는 진짜 약사가 훨씬 좋은 아이템을 만들어줄 것이다. 이제까지 했던 것처럼 전쟁 같은 계약을 펼치면서 앞으로도 그녀를 의지하면 된다.

적재적소.

릴리는『서포터』이기를 우선시했다.

"축하드립니다, 릴리 공!"

"대단하시옵니다, 릴리 님!"

"이거 넋 놓고 있다간 릴리돌이한테 추월당하겠는데."

미코토와 하루히메와 벨프가, 동료들이 에워싸고 축하해주었다.

기뻐!

너무 기뻐!

이런 날이 올 줄이야!

릴리는 자신이 인정을 받은 기분이었다.

그렇게나 원망하고 증오하고 혐오했던 현실에.

지금은 수많은 사람들 덕에 빛나는 것처럼 보이는 세계 그 자체에.

"릴리! 정말 축하해!"

무엇보다——

이 소년 덕에, 릴리는 변할 수 있었다.

재투성이였던 자신을 그만두고 솔직해질 수 있었다.

릴리는 그에게 구원을 받은 것이다.

소년은 만면에 미소를 짓고 있었다.

아무리 성장해도 변함이 없는, 소년의 티 없는 미소였다.

『이 사람을 골탕먹여주자』고…… 릴리는 처음에, 그렇게 생각했더랬죠.'

감회라고 하기에도 이상하지만, 그와 비슷한 것을 느꼈다.

처음 막 만났을 무렵, 좋은 호구를 잡았다고 입맛을 다셨던 것도 좋은 추억이다. 아니, 완벽한 흑역사지만.

완전히 비뚤어졌던 당시의 자신을 돌이켜본 릴리는 자기도 모르게 뺨을 붉혔다.

"왜 그래, 릴리?"

"……아뇨, 아무것도 아니에요, 벨 님!"

고개를 가로젓고, 소년에게도 뒤지지 않을 만한 웃음을
지었다.

그리고 자신의 맹세를, 앞으로도 결코 뒤집지 않을 약속
을 말로 했다.

"릴리는 앞으로도 계속 벨 님을 지탱해드릴 거니까요!"

⊡

"~♪"

콧노래와 함께 시내를 걸었다.

등에 새겨진 【스테이터스】도 【랭크 업】을 마쳐, 어엿한
Lv.2가 되었다. 릴리는 기쁨을 감출 수 없었다.

"여러 가지 일이 있었던 탓에 『원정』은 실패하고 【파밀리
아】는 적자에 허덕이게 될 거라고 절망했는데, 돈으로는
바꿀 수 없는 성과가 있었네요~."

점프해서는 1회전. 마치 용돈을 받은 아이처럼 들뜬 기
분이었다.

그런 천진난만한 모습을 봐도 【헤스티아 파밀리아】라고
알아보는 사람은 없어, 가게 앞에 있던 어른들에게 흐뭇한
시선을 모았다.

평소 같으면 어린아이 취급에 불만을 느꼈겠지만 지금

은 신경도 쓰지 않았다.

조금 의식해서 『스위치』를 넣으면 질주의 속도도 도약의 높이도 완전히 달라진다. 마음만 먹으면 지금 있는 대로에서 2층짜리 민가 옥상까지 뛰어오를 수도 있을 것이다. 여기에 익숙해지려면 정말로 시간과 훈련이 필요하겠다는 생각이 들었다.

『그릇』의 승화를 달성한 릴리는 최고의 기분이었다.

"아, 하지만 릴리가 【랭크 업】한 탓에, 어쩌면 【파밀리아】의 랭크가 올라갈 가능성도 있을까요……?"

세금도 랭크 업? 한동안 입 다물고 있을까?

우물우물 그런 생각을 해보았지만, 그래도

'지금은 아무려면 어때. 얏호~!'

그렇게 평소에는 도저히 생각할 수 없는 낙천적인 기분으로 자신의 생각을 웃어넘겨 버렸다.

다시 말해 그만큼 들떴던 것이다.

"후훗…… 자, 좋은 일이 생긴 김에 이것도 배달하고 와야죠."

두 손으로 든 자루를 소중히 끌어안으며, 혼잡해지기 시작한 대로를 한동안 달리고 있으려니.

"아! 너, 너는 릴리루카 아데?!"

"어라, 당신은…… 루안 님?"

한 동포와 딱 맞닥뜨렸다.

기사의 시종을 방불케 하는 고운 외모를 가진 파룸 소년.

루안 에스펠.

한때는【아폴론 파밀리아】의 단원이었던 모험자다.

지금은 무소속으로, 파룸 전용 주점 『난장이의 은신처』에서 점원을 하고 있을 텐데.

"이런 데서 뭐 하세요?"

"……주점 일 때문에 뭐 좀 사려고. 보면 몰라?"

릴리보다도 한 살 연상인 동포 소년은 체격에 비해 커다란 장바구니를 보여주며 무뚝뚝하게 대꾸했다.

아직도 워 게임 때의 원한을 품고 있는지 입술을 비죽거린다.

"너야말로 엄청 기분 좋아 보이는데 무슨 일 있었냐? 애들처럼 히죽거리게."

빈정거리는 말투도 지금의 릴리에게는 상처를 줄 수 없었다.

자루를 한 손으로 들고 조그만 가슴을 한껏 폈다.

"얼마 전 『원정』이 끝나면서【랭크 업】을 했거든요! 릴리도 이제 Lv.2의 대열에 들어갔다고요!"

"뭐——뭐라고오오오오오오오오오오오오오?!"

어떠냐! 하며 마구 자랑하는 릴리를 루안은 무언가에 세게 얻어맞은 듯한 충격을 받았다.

평화로운 시민들은 길 한복판에서 벌어지는 파룸들의 촌극을 무시하고 능숙하게 피해갔다.

"거, 거짓말이지?! 파룸이 그렇게 쉽게【랭크 업】을 할

리가……! 게다가 넌 나보다도 약했던 것 같았는데?!"

"릴리에게는 루안 님도 잘 아는『마법』이 있거든요! 꾸준히『마력』을 갈고 닦은 성과예요!"

루안은 동요에서 헤어나지 못했지만, 당당한 릴리의 모습을 보고 거짓말이 아님을 깨달았는지 한동안 넋을 놓고 있었다.

그리고는 슬며시 고개를 숙였다.

"젠장…… 왜 너만……. 나는, 나는……."

그 모습에 릴리는 우뚝 몸을 멈추었다.

이 눈을 알고 있다.

5개월쯤 전까지만 해도 자신이 하고 있었던 눈이다.

질투와 선망.

자신에게는 없는 것을 질시하는 마음. 남의 웃음이 짜증나게 여겨져 거칠어지던 감정.

릴리 때는 여기에『증오』도 더해졌다.

루안을 통해 과거의 자신을 본 릴리는 금방 평정심을 되찾고 대꾸했다.

"릴리도 엄~~청나게 호된 꼴을 당했어요. 잘못하면 죽었을지도 몰라요. 그만큼 고생했단 말이에요. 질투를 받을 이유는 없어요!"

"윽…… 나, 나도 알아……."

두 사람 사이의 분위기를 바꾸려는 듯 손가락을 하나 세우며 반론하자, 루안도 자신의 질투가 잘못됐음을 깨달았는지—— 혹은 아무것도 이루지 못한 자신의 비참함에 좌절했는지 민망한 표정을 지었다.

열등감을 품은 사람의 심정을 잘 아는 릴리는 조금 지나치게 들떴음을 반성했다.

하지만 루안을 위로하는 짓은 하지 않았다.

그것이 『약자』에게는 무엇보다도 큰 괴로움임을 알기 때문에.

"……그래서? 넌 혼자 뭐 하고 있는데? 길드에 【랭크 업】 보고하러 가는 건 아닐 테고. 손에 든 그 자루는…… 돈이냐?"

루안도 그 이상은 언급하지 않고 억지로 화제를 바꾸었다.

짤그랑, 금화끼리 부딪치는 소리를 들었는지 릴리가 든 자루를 쳐다보았다.

"아, 이 돈은요——."

그리고.

릴리가 여기까지 말하려 했을 때.

"릴리 아니니?!"

자신을 부르는 『그리운』 목소리가 들려왔다.

"———."

릴리의 숨이 멈추었다.

파룸의 뛰어난 시력이 인파의 틈새 저편에서 이쪽으로 달려오려 하는 『노부부』를 한순간 포착했다.

그 후의 행동은 신속했다.

자신의 모습을 혼잡한 인파 속으로 숨긴 순간 『영창』을 개시했다.

"【당신의 상처는 나의 것. 나의 상처는 나의 것】."

입에 익은 단문영창.

지극히 빠른 『마법의 초동』.

누구의 눈에도 보이지 않았다.

바로 곁을 스쳐 지나가는 여행자의 로브, 마차 바퀴, 드워프가 끌어안은 커다란 짐. 그런 것들 뒤로 숨으며 펼친 『고속변신』. 회색 빛의 막을 뒤집어쓰고 『다른 누군가』로 바뀌는 순간을 코앞에 있던 루안만이 인식하고 눈을 크게 떴다. 릴리의 행동은 그만큼 신속했다.

그 속도는 【랭크 업】의 은혜—— 능력 강화의 증거이기도 했다.

무엇보다 인파 속에서 몸을 반걸음 트는 동작만으로 『사각』을 확보할 수 있었던 것은 『원정』이라는 사지를 헤쳐나오면서 얻었던 『지휘자의 넓은 시야』 덕이었다.

루안 이외의 그 누구에게도 들키지 않고 『변신』을 마친 『소녀』는 인파를 헤집고 달려온 노부부를 상대했다.

"릴리—— 어?"

"왜 그러세요, 할머니, 할아버지?"

지금 막 보았다는 것처럼 고개를 갸웃하는 『엘프 소녀』의 모습에 노부부는 몸을 멈추었다.

얼굴 옆에서 튀어나온 뾰족한 귀, 아몬드 형태의 눈. 의

상까지도 평소 『릴리루카 아데』가 착용하는 것과 **비슷한** 붉은색 복장을 이루었다.

넋을 놓은 휴먼 노부부 두 사람은 착각했다고 생각했는지, 혹은 낙담했는지 어색한 웃음을 지었다.

"미, 미안하구나. 우리가 사람을 잘못 봤나 봐……. 네가, 우리가 아는 아이와 닮아서……."

배달을 나가는 도중인지, 꽃다발을 안은 할머니가 사과했다.

어린 『엘프 소녀』가 그 웃음을 올려다보고 있으려니, 곁에서 잠자코 있던 루안이 입을 벌렸다.

"아까 릴리라는 이름을 들었는데, 그거 혹시 【헤스티아 파밀리아】의 릴리루카 아데 얘기인가요?"

"……네, 맞아요."

괴로운 목소리로 긍정하는 대답이 돌아왔다.

그녀를 대신해 나이 지긋한 남편이 말을 이었다.

"우리는 꽃집을 하는데…… 오래전에, 함께 살던 그 아이에게 몹쓸 짓을 해서 말이지요."

"……."

"아니…… 몹쓸 짓을 했다는 자각도 없었답니다. 우리 생각만 하고, 그 어린아이가 무슨 무거운 짐을 지고 있는지는 보려고도 하지 않으면서 내쫓았지요. 어중간한 정만을 준 채 내쳐버린 거예요……."

그것은 마치 참회와도 같은 말투였다.

길 한복판에서 움직이지 않는 노부부에게 길을 오가는 사람들은 짜증과 경멸 섞인 눈빛을 보냈다.

"돈이, 늘 가게 앞에 놓여 있곤 했어요. 마치 미안하다고 말하듯……. 처음에는 우리를 괴롭히려는 줄 알았지요. 하지만 꽃도 함께 들어있었던 거예요. 우리가 좋아한다고 했던 꽃이, 늘……."

남편의 목멘 듯한 목소리에 루안은 『엘프 소녀』의 손을 흘끔 훔쳐보았다.

그 조그만 손에는 금화가 담긴 자루가 있었다.

"……【헤스티아 파밀리아】도 이제는 완전히 유명해져서 중견 파벌이잖아. 홈의 위치 정도는 알아보면 금방 나올 걸? 만나러 가면 얼마든지 만날 수 있을 텐데."

루안은 번덕 때문인지, 아니면 곁에 있는 소녀를 배려해서인지 시치미를 뚝 떼고 질문을 던졌다.

『엘프 소녀』는 절대 물어보지 못할 질문이었다.

"무슨 낯으로 만나러 가야 좋을지 알 수 없어서요…… 아니, 만나러 가서 무슨 말을 해야 좋을지, 뭘 해야 좋을지도 모르겠더군요……."

일방적으로 쫓아낸 자신들에게는 후회할 권리도, 사죄할 권리도 없지 않겠느냐고. 아내는 행간으로 그렇게 말했다.

머리 위에 펼쳐진 맑은 하늘과는 달리 노부부의 낯빛은 암담하고 무거웠다.

고개를 숙인 그들 사이에는 참을 수 없는 침묵이 흘렀다.

그것은 『릴리루카 아데』가 보고 싶지 않았던 광경이었다.

"——할머니, 할아버지."

그래서.

『엘프 소녀』는 말했다.

"그 꽃 주실 수 있어요?"

그들의 어두운 표정을 불식시키려는 듯 무구하고 밝은 웃음을 지으며.

"응?"

"할머니 할아버지의 그 예쁜 꽃, 갖고 싶어요."

그리고 그녀는 금화가 든 자루를 내밀며, 아내가 든 하얀 꽃다발을 가리켰다.

"그, 그건 안 돼. 이건 다른 사람한테 팔아야 하는 물건이고, 그 돈은 너무 많잖니? 이런 꽃다발을 사기에는……."

"저 오늘 굉장히 좋은 일이 있었거든요. 그야말로 지금까지 제가 한 일에 전부 보답을 받았을 정도로."

지금은 『릴리루카 아데』가 아닌 평범한 『엘프 소녀』는 노부부의 말을 부드럽게 가로막으며 말했다.

"그러니까 이 돈으로…… 이 마음으로, 두 분의 꽃을 사고 싶어요."

그것은 소녀의 본심이었다.

모습은 속였을지언정, 솔직한 말이었다.

애절한 마음을 눈꺼풀 뒤에 숨기고 미소를 짓는다.

그저 가만히 서 있기만 하던 노부부는 이윽고 눈썹을 늘어뜨리며 웃었다.

마치 눈앞의 엘프 소녀를 통해 다른 누군가를 보듯.

슬픔과 외로움을 담은 듯한── 그러면서도 기뻐하는 듯한, 그런 웃음이었다.

"고맙구나…… 엘프 아가씨."

노부부는 릴리의 이름을 부르지 않았다.

하지만 손녀처럼 다정하게 대하며 머리를 쓰다듬어주었다.

소녀는 뺨을 붉히고 해바라기처럼 활짝 웃었다.

"……야, 괜찮겠어?"

작별을 고하고 멀어져가는 노부부의 등이 인파 속으로 사라져간다.

그런 그들을 보며 루안이 물었다.

어지간한 사정을 대충 눈치챘을 그의 말이 대로의 소음 속에 묻혔다.

"괜찮아요."

릴리는 다시 아무도 눈치채지 못하게 『마법』을 해제하고 원래 모습으로 돌아왔다.

조금 전에 받은 꽃다발을 가슴에 안고, 노부부가 떠나갔던 길 너머를 계속 바라보았다.

"릴리의 존재는 저분들을 괴롭게 만들 뿐이니까요. 그러니까 괜찮아요."

"……."

"제가 망가뜨렸던 저분들의 보금자리…… 릴리가 폐를 끼쳤던 만큼의 돈은 다 갚았으니까, 이것도 끝낼래요."

여기까지 말한 릴리는 어두워졌던 분위기를 밝은 웃음으로 날려버리듯 농담 같은 어조로 말했다.

"게다가 릴리도 할머니 할아버지랑 마찬가지인걸요. 아니, 아직도 무서운 걸지도 몰라요. 【랭크 업】을 해도 릴리는 여전히 약한 파룸이니까요."

그 말에.

한동안 잠자코 있던 루안이 내뱉었다.

"누가 그래."

말할지 말지 한참을 고민하던 파룸 소년은 릴리를 보지 않은 채 말했다.

"넌, 강해. 나 같은 놈보다도, 훨씬……."

릴리는 웃었다.

감사하듯.

그녀의 가슴 속에도 아름다운 에델바이스가 미소를 짓들 살랑살랑 흔들리고 있었다.

🕯

"……."

그때.

소마는 고개를 들었다.

"왜 그러슈, 주신님?"

허리에 표주박을 매단 드워프 찬드라가 그 모습을 보고 물었다.

도시 남동부, 제3구역에 위치한【소마 파밀리아】의 홈.

단장 찬드라와 함께 신실에서 신변정리를 하던 소마는 움직이던 손을 멈추고 창가에 섰다.

긴 앞머리에 가려진 눈은 찬드라를 보지 않고 창밖을 향했다.

"그 아이가…… 계단을 올랐군."

"……?"

"그런 기분이 들었어."

컨버전을 한 후에도, 처음에 새겨진 『팔나』의 잔재는 사라지지 않는다.

신이 내린 피는 상처처럼, 혹은 신과 맺은 계약의 증거처럼 권속의 등에 남는다.

그래서라고는 생각하지 않지만, 소마는 한 소녀가 신들에게 한 걸음 다가섰음을 느꼈다.

"그 아이라면, 릴리루카 아데 말이요?"

"……그래."

"뭔진 잘 모르겠수만…… 그 아이가 마음에 걸리면 내가【헤스티아 파밀리아】에 찾아가 볼까?"

찬드라는 단장으로 취임한 지 아직 몇 달밖에 안 됐지

만, 말을 별로 하지 않는 주신의 마음을 점점 헤아릴 수 있게 된 듯했다. 마침 과거의 단원 명부를 들고 있던 그는 페이지를 펄럭펄럭 넘기고 대충대충 기재되어 있던 릴리의 항목을 펼쳤다.

주신의 친필인지, 그곳에는 종족과 성별 같은 최소한의 정보밖에는 남아 있지 않았다.

찬드라의 물음에, 잠자코 서 있던 소마는 천천히 고개를 가로저었다.

"아니…… 됐어."

"흐음, 왜?"

"내가 그 아이에게 다가갈 자격은, 없으니."

"자격이 없다?"

"나는 그 아이를, 한 번 저버렸지. 그리고 그 아이는 이제, 내 손을 떠났어."

소마의 말은 그것으로 끊어졌다.

"우리 주신님은 도통 모르겠다니까."

더 이상은 말하지 않을 것임을 눈치챈 찬드라는 그저 어깨를 으쓱했다. 끈으로 묶은 커다란 짐을 가볍게 어깨에 걸머지고는 밖으로 운반하기 위해 잠시 신실을 나갔다.

그리고 중얼거렸다.

"축하한다, 릴리루카 아데………… 작았던 아이."

이 광경 어딘가에 있을 소녀를 향해.

작은 죄책감과 속죄, 축하를 담아.

"성장했구나."

희미한 웃음과 함께 중얼거렸다.

3장 재투성이 소녀

© Suzuhito Yasuda

릴리루카 아데가 이 세상에 태어난 것은 15년 전이다.

당시 오라리오의 치안은 긴 역사 속에서도 최악이었다고 들었다.

원인은 『3대 퀘스트』의 실패.

미궁도시의 정점에 군림했던 제우스와 헤라의 양대 파벌── 세계 최강의 모험자들은 강력한 고대 괴물의 토벌에 도전해, 마지막 한 마리인 용의 왕에게 패배하고 전멸했다. 주요 전력을 잃은 두 【파밀리아】는 궤멸적인 타격을 입고 말았다.

하계 전체가 바라던 비원이 무너져 절망하는 민중을 비웃듯, 혹은 지금이 바로 기회라고 홍소하듯 어둠의 세력이 오라리오에서 활개를 쳤다. 이블스라 불리는 과격파 집단을 필두로, 그때까지 억압받던 무법자들이 미궁도시에 혼란기의 막을 열었다.

파벌의 신구 교체가 시작되었다. 패배자가 된 강자를 몰아내고, 새로운 희망이 되고자 항쟁을 일으킨 두 여신의 파벌. 나아가 혼란을 수습하고자 속속 일어난, 정의를 내세운 신의 권속들.

정의와 악, 질서와 혼돈이 맞부딪치는 당시의 오라리오는 그야말로 격동의 시대였다.

죄가 넘쳐나고, 악이 심판받지 않았으며, 무법자들이 웃음 짓는 일상.

릴리는 그런 시대 속에 태어났던 것이다.

"한 푼만, 주세요……."

릴리의 가장 오래된 기억은 3살 때다.

처음 익힌 것은 구걸하는 방법이었다. 넝마 같은 옷을 입고, 맨발로 지저분한 거리에 서서 길을 가는 사람들에게 두 손을 내민다. 등에 【스테이터스】가 새겨지지 않았다면 길가에서 죽었을지도 모른다. 친부모가 시키는 대로, 어두운 하늘에 달이 뜰 때까지 동정과 동전이 손에 떨어지기를 기다렸다.

『──돈 가져와.』

부모가 릴리에게 몇 번이고 거듭했던 말이었다.

파룸 어머니도 아버지도 어린 릴리에게 그 말밖에는 하지 않았다. 그들이 부모다운 모습을 보인 기억은 없다.

릴리의 부모가 속한 【소마 파밀리아】.

주신 소마가 술을 만들기 위해 결성한 파벌은 기괴했다. 많은 자금이 필요한 신의 취미를 위해, 많은 돈을 벌어와 좋은 실적을 올린 사람에게는『상품』──『신주』를 주는 파벌 내의 제도가 있었다.

『아르카넘』을 봉인했으면서도 소마가 만들어내는 극상의 미주에 사로잡힌 수많은 구성원은 처절한 돈벌이 경쟁에 내몰렸다. 말 그대로 신의 술인『신주』를 한 번 맛본 사람은 이성을 잃어버릴 정도였다.

릴리의 부모도 『신주』의 마력에 사로잡힌 다른 자들과 전혀 다를 바 없었다. 갓 태어난 릴리마저 이용해 돈을 버는 데 혈안이 되었다.

어느샌가 부모는 죽고 없었다.

돈을, 아니, 『신주』를 원한 나머지 던전 깊은 곳에 들어갔다가 금세 몬스터에게 살해당했다고 한다. 멍청한 놈들이라고 비웃는 단원들의 이야기로 부모의 부고를 들은 어린 릴리는 슬픔이라는 감정을 이해하지는 못했으나, 【파밀리아】 내에서 자신이 정말로 고립되었다는 것만은 알았다.

아무도 어린 릴리를 챙겨주지 않았다. 거들떠보지도 않았다.

구걸을 이어나가며, 때로는 들개처럼 쓰레기를 뒤져가며 괴로운 하루하루를 견뎠다.

"……배고파."

길거리와 홈을 왕복하는 나날 속에서, 바짝 여윈 손을 내려다보며 릴리는 의문을 품는 일이 많아졌다. 대체 누가 이제까지 자신을 길러주었는가, 하고.

이렇게 철이 들고 혼자 움직일 수 있게 되기까지 자신을 돌봐주었던 사람은 누구일까. 육아도 거의 내팽개쳤던 부모가 지켜주었다고 생각하기는 힘들었다. 릴리는 어린 마음에도 항상 의문을 품고 있었다.

"아…… 주신님."

"……."

배 울리는 소리에 등을 떠밀린 것처럼 먹을 것을 찾아 홈을 헤매던 그 날, 릴리는 복도에서 자신의 주신인 소마와 맞닥뜨렸다.

종잡을 수 없는 신. 눈은 길게 자란 앞머리에 가려졌고, 한마디도 하지 않으며, 무슨 생각을 하는지조차 알 수 없다. 지금은 숭배의 대상이 『신주』로 변하고 말았지만, 릴리는 조용한 신위를 두른 이 신물이 아직도 다른 단원들에게 외경의 대상임을 잘 알았다.

바로 눈앞에서 발을 멈추었던 소마는 앞머리 너머 새까만 눈으로 릴리를 내려다보았다. 등에 새겨진 【스테이터스】가 시큰거리는 착각을 느끼며 황급히 복도 모퉁이로 숨었다.

살그머니 고개를 내밀었던 릴리는…… 정신이 들고 보니 소마가 품에 안은 종이봉투에 시선을 고정하고 있었다. 희미하게 기름과 소금 냄새가 피어나는 봉투의 내용물은 옅은 갈색으로 튀겨진 감자돌이었다.

꼬르륵, 조그만 배에서 소리가 났다.

몸을 내려다보며 배를 문지르는 릴리에게, 소마가 말없이 다가섰다.

밀려드는 그림자에 릴리가 겁을 먹고 있으려니. 눈앞에 감자돌이 하나가 다가왔다.

눈을 동그랗게 뜬 릴리는 표정 하나 바뀌지 않는 주신과 음식을 번갈아 보았다. 그리고 쭈뼛쭈뼛 받아들었다.

조그만 입술을 한껏 벌려 한 입 깨물었다.

따뜻한 튀김옷이 아삭 소리를 내고 감자의 감칠맛이 입 안을 채웠다.

오랜만에 먹는 제대로 된 식사에 온몸이 뛰어오르듯 기뻐했다.

"저, 저기…… 고맙, 습니다."

"……."

열심히 손가락까지 빨아가며 다 먹어치운 후, 더듬거리는 말투로 인사를 했지만 소마는 역시 아무 말이 없었다.

잠시 후, 주신은 다시 걸음을 옮겨 멀어져갔다. 릴리는 망설이면서도 그의 등을 좇았다.

차박차박 맨발 소리를 내며, 홈의 신실로 들어간 소마를 따라간다. 쭈뼛쭈뼛 입실하는 릴리에게 주신은 아무 말도 하지 않았다. 쫓아내려고도 하지 않았다.

접시에 감자돌이를 몇 개 얹어 의자 위에 놓아주었다.

그것이 자신에게 주는 것임을 깨닫는 데에는 시간이 필요했다.

묵묵히 먹기 시작하는 릴리를 내버려 둔 채, 감자돌이 하나로 식사를 때운 소마는 술의 재료인지 방 한구석에서 식물을 혼합하기 시작했다. 막자와 공이를 써서 드득드득 소리를 낸다.

'이 소리…….'

공복이 해소되고 눈꺼풀이 서서히 무거워지기 시작하는

가운데, 릴리는 그 작업의 소리가 귀에 익다는 생각이 들었다.

아주 옛날, 기억에도 남지 않은 꿈의 틈새에서 흘러나오던, 자장가 같은 소리.

그 규칙적이고 일정한 리듬은 릴리를 금방 잠의 세계로 유혹했다. 바닥에 누워 몸을 동그랗게 말며, 감긴 눈꺼풀 사이로 투명한 물방울을 흘렸다.

이윽고, 어머니의 것도 아버지의 것도 아닌 커다란 손이 릴리의 몸을 안아 들었다. 침대 위에 눕히고, 따뜻한 이불을 덮어주었다. 이미 잠이 들었을 텐데도 그녀의 눈에서는 눈물이 하염없이 흘러나왔다.

아무 말도 해주지 않는 신의 곁에서, 릴리는 태어나 처음으로 타인의 사랑을 알았다.

그리고 그것이 처음이자 마지막으로 주신이 주었던 온기였다.

릴리에게 계기가, 운명의 날이 찾아왔던 것은 6세 생일을 맞은 직후였다.

구걸이나 고물 수집을 다녀와서는, 아무 말도 하지 않는 소마의 방에 찾아가는 나날을 되풀이하던 어느 날. 【파밀리아】 전원에게 소집령이 떨어졌다.

주신을 제외한 권속들만의 집회였다.

"잘 왔다, 제군. 오늘부터 내가 단장이 되어 주신님을 대신해 파벌을 지휘할 거다."

넓고 지저분한 방에서, 급조한 단상에 오른 사내의 이름은 자니스라고 했다.

『신주』를 두고 경쟁하느라 간부진의 유동이 심한【소마 파밀리아】에서 자니스는 Lv.2에 오를 정도의 실력자였다. 눈엣가시인 단장 후보들을 없애고 올랐다는 불온한 속삭임이 릴리에게 들려왔다.

무언가 불길한 예감을 지울 수 없는 가운데, 20대 초반으로 보이는 휴먼 사내가 손가락을 딱 울리자 각 단원에게 잔이 돌아갔다.

"앞으로【소마 파밀리아】는 더더욱 확장할 거다. 현재의 오라리오는 시기가 시기인 만큼 새로운 입단자를 모집해 시대의 거친 파도를 넘어서려 한다. ……이 술은 우리의 활약에 기대하는 의미에서 소마 님이 주셨다."

술렁임이 커졌다.

신규 입단자를 비롯해 이제까지 『신주』를 마셔본 적이 없는 릴리 같은 하위 구성원까지 수많은 이들이 골고루 주어진 술에 눈을 떨구었다. 소마가 『신주』를 이렇게 베풀 리 없다는 사실을 알면서도 ──새 단장 자니스가 술창고에서 훔쳐 왔음을 알면서도── 달콤하고 청량한 향기에 끌려가듯, 잔을 입술에 가져가고 있었다.

어린 릴리도 마찬가지였다. 『신주』의 마력에 저항하지 못한 채 천천히 잔을 들었다.

자니스는 안경 속에서 눈을 가늘게 뜨며 잔을 높이 들었다.

"파벌의 발전을 기원하며── 건배."

남자의 입술이 추악한 웃음을 머금고 일그러졌다.

그리고 『신주』를 입에 댄 다음 순간.

"_____."

릴리는 짐승으로 전락했다.

그 후로 릴리는 소마의 방에 가지 않게 되었다.

대신, 부모님이 죽은 곳이라 기피하던 던전에 드나들기 시작했다.

──마시고 싶어!

──다시 한번 그걸 마시고 싶어!

──무슨 수를 써서라도!!

눈빛이 바뀐 릴리는 자니스가 제시한 자금 확보의 할당량 달성에 혈안이 되었다.

부모와 완전히 똑같은 길을 걷듯, 모험자가 되어 『마석』의 광채를 탐하기 시작했다.

"……."

릴리는 그저 술을 찾아 헤매는 아귀가 되었고, 소마는

그런 그녀를 홈의 위층에서 실망과 낙담의 눈빛으로 내려다보았다. 그러나 릴리는 그 사실을 알지 못했다.

『신주』로 파벌을 통솔하겠다는 자니스의 간계로 인해, 주신이 권속들을 완전히 저버렸다는 것도.

"돈을 벌어와. 파벌에 돈을 가져오라고! 우리의 주신님이 원하신다!"

돈벌이는 더욱 치열해졌다.

【파밀리아】의 관리와 운영은 지금까지보다 훨씬 살벌해져, 이제 파벌은 새 단장의 사리사욕을 위해 움직인다 해도 과언이 아니었다. 술의 마력에 사로잡힌 신자들은 그 사실도 깨닫지 못한 채 『신주』를 주겠다는 마법의 말에 정신없이 따랐다.

이블스를 비롯한 흉악한 무법자들의 그림자가 벌이는 온갖 악행은 길드도 모두 포착할 수 없어, 주모자가 얼마나 교활한지를 말해주는 듯했다.

【소마 파밀리아】는 소리 없이 더더욱 기괴해져갔다.

"허억, 허억, 허억……!"

한편 파룸이자 빈약한 릴리는 조직의 톱니바퀴와는 거리가 먼 곳에서 발버둥을 치고 있었다.

손을 피로 물들이며 『고블린』이나 『코볼트』 같은 저급 몬스터를 던전에서 없앴다. 결코 정면에서 덤벼들지는 않았다. 어두운 곳에서 숨을 죽인 채, 잡아먹힐지도 모른다는 공포와 싸우며, 사냥감이 한 마리가 되었을 때를 노려 기습했다. 약하고 비겁하며 비효율적인, 어린 릴리가 할 수 있는 최대한의 방법이었다.

그러나 한계는 금방 찾아왔다.

무기 정비 비용, 아이템, 나날이 너덜너덜해져 가는 몸. 잔혹한 하이 리스크 로우 리턴. 던전에 내려갈 때마다 적자가 늘었다.

주신에게 울며불며 【스테이터스】 갱신을 받아도 결과는 달라지지 않았다. 혼자 익히고 혼자 힘을 길러야 하는 한계가 있었으며, 무엇보다도 릴리는 모험자로서 비참할 만큼 소질이 없었다.

약한 릴리는 서포터로 전향할 수밖에 없게 되었다.

그리고—— 착취가 시작되었다.

"잠깐, 잠깐만요……?! 약속한 거랑 다르잖아요!"

"네가 굼떠서 벌이가 줄었잖아! 보수를 주는 것만도 고맙게 여겨!"

추한 보수 쟁탈이 기다리는 파벌 단원들과의 공동탐색을 피해 다른 파벌의 파티에서 짐꾼을 맡을 때마다 모험자들은 조그만 릴리를 학대했다.

몫이 줄어드는 것은 당연지사. 억울한 죄를 뒤집어씌워 비난하더니 공짜 일을 강요하고, 자신의 몸을 지키기 위해 구입한 무기나 포션을 빼앗는 경우마저 있었다.

——술집에서 소란을 떨고, 미궁 탐색으로 번 돈을 물처럼 쓰는 모험자들, 보수를 나눠달라고 그들의 발밑에 매달

리는 자신.

날아든 것은 발길질이었다. 쓰러져 고통스러워하는 자신의 눈앞에는 보수가 아니라 먹다 남은 고기 조각이 던져졌다.

기어 와서 먹으라는 것처럼 온 주점에서 터져 나오는 웃음소리, 모험자들의 조소. 릴리는 영원히 잊지 못할 것이다.

굴욕과 절망이 가슴 속에서 소용돌이친다. 눈물이 뺨을 적시지 않는 날이 없었다.

전문직 서포터. 멸시의 대상.

단순한 짐꾼. 얼마든지 바꿔 쓸 수 있는 소모품.

이때 릴리는 태어날 때부터 주어진 약한 힘과 함께 세상의 냉혹함을 진저리칠 정도로 맛보았다.

'……왜 릴리가 이렇게까지…….'

『신주』의 마력이 흐려지기 시작했던 것도 이 시기였다.

취기가 가시고 나자 릴리는 엄청난 공허함에 사로잡혔다. 자신을 이 정도로 현혹시켰던 『신주』와 주신에게 공포마저 느꼈다.

하지만 이제는 돌이킬 수 없다. 하급 모험자들 사이에서 릴리는 딱 좋은 돈줄로 각인되고 말았다.

기괴하게 일그러진【파밀리아】내에는 자신을 도와주거나 자신을 비호해줄 사람이 있을 리 만무했다. 한 식구끼리 다투는 그들의 눈에 릴리는 그저 도구로밖에 비치지 않았다.

'날 도와주었던 누군가도 이제 없어…….'

언제였던가, 분명히 먹을 것을 주었던 신물의 얼굴을 떠올릴 수 없게 되었다.

『신주』의 극심한 갈망이 씻겨나가, 혹은 지옥처럼 이어지던 고통의 나날에 짓눌려, 따뜻했던 기억은 모래처럼 풍화되었던 것이다.

추억조차 잃어버린 릴리는 이제 그저 살아가기 위해 진흙탕을 헤치고 나아갔다.

'죽어버리고 싶어…… 하지만.'

아프고, 괴롭고, 외롭고, 이제는 모든 것이 싫다고 고함을 지르는 마음에 떠밀려, 몇 번이나 목숨을 버릴까 생각했다.

그러나 릴리는 알고 있었다. 몬스터의 발톱에 찢기는 열화와도 같은 아픔을. 몬스터들에게 발길질을 당해 흐느낄 때의 괴로움을.

그 이상의 고통은 상상만 해도 두려워져, 죽음으로 발을 내디딜 수가 없었다.

"──큭!"

착취당하던 나날에 견디지 못하고, 릴리는 어느 날 마침내 도망쳤다.

굵은 눈물을 흘리며, 모험자들로부터, 【파밀리아】로부터.

신의 권속이라는 입장을 버리고, 무소속 일반인 행세를 하며, 소소한 행복만을 바랐다.

그러나.

모험자들은 그런 릴리의 소소한 바람조차 허락해주지 않았다.

���

【소마 파밀리아】에서 도망칠 수 없다는 사실을 이해한 것은.

자신이 영원히 모험자들에게 고통을 받아야 한다는 사실을 깨달은 것은.

몸을 의탁했던 노부부의 꽃집이 무참히 파괴된 광경을 본 순간이었다.

"할머니, 할아버지?!"

사건의 전말은 【소마 파밀리아】에 속한 모험자들의 습격이었다.

방황 끝에 도달한 릴리의 보금자리를 철저하게 파괴하듯, 마치 네가 있을 곳은 이쪽이라고 경고하듯, 『신주』의 마력에 사로잡힌 자들이 돈을 비롯해 모든 것을 빼앗아갔던 것이다. 항쟁이 잇따르는 도시에서, 여유가 없는 『길드』나 다른 파벌은 이러한 범죄까지 단속할 상황이 아니었으므로 수사의 손길은 미치지 못했다.

파괴된 꽃집과 마찬가지로 휴먼 노부부도 부상을 입었다. 자신이 없을 때 벌어진 참상을 보고, 더부살이로 일을 도와주던 릴리는 그들에게 달려가 손을 내밀었다.

자신을 받아주고 손녀처럼 다정하게 대했던 노부부는——
그 조그만 손을 뿌리치고 거부했다.

"_____."

다정한 줄로만 알았던 두 사람의 눈이 비난과 혐오에 물
들어 있었다.

입술에서 피를 흘리며 멍투성이가 된 남편, 힘없이 땅바
닥에 주저앉아 눈물을 흘리며 그의 등을 받쳐주던 아내.
릴리를 받아주는 바람에 폭력에 말려든 노부부는 오물이
라도 대하듯 그녀를 노려보았다.

반전된 그들의 시선에, 릴리의 조그만 가슴은 균열을 일
으켰다.

'——기다려요.'

노인이 조용히 입을 열려 한다.

기다려요. 부탁이에요. 말하지 말아요. 릴리는 온몸으로
외쳤다. 그러나 언어를 이룬 것은 한 마디도 없었다.

'——불러줘요.'

릴리를 불러줘요.

늘 그랬던 것처럼 릴리를 다정하게 부르고, 머리를 쓰다
듬어주세요.

일을 실수해도 괜찮다고 해주었던 그때처럼 웃어주세요.

릴리가 필요하다고 해주세요.

릴리를 구해주세요.

릴리를 버리지 말아요.

여러분에게 버림을 받으면, 릴리는——.

"——너 같은 건 만나지 말았어야 했어."

릴리의 마음속에서 무언가가 부서졌다.

남편의 말이 마음을 갈기갈기 찢고, 소중한 무언가가 피처럼 흘러 떨어졌다.

그들에게 쫓겨난 릴리는 살아있는 망자처럼 거리를 헤매다, 정신이 들고 보니 어두운 밤하늘 아래에서 비를 맞고 있었다.

"하, 하하하……."

아무도 없는 뒷골목 한복판에서, 릴리는 비를 맞으며 웃었다. 빗방울이 조그만 뺨을 타고 흘러내렸다.

노부부에게 받은 귀여운 어린이용 옷이 굵어지는 빗발을 머금어 족쇄처럼 무거워졌다.

'아무도 불러주지 않아. 아무도 의지할 수 없어. 내가 필요한 사람은 아무도 없어……. 아무도, 구해주지 않아.'

자신은 외톨이다.

손을 내밀어줄 이는 어디에도 없다.

조금도 다정하지 않은 세계는 달콤한 꿈을 보여준 후 반드시 잔혹한 현실로 돌아간다.

릴리는 그 사실을 이해했다.

등에 새겨진, 이 저주받은 【파밀리아】의 각인을 어떻게든 하지 않는 한, 자신에게 안식과 자유는 찾아오지 않음을 똑똑히 이해했다.

소리를 내 웃었다.

그 웃음소리 깊은 곳에 오열을 감추며.

그날부터 릴리의 눈에서는 빛이 사라졌다.

🔥

그 후, 릴리는 서포터를 계속했다.

【소마 파밀리아】는 물론, 다른 모험자들에게서 편리한 짐꾼 취급을 받더라도 그들의 고분고분한 하인인 척 연기했다. 이용당하고 혹사당해도 인형 같은 웃음과 얼음 같은 무표정을 두르고, 언젠가 파벌의 주박으로부터 해방될 그날까지 견뎠다. 이젠 어디로 도망치거나 남을 의지하려 들지는 않았다. 자신 이외의 남에게 피해를 주기는 ——다시 남의 정에 배신당하기는—— 싫었다. 【파밀리아】의 탈퇴 비용을 지불할 만한 자금을 마련하기 위해 돈을 저금하는 하루하루를 보냈다.

이 무렵부터 릴리는 소매치기 같은 도둑질에도 손을 대기 시작했다. 마음이 깎여나가고, 번드르르한 말을 믿지 않게 된 그녀는 더 이상 수단을 가리지 않았다. 도적 기술은 나날이 늘어갔다.

물론 좋은 돈줄로 점찍혔던 릴리는 이제까지 그랬듯 몇 번이나 착취를 당했다.

"쳇, 이것밖에 없냐고!"

호되게 두들겨 맞고 땅바닥에 널브러진 자신에게서 금화가 든 자루를 빼앗아간 수인 사내 카누가 혀를 찼다. 약자인 릴리를 늘 착취하는【소마 파밀리아】사람 중 하나였다.

힘이 다해 쓰러진 자신을 카누 일당이 내려다보는 가운데, 한 걸음 떨어진 곳에서 지켜보던 가녀린 얼굴의 휴먼이 뒷짐을 진 채 일그러진 웃음을 지었다.

"소마 님의『신주』도 마시지 않고 참 많이 애쓴다, 아데? 뭐 바라는 거라도 있냐?"

"……."

단장인 자니스의 물음에도, 릴리는 바닥에 얼굴을 붙인 채 대답하지 않았다.

그 후로 릴리는『신주』를 한 방울도 마시지 않았다. 자니스의 계략에 따라 정기적으로 섭취하는 다른 단원들과는 달리, 자신을 환혹에 빠뜨리는 신의 술을 기피하고 두려워했기 때문이다.

두령의 말에 아무 반응도 보이지 않자, 말단 단원인 카누가 대답하라며 릴리의 머리를 걷어찼다.

"단장님, 이거 그냥 창관에 팔아버리죠? 이딴 땅꼬마도 환락가에 가져가면 그나마 돈이 좀 될 텐데요."

"——뭣들 하나."

카누가 자니스에게 야비한 웃음을 지으며 말하고 있을 때, 그들이 있던 홈의 뒤뜰에 누군가가 나타났다.

몽롱해진 의식 속에서 들려온 굵은 목소리. 릴리는 눈만을 돌려 그쪽을 보았다.

"오, 찬드라 나리. 사실은 말입죠⋯⋯."

뿌옇게 흐려진 시야에 비친 것은 땅딸막하지만 근골이 우락부락한 드워프의 윤곽이었다.

카누의 설명을 들은 드워프는 눈살을 찡그리는 듯했다.

"창관은 관둬."

"⋯⋯왜 그러는데요, 찬드라 나리. 이 꼬맹이를 감싸려는 겁니까?"

"다른 파벌의 『팔나』를 가진 여자를 팔았다간 환락가 놈들이 첩자 아니냐고 의심해. 잘못해서 【이슈타르 파밀리아】한테 찍히기라도 하면 어떡하려고."

"윽⋯⋯."

드워프의 말에 카누 일당이 주춤거리는 기색이 이어졌다.

찬드라라 불린 사내는 최근 파벌에 입단해 두각을 나타내기 시작한 Lv.2 드워프 모험자로 기억했다. 아직까지는 자신을 학대하지 않고 해를 끼치지도 않은 드워프의 얼굴을 떠올리며, 그녀는 힘을 쥐어짜 고개를 들었다.

자니스만이 상처투성이 릴리를 변함없이 내려다보고 있었다.

"흠, 그것도 그렇군⋯⋯."

카누 일당의 말을 음미하듯 자니스는 눈을 가늘게 떴다.

이지적인 척 안경 속에서 두 눈을 빛내는 사내. 릴리는 공허한 눈동자로 그를 노려보았다.

이윽고 그의 입술이 초승달처럼 구부러졌다.

"찬드라 말대로 쓸데없는 의심을 살 필요는 없지. 아데는 이제까지처럼 우리 파벌에서 일해줘야겠어. 게다가, 후후…… 그편이 더 재미있을 거 같고."

릴리의 차디찬 눈, 이 세상 모든 것을 원망하는 듯한 눈이 진심으로 즐겁다는 듯 자니스는 웃음을 지었다.

일련의 대화를 묵묵히 들은 릴리는 조용히 주먹을 부르쥐었다.

온몸을 좀먹는 아픔과 분노의 감정이 몸속에 시커먼 불을 지폈다.

오늘만이 아니었다. 이제까지 겪은 온갖 일들이 릴리의 복수심을 자극했다.

자신을 내려다보며 비웃는 가증스러운 모험자들을 노려보며, 릴리는 자신의 가슴에서 원한의 목소리가 스며 나와 떨어지는 것을 똑똑히 알 수 있었다.

그로부터 세월이 흘러, 태어난 지 13년을 헤아릴 무렵.

소녀는 복수를 실행했다.

비가 쏟아지는 뒷골목에 격렬한 노성이 울려 퍼지고 있었다.

멀리서 어지러이 뒤섞인 발소리와 함께 여러 모험자의 욕설이 들려오는 가운데, 거친 호흡을 되풀이하는 아름다운 엘프 소녀가 있었다.

물을 첨벙첨벙 튕기며, 자신을 찾는 추적자로부터 완벽히 도망치자 발을 멈추고 벽에 몸을 기댔다.

금색 장발을 비에 적힌 엘프 소녀는 호흡을 가다듬으며 조용히 입을 벌렸다.

"──【울려 퍼지는 열두 시의 알림】."

그 영창이 흘러나오자 그녀의 온몸을 회색 빛의 장막이 감쌌다.

다음 순간, 그곳에 서 있던 엘프 소녀의 모습은 사라지고 밤색 머리카락이 뺨에 달라붙은 릴리가 나타났다.

호흡과 팔다리를 함께 떨며, 손에 든 꾸러미를 펼친다.

그 속에는 금은으로 빛나는 팔찌며 반지와 같은 모험자용 액세서리, 레어 몬스터의 드롭 아이템, 나아가서는 나이프 형태의 『마검』까지 있었다.

릴리의 눈이 뿌옇게 젖어 들고, 입술에는 일그러진 웃음이 맺혔다.

"해냈다, 해냈어요── 꼴좋다!!"

변신마법【신다 엘라】.

반년 전, 자신의【스테이터스】에 발현한 『마법』을 이용해 릴리는 모험자들을 속였다.

무해하고 가련한 엘프 서포터로 변신해 모험자들에게 접근, 던전 내에서 그들의 금품을 갈취한 것이다.

"아하하하하하하하하하하하하하하하!"

릴리는 웃었다.

몇 년 만인지 알 수 없는 큰 웃음소리를 내며 어두운 희열로 몸을 채웠다.

『마검』을 비롯한 금품을 도둑맞은 모험자들의 노성이 지금도 들려온다. 필사적으로 충동을 억누르려 해도 웃음이 멈추질 않았다.

변신을 풀어 『도둑질을 한 엘프 소녀』를 지워버린 자신에게 더 이상 추적의 손길은 미치지 않는다. 그 후에는 다시 변신해 이 전리품을 팔아치우면 들키지 않고 거금을 얻을 수 있다.

마침내 해냈다고, 릴리는 비가 내리는 하늘을 우러러보았다.

'앞으로는, 이제까지 날 괴롭혔던 모험자들을……!'

분명 이 변신마법 【신다 엘라】를 구사하면 다른 방법으로 돈을 벌 수도 있을 것이다. 다른 방법으로 살아갈 수도 있을 것이다.

하지만 오랫동안 학대를 당해 원한과 증오가 맺힌 릴리의 마음이 이를 용납하지 않았다.

그동안 쌓인 분노와 탄식이 약한 소녀에게 모험자들에

대한 복수를 맹세케 했던 것이다.

흙탕물을 핥으며 살아왔던 오늘까지의 인생과 결별한 것이다.

모험자들에게서 이제까지 빼앗겼던 것을 모두 되찾고, 자신의 손으로 자유를 얻은 것이다.

자칫 방심하면 넘쳐나 버릴 것 같은 죄책감을 걷어차고 마음속에 가둬놓은 채, 릴리는 억지로 웃고 또 웃었다.

한바탕 웃은 후 그 자리에서 이동을 개시했다.

다정했던 이들에게 쫓겨났던 그 날과 마찬가지로 쏟아지는 비를 맞으며, 릴리는 부상을 입어 피를 흘리는 몸을 끌고 뿌옇게 흐려진 도시 속으로 몸을 감추었다.

릴리는 그날부터 몇 번이나 도둑 같은 행위를 되풀이했다.

모험자를 던전에서 함정에 빠뜨리고, 돈이 될 만한 것을 빼앗아 온 힘을 다해 귀환한다. 서포터 따위에게 속아 분노해 길길이 날뛰는 모험자들은 때로는 함정을 벗어나 쫓아왔지만 릴리의 변신마법은 완벽해 아무도 그녀를 붙잡지 못했다. 소속 파벌인 【소마 파밀리아】 사람들에게서까지 금품을 빼앗았을 때는 약간이지만 속이 후련해졌다.

기쁨의 이면에서 느껴지던 공허함은 애써 모르는 척했다. 오히려 다시 타오르기 시작한 분노의 힘으로 나약한 의지를 억눌렀다. 너는 이제까지 당했던 것을 잊었느냐고.

그리고 몇 번이나 모험자들에게 앙갚음을 하며 2년이 지났을 때.

릴리는 물을 받은 들통을 보고, 자신의 눈이 흐려졌음을 깨달았다.

피신용 아지트로 삼은 여인숙이었다. 오늘도 모험자들을 함정에 빠뜨려, 붉은 피를 흘리고, 몬스터의 주검——재를 뒤집어쓴 자신은 웃음이 나올 정도로 지저분했다.

멀거니 수면을 바라보던 릴리는 갑자기 어떤 동화를 떠올렸다.

꽃집 노부부의 집에서 읽었던 책이었을까. 어디서 봤는지는 자세히 기억나지 않지만, 흔해빠진 이야기였다.

장난을 좋아하는 정령의 마법에 걸려 절세 미녀로 변신해버린 남루한 재투성이 소녀. 담담한 꿈을 좇아 왕궁으로 간 그녀를 보고 첫눈에 반한 왕자. 소녀는 정령의 마법이 풀리는 바람에 도망치지만, 훗날 왕자가 그녀를 찾아낸다.

마법이 풀린 소녀를 왕자가 맞이하러 가, 그녀는 행복해진다.

피와 재에 찌든 거울 속의 또 다른 자신을 바라보며, 릴리는 의문을 건넸다.

이 거짓투성이 변신마법을 풀었을 때—— 진정한 자신에게 손을 내밀어줄 이는 존재할까?

"……멍청한 소리."

자신의 상상에, 거울에 비친 자신에게 릴리는 비웃음을 지었다.

혼자뿐인 방 안에서, 말라붙은 마음을 모험자에 대한 분노로 덧씌우며, 침대에 누워 먼지투성이 이불을 뒤집어 썼다.

사람의 온기를 잊어 싸늘해진 자신의 손을 창밖에 펼쳐진 달밤이 내려다보고 있었다.

🔥

그렇다.

자신을 찾아내고 맞이해줄 왕자 따위 어린이의 공상이며 가공의 존재다.

하물며── 자신을 구해줄『영웅』따위 없을 테니.

그러니 오늘도.

가면을 쓰고, 천진난만한 어린아이를 연기하며, 얼빠진 모험자들을 속여야지.

다음 사냥감은 이미 정해졌다.

분노에 미쳐 날뛰던 모험자로부터 자신을 감싸준, 아무리 봐도 신출내기 티가 나는 휴먼.

정체도 모를 이런 지저분한 파룸을 구해주다니 무슨 생각을 하는가 싶었더니 튀어나온 대답은『여자아이니까 감싸주었다』라는 우습지도 않은 말. 너무나도 어리석고 멍청해서, 그딴 이유는 들어본 적도 없어서 그때는 차마 웃지도 못했다.

순수함을 드러내는 듯한 흰 머리카락에, 눈동자는 토끼 같은 루벨라이트.

미처 지우지 못한 촌뜨기의 분위기. 분명 이제 막 도시에 올라왔겠지.

그리고 냄새로 알 수 있다. 덮어놓고 남을 믿는 착해빠진 사람이다.

어느 비참한 파룸과는 달리 복 받은 환경에서 자랐겠지. 아직 아픈 꼴을 보지 못한 것이 틀림없다.

그러므로 자신이 가르쳐줄 것이다.

이 도시가 얼마나 지저분한지, 가혹한지, 비정한지를.

좋은 신을 만나지도 못해 괴로움에 짓눌려가는 현실을.

수업료는 분수에도 맞지 않는 그 칠흑색 나이프다.

그 무구한 마음을 자신처럼 더럽혀주고 말 것이다. 자신의 눈빛처럼 일그러뜨리고 말 것이다.

자신처럼 물들여주고 말 것이다.

배신당해, 울부짖으며, 아무도 믿을 수 없게 만들고 말 것이다.

두 번 다시 『여자아이니까』라는 멍청한 소리는 하지 못하게 만들 것이다.

애초에 척 보기에도 다루기 쉬운 호구다. 금방 해치울 수 있을 것이다.

그 명검만 얻는다면 목표액은 금방 채울 수 있을지도 모른다. 【파밀리아】의 주박으로부터 해방될지도 모른다.

자아, 지저분한 재를 뒤집어쓰고, 속이자.

자신도 타인도 끊임없이 속여왔던 그 너머에 희망이 있다고 믿고, 릴리는 오늘도 또 한 모험자에게 말을 걸었다.

"모험자님, 모험자님. 거기 백발 모험자님."

막간
그이의 나는 어드바이저

© Suzuhito Yasuda

"시, 『심층』……."

어질.

현기증을 일으킨 에이나는 테이블에 엎드려졌다.

맞은편에 앉아 민망한 표정을 짓고 있는 사람은 그녀의 담당 모험자 벨 크라넬이다.

화창한 오후의 햇살이 창문으로 스며드는 길드 본부의 면담용 부스에서, 에이나는 얼마 전의 『원정』에 대해 듣고 있었다.

지상으로 귀환했을 때는 벨의 용태가 심각하기도 해 자세한 설명은 듣지 못했다. 그 후로도 이런저런 일로 바빠──상급 모험자의 막대한 희생에 따른 보고와 사후처리 등등 때문에── 뒤로 미뤄졌던 것이다.

그리고 지금.

『진상』을 들은 에이나는 졸도할 뻔했다.

"……그럼 『웜 웰』에게 먹힌 후에, 『심층』을 나흘 동안이나 헤맸단 말이니?"

"네…… 그래서 류 씨…… 【질풍】의 도움을 받아, 간신히 살았어요……."

"……구체적으로는?"

"……콜로세움을 빠져나가려다, 또 죽을 뻔하고, 화염석을 써서 바닥을 뚫고…… 거기서 미개척영역을 발견해서……."

에이나는 비실비실 고개를 들었으나, 이어지는 벨의 설

명에 머리를 두 손으로 끌어안으며 큰 소리로 신음했다. 방음성이 좋은 면담실이라 다행이다.

"아아아아아……!"

리빌라 마을의 두목 보르스가 창구에 쳐들어오기도 했으므로【질풍】이 얽힌 혼란에 말려들었다는 이야기는 알고 있었다. 하지만 반대로, 그게 전부일 거라고만 생각했다.

전초전으로 강화종 『모스 휴지』와 맞붙고, 블랙리스트 수배범인 테이머 쥬라 할머가 조종하는 『웜 웰』과 교전하고, 전대미문의 이상 사태 『저거노트』와도 사투를 벌이고, 결정타로 『심층』까지 떨어졌으리라고 누가 예상이나 하겠는가. 아마 신이어도 무리일 것이다.

벨은 단어를 고르는지 더듬더듬 말했지만 『저거노트』라는 존재는 우라노스도 아는 듯했다. 길드의 상부를 건너뛴 주신의 신의라면 에이나도 그 괴물에 대해서는 입을 다물어야겠지만, 솔직히 무슨 일이 일어났는지 이해할 수는 없었다.【질풍】과 벨이 아는 사이라는 것부터 놀라웠는데.

【파밀리아】의 도달 계층에 대해서도, 『심층』에 다녀왔다는 사실은 철저하게 숨길 방침이라고 한다. 이것은 릴리가 사주했기 때문인데, 그녀의 입장에서는 길드에 바칠 세금이 오를 가능성 등을 철저하게 배제하고 싶었을 것이다.

위반이기는 하지만 상황을 돌이켜봐도 허위 보고는 당연한 권리라는 생각이 들었다.

그러므로 에이나도 여기에는 협조하기로 했다.

협조는 하겠지만……

"……참고삼아 묻겠는데, 이번에 갱신한 【스테이터스】의 어빌리티는?"

"어…… 제일 높은 게, B요……."

털썩.

에이나는 만세를 부르는 자세로 테이블에 엎어졌다.

두 번째였다.

'아, 머리 아파…….'

이야기만 듣고 있는데도 이미 만신창이였다.

깃털 펜을 한 손에 들고 양피지에 써 내려가던 메모는 일찌감치 휴지가 되었다.

어차피 제출하진 않겠거니 생각은 했지만, 역시 도저히 그럴 수 없을 것 같았다.

『원정』내용을 포함해 제2급 모험자 벨 크라넬의 보고서는 이번에도 창고에 처박힐 운명이었다.

【헤스티아 파밀리아】의 첫『원정』──『길드』에서 내려온 미션은『실패』.

그 한 마디로 모두 정리해버려야겠다고 결심했다.

쓸데없는 날조나 각색을 했다간 분명 모순이 생길 거라고 확신했기 때문이다.

소년의 참모인 릴리와 말을 맞춰야 할 필요성이 생긴 순간이었다.

'일단은 벨한테 공부를 더 시켜야겠다…….'

이젠 이 아이에게 무슨 일이 일어날지 알 수 없다.

철저하게 1대 1로 철저하게 집중강의를 할 것이다. 반드시 할 것이다.

흘러내리려는 안경을 바로잡으며, 에이나는 그렇게 결심했다.

가없은 소년의 운명이 남몰래 결정된 순간이기도 했다.

"…………."

온갖 생각에 사로잡혔던 에이나는 문득 한숨을 쉬었다.

고개를 들고, 눈꼬리를 바짝 세웠다.

"벨, 일어나."

"네, 에?"

"됐으니까 일어나!"

"네, 네엣!"

벨은 황급히 의자에서 일어났다.

에이나도 일어나, 책상을 따라 돌아와, 소년의 눈앞까지 이동했다.

그리고 손을 내민다.

무슨 일이 닥칠지 몰라 긴장한 벨은 야단을 맞을 줄 알았는지 눈을 감았다.

그리고.

"어——?"

끌어안았다.

소년의 몸을.

"벨…… 돌아와 줘서, 고마워."

에이나는 가슴속에 담긴 마음을 털어놓았다.

키가 거의 비슷한, 그러나 보기보다 훨씬 다부지게 성장한 몸에 팔을 감아, 두 사람 사이의 거리를 없애버렸다.

"몇 번이나 말했지만…… 너무나 많았으니까. 돌아오지 못한 모험자……."

귓가에 그렇게 속삭이자 벨의 어깨가 한순간 떨렸다.

에이나는 수많은 모험자를 보았다.

그중에서 돌아오지 못한 모험자는 셀 수도 없다.

돌아와 준 모험자보다도 훨씬 많았다.

이 마음은 에이나만이 아니라 『길드』에 속한 모든 직원이 공감할 것이다.

"금방 위험한 일을 겪고, 죽어도 이상하지 않을 만한 곳에서 네가 돌아와 줘서…… 너무, 기뻐."

"에이나 누나……."

"그러니까, 고마워, 벨……."

본심이었다.

에이나가 처음으로 담당했던 모험자는, 이제 없다.

그녀도 돌아오지 못했다.

그때 에이나와 그녀는 벨과 비슷한 나이였다.

그렇기에 더더욱 이러는 것일지도 모른다.

그때의 슬픔을 겹쳐보며, 벨을 통해 구원을 받으려 하는지도 모른다.

'수많은『모험』을 넘어서고도, 이렇게 여기 있구나……'

가슴으로 전해지는 소년의 심장 고동이, 이것이 꿈도 환영도 아니라는 사실을 증명해주었다.

지금 이렇게 벨과 마주하고 있다는 사실이 얼마나 귀중한지 에이나는 잘 안다.

『심층』에서 귀환했다면 더더욱.

그렇기에 참지 못하고 털어놓았다.

기쁨인지 안도인지 모를 속내를.

지금도 넘쳐나는, 재회할 수 있었다는 마음을.

"다시 만나서 다행이야……"

뺨에 그의 하얀 머리카락이 닿았다. 첫눈의 향기가 감도는 듯했다.

굳었던 벨의 몸에서 긴장이 풀려나가고 웃음을 짓는 것을 알 수 있었다.

그러므로 에이나도 웃었다.

한껏 망설이는 기색을 보인 후, 쭈뼛쭈뼛 올라온 벨의 오른팔이 토닥토닥, 안심시키듯 부드럽게 등을 두드려준다.

마음속에서 한층 사랑스러움이 넘쳐나, 에이나는 벨을 더욱 힘주어 안았다.

──하지만.

평소 제복에 가려져 있던 가슴이── 하프라고는 하지만 엘프치고는 상당히 큰 두 개의 융기가── 벨의 가슴에 눌려 소리를 내며 모양이 바뀌고 있었다. 깁스를 한 벨의

왼팔 모양을 따라. 정확하게 말하자면 아주 제대로 깁스
위에 얹혀 있었다.

벨은 새빨개졌다.

스스로 저질러놓고 에이나도 새빨개졌다.

그 후의 행동은 음속이었다.

파밧! 하고 에이나가 벨의 어깨를 잡아 몸을 떼어놓았다.

정신을 차린 두 사람은 사과처럼 새빨개진 얼굴로 서로
를 보고 힘차게 뒤로 뛰어 물러났다.

"나, 난 자료 좀 가져올게?! 자료, 많이!! 벨이 50계층까
지 가도 괜찮을 정도로 공부를 해야 하니까!!"

"네, 네네그래야죠?! 와아~ 신난다~!!"

궁색하기 그지없는 변명과 함께 에이나는 일단 대면실
을 빠져나가려 했다.

벨도 벨대로 사형선고나 다를 바 없는 통고를 받았지만
이 자리의 분위기를 어떻게든 바꾸기 위해 있는 힘껏 편승
했다.

그러세요 다녀오세요 인사를 받으며 에이나는 잽싸게
퇴실하려 했다.

"아, 에이나 누나!"

그러나 그 순간 이름을 불려.

흠칫! 어깨를 굳힌 에이나가 쭈뼛쭈뼛 돌아보자——

벨은 힘차게 허리를 숙였다.

"고마워요! 에이나 누나랑 공부한 덕에 돌아올 수 있었

어요!"

에메랄드색 눈이 크게 뜨였다.

그동안 배웠던 몬스터의 지식이 도움이 되었다고.

그동안 가르쳐준『심층』의 정보가 목숨을 구했다고.

벨은 그렇게 말한 것이다.

소년은 몸을 일으키고, 아직도 발그레한 기운이 가시지 않은 얼굴로 멋쩍은 듯 웃었다.

멍하니 넋을 놓았던 에이나는 기쁨에 꽉 붙들린 듯한, 그러면서도 아직까지 부끄러운 듯한 복잡한 표정으로 어색하게 웃었다.

눈꼬리를 늘어뜨리는, 울면서 웃는 듯한 표정이었다.

그리고 이번에야말로 문을 닫고 면담용 부스를 빠져나왔다.

"……아～～～～～～～～～!! 내가 뭐 하는 거람?! 기뻤던 거야 사실이지만……! 신들이 말하는『성희롱』? 그걸로 벨이 민원이라도 넣진 않을까…….."

발 빠르게 이동하며, 뾰족한 귀 끝까지 새빨갛게 물들였다.

개별 부스라고 너무 마음을 놓았, 다기보다는 대담했어. 아니아니 이상한 뜻이 아니고…….

혼자 중얼거리다가는 자폭해서 한층 뺨을 붉게 물들였다.

뜨거워진 얼굴을 넓은 로비의 공기로 식히며 또각또각 구두 굽 소리와 함께 필사적으로 얼버무리려 했다.

"하지만…… 기뻤어."

마지막으로 들은 벨의 말을 떠올리고 천진난만한 웃음을 지었다.

분명 『심층』에서 돌아온 다음에 전하고자 계속 생각했던 말이겠지.

어드바이저인 에이나가 속내를 털어놓았듯, 모험자인 벨도 마음속의 생각을 말로 표현해준 것이다.

자꾸만 풀리려 하는 얼굴을 황급히 다잡으며, 에이나는 창구를 거쳐 로비와 인접한 사무실로 들어섰다.

지금 있었던 일을 동료에게 들키지 않고자 자신의 책상으로 돌아갔다.

그때 문득.

"아~…… 튤?"

"로즈 씨? 무슨 일이세요?"

선배 접수원이 말을 걸었다.

붉은 장발을 출렁거리는 웨어울프 미녀 로즈는 접수원들을 통솔하는 역할이며 모두가 의지하는 든든한 선배지만, 지금은 평소의 당당한 태도는 어디로 갔는지 찾아볼 수가 없었다.

시선을 이리저리 움직이더니 조심스럽게 말을 꺼낸다.

"전에 그, 돈 이야기 말인데……."

"돈? 저는 돈 빌리거나 빌려준 적은 없는걸요?"

"아니, 그게 아니고……."

에이나가 고개를 갸웃하자 로즈는 자신의 책상 아래를

뒤적거렸다.

그리고 커다란 병 하나를 꺼냈다.

안에 든 것은 상당한 양의 발리스 금화.

에이나는 자기도 모르게 벌렁 몸을 젖힐 뻔했다.

"그 왜, 전에 같이 했잖아. 접수원들끼리, 『내기』……."

아.

에이나도 생각이 났다.

그랬다. 그것은 반년 전.

길드 직원으로서 해서는 안 될 『내기』를 했던 것이다.

"제일 길었던 게 『반년』이었으니까……. 【리틀 루키】, 아니, 【래빗 풋】이 모험자가 된 지 슬슬 그쯤 지나려 하니……."

"남은 사람은 에이나 하나뿐이거든요……."

로즈의 말을 이어받은 것은, 평소에는 무표정한 엘프 선배 접수원이었다.

『얼음요정』이라 불리며, 사실은 에이나 다음으로 인기가 있는 접수원인데, 지금은 표정에 약간의 조바심을 내비치고 있었다.

쳐다보니 두 사람의 뒤에서도 다른 접수원들이 마른침을 삼키며 대화의 추이를 지켜본다.

"그 돈…… 얼마나 모였나요?"

"아~ 우리 월급의 다섯 배 정도?"

그 액수를 듣고 에이나는 입을 꾹 다물었다.

동시에 의문도 풀렸다.

요컨대 『반드시 이긴다』, 혹은 『장난으로』, 『어차피 무효 시합이 될 테니까』 내기를 걸었던 게임이, 예상치도 못하게 에이나의 『단독승리』로 끝나 당황한 것이다.

　길드의 꽃인 접수원들이 이런 내기를 했다는 사실이 상사에게 알려지면 진짜로 크게 혼이 날 테고, 『역시 없었던 일로……』하는 소리를 꺼내는 사람도 나올 것이다.

　이 『내기』에 참가하지 않았던 미샤조차 곁에서 그 액수를 듣고 "호에~" 하며 놀라고 있었다.

　입을 꾹 다문 에이나의 눈치를 살피던 웨어울프 접수원은, 이 정도면 유야무야할 수 있겠다고 착각했는지 안도의 미소를 지었다.

　"뭐, 착한 에이나는 이런 돈 받지 않겠──."

　"아뇨, 받을게요."

　홱.

　에이나는 판돈이 담긴 병을 압수했다.

　그 행동에 접수원들이 눈을 크게 뜨며 놀랐다.

　에이나는 눈빛만으로 그들을 제지하며 생긋 웃었다.

　그리고 가차 없는 박력을 풍기며 말했다.

　"이 돈으로 벨 크라넬 씨와 저녁 식사를 다녀올 테니 부디 걱정하지 마시길!"

　"""뭐어어어어어어어어어어어~~~~~~~~~~~

~~~~~~~~~~~~~~~?!"""

에이나의 폭탄 발언에 사무실이 터져나갔다.

접수원은 물론이고 비명을 지르는 자, 의자에서 굴러떨어지는 자가 속출했다.

특히 남성진 중에 많았다.

미샤도 "호에에에에에~~?!" 하며 벌렁 뒤집어졌다.

"모, 못써요, 에이나! 직권남용이에요! 우리의 몸에 흐르는 엘프의 피에 부끄러운 행위를 해서는!"

"그래, 맞아?! 유명해졌다고 어린 제비, 가 아니라 모험자에게 손을 대려 하다니……!"

"엘프의 피에 부끄러운 도박을 해버렸으니 사죄도 겸해 크라넬 씨에게 한턱내겠어요! **엘프로서** 이 정도의 속죄는 당연히 해야겠지요! 이 돈은 그가 받아야 해요!"

에이나의 정론에 선배 접수원들은 찍 소리도 내지 못했다.

병을 들고 등을 돌리자 다른 접수원들에게서 제지하는 비명이 터져 나왔지만, 무시했다.

──에이나는 당시의 일을 떠올리고 조금 화가 난 상태였다.

그러므로 이 정도는 해도 될 것이다.

저녁 식사 운운은 그저 방편이었을 뿐, 소년에게 사과하는 의미에서라면 뭐든 상관이 없었다.

이 돈으로 다시 장비를 마련해주는 것도, 아이템을 사주는 것도 좋겠다고.

그는 분명 솔직하게 받아들이지 못할 테니, 아니, 온 힘을 다해 사양할 테니, 어디까지나 저녁을 함께 먹는다는 명분으로 제안할 뿐이다.

좋았어. 아무 문제도 없어. 응, 딱히 개인적인 감정으로 이러는 건 아니야. 그러니 제안하자.

설명은 조금 귀찮겠지만, 이제 그와 염원하던 저녁을 먹으러 가자. 그렇게 결심했어!

모험자가 돌아와 주었으니.

에이나는 얼마든지 힘이 되어줄 것이고, 얼마든지 함께할 것이다.

그 마음은 그 무렵부터 조금도 빛바래지 않았다.

사무실에서 나가며 뒤를 돌아본 에이나는, 여전히 술렁거리는 직원들에게 말했다.

"나는 그의 어드바이저니까요!"

4장 나 홀로 길드에

검은색을 기조로 한 슈트와 바지. 목에는 나비 모양 리본.

몸길이에 맞도록 재단된 제복은 감촉을 확인할 것도 없이 원단이 고급스러운 것임을 알 수 있었다. 실제로 입어 보니 생각보다 움직이기 편했다. 듣자 하니 모험자의 배틀 클로스와 마찬가지로 기동성도 뛰어나다고 한다.

그래도 무상으로 지급되는 제복이 자신의 분수에 맞지 않는다는 감각은 지울 수 없었다.

창문에 희미하게 비친 자신의 제복 차림에, 에이나는 자기도 모르게 어깨가 움츠러들고 말았다.

"지금부터 다른 직원들을 만나러 갈 거야. 얼마 전에 전달한 대로 자네의 배속처는 사무부. 아마 통상업무 외에 접수원으로도 일을 하게 될 테니 그리 알고…… 내 말 듣고 있나, 튤?"

"앗…… 죄, 죄송합니다!"

전방에서 안내하던 시앙스로프 청년의 말에 에이나는 황급히 창문에서 눈을 뗐다.

긴 복도에는 같은 차림을 한 데미휴먼이 몇 명이나 있었다. 엇갈려 지나가는 그들의 표정은 하나같이 진지하고 늠름해 보였다. 그와 반대로, 바로 곁에 있는 학생 시절부터 알고 지낸 친구는 분홍색 머리카락을 찰랑이며 자신보다도 더 뻣뻣하게 긴장한 듯했다

그런 에이나와 친구가 풋풋해 보였는지 몇몇 사람들은 웃음을 지어주었다. 뺨에 열기가 모이는 것을 자각하며 공

연히 안경을 고쳐 쓰고, 자신들의 상사인 시앙스로프 청년의 설명에 귀를 기울였다. 새끼사슴처럼 그의 등에 찰싹 달라붙은 에이나를 창문에서 스며든 봄철 햇살이 지켜보고 있었다.

그리고 목적지인 방에 입실하기 직전.

복도 저편에 펼쳐진 백대리석 홀── 그 속에 들끓는 수많은 모험자들이 시야에 들어왔다.

부와 명성을 찾아 괴물의 소굴로 내려가는, 저 용감한 자들을 서포트하는 것이 오늘부터 에이나가 할 일이다.

에이나 튤, 14세의 봄.

그녀는 미궁도시 오라리오를 다스리는 관리기관『길드』의 일원이 되었다.

⊡

에이나가 직장으로『길드』를 선택한 이유는, 노골적으로 말하자면 돈 때문이었다.

『세계의 중심』이라 칭송을 받는 미궁도시. 그런 미궁도시에서도 중추 기관인 만큼『길드』의 급료는 높다. 평범한 노동자와 비교해서도 그렇지만, 경우에 따라서는 어엿한 모험자의 수입을 웃돌 정도로 고수입이다.

그렇다고 에이나가 딱히 돈에 집착한 것은 아니었다.

그녀가 금전을 원하는 이유는 가족에게 생활비를 보내

기 위해서다.

하프엘프인 에이나의 어머니는 하이엘프 숲 출신이다. 어떤 왕녀와 함께 엘프의 마을에서 빠져나온 경력을 가진 그녀는 바깥세상의 공기가 몸에 맞지 않았는지 이따금 병에 걸려 몸져눕는 하루하루를 보내고 있다. 어머니를 사랑했던 휴먼 아버지는 그녀는 물론 딸인 에이나와 여동생을 부양하기 위해 남자 혼자서 하루 품삯을 벌고 있다. 침대 위에서 기침을 하며 미소를 짓는 다정한 어머니, 매일 피로에 찌들면서도 자신을 안아주는 온화한 아버지의 모습은 에이나에게 깊이 뿌리내린 기억 속의 정경이었다.

에이나는 그런 환경에서도 자신을 교육기관『학구』에 보내주었던 부모님께 감사하고 있다. 그러므로 사랑하는 가족을 위해 많은 지식과 경험을 얻어 은혜를 갚기로 결심한 것이다.

무투, 아니, 운동에 적성이 없었던 에이나는 공부를 선택해 ──천성이 부지런한 에이나는 무언가를 배우는 데 힘들어한 적이 없었다── 유력한 진로 후보로『길드』를 꼽고 있었다.

그런 보람이 있었는지『학구』에서 우수한 성적을 거둔 에이나는 추천을 받아 길드 취직의 좁은 문을 통과했다.

"전에도 말씀드렸지만, 정식으로『길드』의 일원으로서 일하게 되었습니다……."

길드에서 근무하며 배정받은 직원용 연립주택의 한 1인

용 방에서 에이나는 양피지에 코이네 공통어를 써 내려갔다.

가족에게 보낼 편지에는 근황 보고와 함께, 앞일에 대한 불안을 농담처럼 적었다.

새로운 환경에 당혹감과 불안감이 없다면 거짓말일 것이다. 어머니와 아버지, 별로 기억은 안 나지만 나이 차이가 많이 나는 동생의 목소리를 듣고 싶어질 때도 있다.

하지만 동시에 에이나는 기대도 하고 있었다.

『길드』에 들어간 것은 결코 가족을 위해서만이 아니었다. 『세계의 중심』인 이곳 오라리오에서 길드 직원이 되어 일하면 견문을 더욱 넓힐 수 있으리라고 기대했다.

많은 사람, 많은 모험자, 많은 위업.

이 도시는 분명 에이나에게 책으로만 접했던 일, 혹은 책으로도 접하지 못했던 발견과 감동을 가져다줄 것이다. 흥미와 흥분으로 가득 채워줄 것이다.

분명 보람이 있는 일이겠지.

책상 위에 깃털 펜 소리를 울리며, 등까지 쭉 뻗은 긴 갈색 머리카락을 찰랑였다. 아직 앳된 티가 남기는 했지만 수려한 하프엘프의 얼굴에는 어느샌가 웃음이 떠올랐다.

"……응, 열심히 하자."

편지 말미에 친애의 말을 적고 봉투에 담아 봉했다.

창문에서 스며드는 햇살에 눈을 가늘게 뜬 에이나는 마음을 새로이 다잡았다.

"오늘부터 어드바이저를 맡게 된 에이나 튤입니다. 잘 부탁드립니다."

에이나의 첫 업무는 모험자의 탐색 어드바이저였다.

소속 부서의 사무 업무는 물론 『길드』의 꽃인 접수원 일까지 지도를 받은 후 인수하게 된 일이었다.

모험자를 접할 기회가 많은 창구 담당으로서, 하루하루 던전에 내려가는 그들을 알아두지 못한다면 해야 할 일도 하지 못한다. 미궁 탐색이 순조롭도록 모험자들을 서포트하는 것은 당연하지만, 신인에게는 공부의 측면도 포함되어 있었다.

상사에게 어드바이저 업무에 대해 단단히 지도를 받은 에이나는 면담용 부스에서 처음으로 대면한 담당 모험자에게 인사했다.

"……하프엘프네."

상대 모험자는 마리스 해커드라고 했다.

푸른 머리카락을 짧게 간추린, 어딘가 호승심이 강해 보이는 휴먼 소녀였다.

나이는 열다섯, 가녀린 몸은 160C여서 에이나보다 조금 크다.

신인인 에이나와 마찬가지로 길드에 막 등록을 마친 신출내기 모험자다.

긴장하면서도 어색하게 웃음을 짓는 에이나를 빤히 바라보던 마리스는 여봐란 듯이 한숨을 쉬었다.

"난 분명 중~후한 드워프 아저씨를 희망했는데…… 이런 젖비린내 나는 하프라니."

"엑."

"하아, 재수도 없지. 신참 직원을 떠넘기다니…… 나 원, 제대로 꽝이네."

역시 모험자 지망자답다고 해야 할까.

가정교육이 좋지 못했음을 쉽게 짐작할 만한 말투에 저절로 불만이 솟았다.

그녀의 얼굴에는 아직 제복 맵시가 제대로 살지 못하는 하프엘프에 대한 모멸이 생생하게 드러나 있었다. 밉살맞은 말은 그치지 않고 이어졌다.

입을 딱 벌렸던 에이나는 그 모욕에 부들부들 어깨를 떨고—— 너무나 쉽게 폭발해버렸다.

"그, 그쪽이야말로 신출내기 모험자 아닌가요?! 소속【파밀리아】도 이제 막 생긴 신흥 파벌이고 초보자인 주제에!"

"이게, 뭐?! 난 앞으로 제1급 모험자가 돼서 이름을 떨칠 거라고! 말투가 그게 뭐야?!"

"아무것도 모르는 주제에 제1급 모험자 같은 소리 하지 마세요! 100년은 더 있다 오라고요!!"

"뭐가 어쩌고 어째에에에에에에에에에에에에?!"

그리고 격렬한 말다툼이 시작되었다.

성적 우수, 두뇌 명석, 품행 방정—— 그런 삼박자가 고루 갖춰진 에이나도 역시 어렸던 것이다.

방음성이 뛰어난 면담용 부스 내에서 연신 오가는 매도와 반론. 자리를 박차고 일어난 두 소녀는 서로의 입장도 잊고 거친 목소리를 부딪쳐댔다. 특히 에이나는 상대가 모험자라는 것도 머리 한구석으로 밀어놓았다. 그동안 생각해두었던 어드바이저의 양호한 출발과는 이미 거리가 멀었다.

아무튼 첫인상은 최악이었던 이 마리스가 에이나의 첫 담당 모험자였다.

"발육 좋다고 기어오르지 마, 하프!"

"어딜 보고 말하는 거죠오?! 당신이 지나치게 빈궁할 뿐이고 난 평범해요!!"

"우워어어어어어어어어어어어?! 이젠 용서 못해에에에에에에에에에에에에에에에에!!"

얼굴을 새빨갛게 물들이며 이마를 맞부딪쳤다. 그런 두 사람의 발밑에 놓인 상자 속에는 지급품으로 제공될 예정인 단검과 경장 갑옷이 무료하게 빛을 뿜어내고 있었다.

"정말 어떻게 그럴 수가 있는지 몰라, 그 사람!"

그날 밤.

『길드』가 추천하는 고급 주택가 근처의 주점에서 에이나는 마리스에 대한 불만을 쏟아내고 있었다.

"얼굴 보자마자 꽝이라니! 그런 사람이 있으니까 모험자가 오해를 사는 거야!"

"후아~…… 에이나가 그렇게 화내는 거 오랜만에 봤네~."

술이 들어가지도 않았는데 목소리를 높이는 그녀의 모습에, 맞은편 자리에 앉은 휴먼 소녀, 학생 시절부터 사귄 친구이기도 한 미샤 플로트가 눈을 동그랗게 떴다.

주점 구석의 단 둘뿐인 자리에서, 손에 든 과즙 주스를 홀짝홀짝 마시던 그녀는 분홍색 머리카락을 찰랑이며 고개를 살짝 갸웃했다.

"에이나가 담당한 모험자, 어지간한가 봐."

"어지간하다고 해야 하나, 입이 험해서……. 사람을 하프 하프 부르는 것부터 편견을 가졌다는 뜻이니까……."

에이나는 부루퉁 입술을 내밀었다.

그것은 마치 몸속에 흐르는 절반의 엘프 혈통에서 오는 행동인 듯했다.

반면 미샤는 평소에는 얌전하던 친구의 나이에 어울리는 앳된 모습을 보아 기뻤는지 활짝 웃었다.

"미샤는 어때? 나랑 같은 날에 담당 모험자랑 만났잖아?"

"음, 연상의 수인이고, 키가 크고…… 에헤헤, 좀 멋있다?"

에이나의 물음에 미샤는 뺨을 붉히며 대답했다.

콧날이 오뚝하다느니, 머리 위에 돋아난 북슬북슬한 귀가 귀엽다느니, 하지만 대응은 신사적이었다느니, 그런 평가가 이어졌다.

"미샤…… 미리 말해두지만 공사혼동은…….."

"나, 나도 안다구~?!"

어딘가 달달한 공기가 흐르는 듯해 못을 박아두자 미샤는 황급히 두 손을 내저었다.

『길드』에 들어오고 본격적으로 일하게 된 지 며칠.

흉금을 터놓은 사이인 두 사람은 오늘까지 있었던 일을 이야기하며 고생과 기쁨을 공유했다.

가게 내부는 『길드』가 추천하는 만큼 기품 없는 모험자는 보이지 않았다. 그렇다고 해서 그렇게까지 딱딱한 분위기도 아니므로. 길드 산하의 마석 제품 제조에 관여하는 노동자들이 에일을 손에 들고 기분 좋게 목소리를 높여 이야기를 나눈다. 아직 신참인 에이나와 미샤도 부담 없이 찾아올 만큼 가격이 저렴하면서 기품이 있는 주점은 꽤 성황이었다.

"우라노스 님은 만났어~? 엄청 박력 있지~? 내가 긴장해서 자기소개를 해도『──그런가.』한마디 하면서 위엄 풀풀 넘쳐나고. 아, 근데근데 사무부 사람들은 다들 착한 것 같아서 다행이야~."

에이나가 한바탕 불만을 토로하고 나자 수다를 좋아하는 미샤가 잇달아 화제를 제시했다.

듣는 쪽으로 돌아선 에이나는 평소보다도 말이 많아진 친구에게 쓴웃음을 지었다. 그만큼 환경이 눈부시게 바뀌었음을 이해하며.

"하지만 어드바이저 말고 접수원도 하게 됐는데…… 내가 잘할 수 있으려나아."

"미샤라면 잘할 거야."

"하지만 하지만, 난 에이나처럼 요령도 좋지 않고…… 『길드』에 들어온 것도 분명 에이나한테 덤으로 묻어온 덕일걸."

"그렇지 않다니까."

학생 시절부터 에이나와 미샤는 세트로 취급되는 경우가 많았다.

미샤 자신도 그럭저럭 자각이 있었으므로『우등생 에이나의 덤』이라는 말을 한 것이다.

물론 미샤는 눈만 떼면 요령을 피우려 하고, 시험 직전이 아니면 공부도 시작하지 않는 성격이라 에이나도 한참 애를 먹었으나── 그녀는『할 때는 하는』휴먼이다.

접수원으로서 용모를 높이 평가받은 점도 물론 있을 것이다. 그래도『길드』에 들어온 것은 분명 울면서 노력한 결과다.

길드를 지망한 동기는『에이나가 간다면 나도 가볼까~』하는 태연자약한 것이었지만, 에이나는 그 말이 매우 기뻤던 것을 기억한다.

"미샤라면 괜찮아. 같이 열심히 하자, 응?"

"……응. 에이나가 그렇게 말하니까 잘할 수 있을 거 같아!"

불안해하던 미샤는 애써보겠다며 웃음을 꽃피웠다.

에이나 또한 웃음으로 대답해주었다.

그로부터는 오라리오에 적응하기 위한 하루하루가 이어졌다.

직원들이 다양한 것들을 가르쳐주기도 해, 에이나는 나날이 업무를 익혀나갔다. 때로는 선임에게서 상급 모험자의 담당을 인계받아 그들의 언동부터 배우기도 했다.

길드 본부에서 한 걸음 밖으로 나가면 항쟁과 온갖 사건이 시야와 귀에 들어온다.

혼란기라 불릴 정도로 악화되었던 도시의 치안은 에이나와 미샤가 『길드』에 들어온 시점에서 이미 수습되는 중이었으나, 재미를 추구하는 신들의 오락이나 여신들 사이의 갈등 등 소동은 끊이질 않았다.

처음으로 접했던 몬스터 필리아, 『길드』와 【이슈타르 파밀리아】 사이에서 발생한 다툼, 이에 따른 항쟁과 워 게임, 여러 여신의 연속송환…… 오라리오에서는 결코 지루할 틈이 없다는 사실을 깨닫기에는 충분했다.

미궁 탐색에서는 【프레이야 파밀리아】와 【로키 파밀리아】의 활약이 두드러졌다.

그중에서도 【로키 파밀리아】에는 에이나도 잘 아는 인물——어린 시절에 **많은** 신세를 졌던 하이엘프——이 참가해 매우 놀라기도 했지만 굳이 먼저 나서서 접촉하지는 않았다.

절대중립인 길드에 속한 입장이며, 무엇보다 도시를 대표하는 제1급 모험자인 그녀에게 주눅이 들어버렸기 때문이었다.

그리고 오라리오에서 두 번째 봄을 맞으려 했을 때.

접수원 일도 맡기 시작한 에이나가 담당한 모험자는 네 명으로 늘었다.

그중에서도 마리스의 계층 공략 진도는 괄목할 만했다.

"에이나~! 10계층 돌파했어!"

해가 저물 무렵의 길드 본부.

창구를 떠난 에이나를 마리스가 불러 세웠다.

환전을 마치고 왔는지, 금화가 든 자루를 들고 다가왔다. 오랫동안 애용한 레더 아머와 이미 지급품에서 벗어난 강철 단검은 그녀가 오늘날까지 거둔 성과를 여실히 드러내 주었다.

"네? 벌써 도달 계층을…… 아니 잠깐, 제가 당부했던 말을 하나도 안 지켰잖아요?! 10계층부터는 안개가 나오니 신중하게 탐색해야 한다고 그렇게나……!"

태평하게 손을 흔들며 다가오는 마리스에게 에이나는 분노 반 놀라움 반으로 목소리를 높였다.

1년 사이에 『상층』 제10계층 공략.

파티를 짰다고는 하지만 신흥 【파밀리아】 출신치고는 상당한 속도였다.

아직 미숙한 길드 직원이어도 그것이 얼마나 대단한지 에이나도 잘 안다.

"아～ 시끄러워 시끄러워! 잔소리는 됐으니까 같이 한잔하러 가자!"

"기, 길드 직원과 모험자가 지나치게 친해지면 주위에 쓸데없는 오해를 살 수 있습니다. 공사는 구별해야 하며……?!"

"내가 쏘는 거니까 이러쿵저러쿵하지 말고 따라와!"

기분이 좋은 마리스에게 억지로 붙들려, 에이나는 술판에 따라가게 되었다.

아무리 그래도 역시 길드 제복 차림으로 갈 수는 없었으므로 어떻게든 옷을 갈아입은 후 도시 남부의 번화가, 마리스가 추천한다는 술집 『불꽃벌』로 끌려갔다.

"에이나 너 모험자들 사이에서 평판 좋더라? 『학구』 출신인 귀여운 접수원이 있다고. 나 원, 진짜 엘프는 이득이라니깐～."

"마, 마리스 씨!"

모험자들의 굵은 웃음소리가 끊이지 않는 주점에서, 마리스는 이 가게 특유의 새빨간 벌꿀주를 기울이며 에이나를 놀렸다.

이 무렵, 에이나와 마리스는 상당히 마음을 터놓고 지내게 되었다.

모험자와 어드바이저라는 관계 속에서 충돌, 이라기보다 말다툼은 몇 번씩 했지만, 이제는 서로 불만을 늘어놓는 사이에 허울 없는 이야기로 발전하는 사이가 되었다. 그렇다고는 해도 대개 마리스가 밀어붙여 에이나를 끌어들이는 경우가 대부분이었지만.

이미 얼큰하게 달아올라 벌꿀주와 같은 색으로 뺨을 붉힌 담당 모험자에게, 에이나는 물만 마시며 탄식했다.

"그치만…… 그, 뭐냐…… 넌 진짜 좋은 애야, 에이나."

"……갑자기 무슨 말씀인지."

도달 계층이 늘어나 기분 좋게 웃으며 말하던 마리스가 문득 어조를 다잡았다.

뺨에서 붉은 기운이 가시지 않은 채, 입가에는 미소를 남기고.

"잔소리는 지금도 시끄럽고 융통성이라곤 전혀 없지만…… 난 운이 좋았어. 네가 어드바이저여서."

"……."

"난 이렇게 품위도 없고 머리도 나쁜데, 넌 포기하지 않고 몇 번이나 던전에 대해 가르쳐줬잖아. 오늘도『오크』랑『임프』의 정보가 엄청 도움이 됐어. ……미안해, 처음에 신참이 어쩌고 하면서 무시했던 거."

"마리스 씨……."

실제로, 전형적인 모험자 기질에 난폭한 마리스와 성실

한 에이나는 서로 부족한 부분을 보완하는 것처럼 잘 맞는 부분이 있었다.

던전에서는 힘만 가지고는 도저히 해결할 수 없는 부분이 많다고, 마리스는 그렇게 말을 이으며, 술의 힘을 빌려 감사를 늘어놓았다.

"널 만나서 정말 다행이야."

주점의 소음에 묻혀버릴 것처럼 조그만 목소리에, 에이나는 길드 직원이 된 후로 느껴본 적이 없었던 감정이 가슴속에 퍼져가는 것을 깨달았다.

마리스의 눈빛이 가슴에 와닿았다고 할 수 있을까.

스스로도 확실하지 않은 마음의 동향을 주체하지 못한 에이나는, 당혹감을 감추기 위해 얼른 질문을 건넸다.

"마, 마리스 씨는…… 왜 모험자가 됐나요?"

오라리오에 찾아와 모험자가 된 사람들 중에는 사정이 있는 자가 적지 않다. 필요 이상으로 신상을 캐묻지 않는 것은 암묵적인 규칙이다.

처음으로 품에 파고든 에이나에게, 마리스는 잠시 입을 다물었다가 말을 시작했다.

"난, 본때를 보여주고 싶었어. 날 버리고 떠난 부모나, 날 우습게 봤던 놈들한테. 제1급 모험자 정도로 엄청난 놈이 돼서. 유명해져서."

자신이 부랑아였다는 사실을 털어놓은 마리스는 마지막으로 활짝 웃음을 지었다.

"그리고 또…… 지저분한 나를 주워준 주신님을 위해서?"

멋쩍은 듯 웃은 그녀에게, 에이나는 안경 속에서 에메랄드색 눈을 가늘게 떴다.

모험자의 일반적인 이미지는, 난폭한 무뢰배.

그것은 틀림없는 사실이지만, 꼭 옳은 것도 아니다.

가족을 지탱하려는 자신과 같은 삶을 살아가는 마리스를 보며, 에이나는 공감과 함께 기쁨을 느꼈다.

앞으로도 모험자들을 서포트하고 응원하자.

어린 하프엘프 소녀는 그렇게 마음가짐을 새로이 했다.

확실한 보람을 찾아낸, 그런 기분이 들었다.

❖

"튤."

"레이멜 반장님."

마리스와의 거리가 더욱 좁아지고, 한 달이 지나.

에이나가 길드 본부의 복도를 걷고 있으려니, 시앙스로프 상사가 말을 걸었다.

『길드』에 막 들어온 자신과 미샤를 인솔해 오늘까지 여러 가지 일을 가르쳐준 은사와도 같은 존재였다.

"너와 플로트가 들어온 지 1년이 지났는데, 이제 업무에는 좀 익숙해졌나?"

"예, 덕분에."

얼굴선이 가는 상사와 나란히 걸으며 에이나는 지금 자신의 심경을 들려주었다.

"최근 들어 모험자들이 친근하게 느껴지게 되었습니다……. 그들에게 도움이 될 수 있으면 좋겠다고, 그런 생각을 합니다."

얼마 전 마리스와 있었던 일을 떠올리며, 앞으로도 2인 3각으로 잘해나가고 싶다는 생각을 말했다.

그렇게 미소를 짓는 에이나의 옆얼굴을, 시앙스로프 상사가 잠자코 바라보았다.

"그렇군, 자네와 플로트는 **아직**이었으니……."

──**아직**?

그 말에 대해 되묻기 전에 그가 먼저 말을 이었다.

"튤…… 이건 자네보다 오랫동안 『길드』에서 일한 사람으로서 가진 의견이네만."

의미심장하게 긴 전제를 깔더니.

"모험자에게는 정을 주지 않는 게 좋을 거야."

"네?"

에이나가 몸을 멈춘 사이에도 상사는 앞으로 걸어나갔다.

"나중에 힘들어지거든. 개인적인 견해일 뿐이지만."

"반장님……?"

"아마 직원 대부분이 나와 같은 말을 할 거야."

그의 뒷모습은 에이나만을 남겨놓고 멀어져갔다.

그의 말을 똑똑히 이해하게 된 것은 며칠 후였다.

그날, 에이나는 사찰을 담당해 바벨을 찾아갔다.

세상이 꼭두서니 색 빛에 싸인 황혼 녘.

지하로 통하는 계단에서 모험자들이 속속 귀환하는 가운데, 탑의 1층, 대형 홀에 있던 에이나가 속한 사찰단도 시찰을 마치고 돌아가고자 했다.

"......?"

술렁거리는 소란이 부풀었다.

모험자들 쪽에서 퍼져온 술렁임에 에이나가 돌아보니, 지하에서 여러 구의 **시신**이 실려 오는 중이었다.

모험자 파티가 전멸한 모양이었다.

아연실색한 에이나의 귓전에 모험자들의 대화가 들려왔다.

계층에 널브러져 있던 시체를 상급 모험자 파티가 발견해, 동종업자의 의리로 회수해왔다는 이야기였다.

에이나보다 오랫동안 『길드』에서 일했던 다른 직원들이 싸늘한 얼굴, 무표정, 혹은 무언가를 억누르는 듯 입술을 꾹 다문 표정으로 일관하는 가운데, 지상으로 돌아온 시신은 홀에 나란히 놓였다.

그리고 그중에는, 에이나가 아는 이가 있었다.

"어──?"

너덜너덜해진 레더 아머, 경직된 손이 굳게 쥔 부러진

검, 눈에 익은 푸른 머리카락.

피에 젖은 그 휴먼 소녀는—— 틀림없는 마리스 해커드
였다.

잘못 알아볼 수가 없었다.

어떻게 못 알아볼 수가 있겠는가.

미처 눈을 감지 못한 마리스의 주검은 공허한 눈으로 허
공을 올려다보고 있었다.

그녀의 몸에는 팔이 하나 없었다.

처참한 유린극을 이야기해주듯, 다른 이들의 시신 또한
대부분이 갈가리 찢겨져 있었다.

다음 순간, 에이나의 무릎은 저절로 허물어졌다.

"저 부상은…… 인펀트 드래곤일까?"

"그렇겠지. 제대로 저항도 못 했을 거야. 봐, 끔찍하잖아."

"운 나쁘게 맞닥뜨렸거나, 아니면 분수도 모르고 자기들
끼리 잡으려 했거나…… 뭐, 흔한 일이지."

모험자들의 무정한 속삭임은 한 귀로 들려오고 한 귀로
빠져나갔다.

힘없이 바닥에 주저앉은 에이나는 아무 생각도 할 수 없
었다.

그저 시선 너머의 광경이—— 싸늘해진 그녀의 주검이,
현실에서 눈을 돌리지도 못하게 했다.

어드바이저가 되고 1년.

에이나가 담당했던 모험자들 중에서, 마리스가 최초의

사망자였다.

"튤! 이봐, 튤?! 아아, 젠장!!"

자신의 이름을 부르는 직원들의 목소리가 멀게만 느껴졌다.

무언가로부터 도망치듯 눈앞이 새까맣게 물들었다. 의식이 흐려졌다.

그런데도 마리스의 얼굴이, 피에 젖은 그녀의 표정이 눈에 새겨져 떨어지질 않았다.

알고 있었다.

이곳은 미궁도시 오라리오.

매일 수많은 모험자가 던전에 내려가며, 그리고 많은 이가 돌아오지 못하는 사람이 된다.

모를 리가 없었다.

그러나 그녀만은 설마, 하는 마음이 있었다.

어디선가 남의 일처럼 느끼고 있었던 것이다.

어제까지 웃음을 나누던 모험자들이, 둘도 없는 친구가, 설마 사라지겠느냐고.

에이나는 처음으로 가까운 이의 죽음에 직면했다.

마리스와의 이별이 계기가 된 것처럼.

에이나가 담당했던 모험자는 모두 사망했다.

후임으로 인계받았던 상급 모험자조차 『중층』에 내려가 돌아오지 않았다.

──『모험자에게는 정을 주지 않는 게 좋을 거야』.

상사의 그 말에 담긴 진의를 에이나는 올바르게 이해했다.

끝없는 상실감이 모든 것을 말해주었다.

아마 상사를 비롯해 많은 길드 직원이 이와 같거나, 혹은 그 이상의 충격을 몇 번씩 체험했으리라.

'나는…….'

에이나는 슬픔보다도 후회에 사로잡혔다.

자신은 미궁탐색 어드바이저. 모험자들에게 해줄 수 있는 일을 남겨놓지는 않았을까?

자신이 그들에게 좀 더 해줄 만한 일이 있지 않았을까?

──죽게 만들었다.

그런 마음이 에이나의 가슴에 도사렸다.

"그건 오만이야, 튤."

그런 에이나의 흉중을 꿰뚫어 본 것처럼.

접수원 중에서도 고참인 웨어울프 여성이 말했다.

"더 안전한 일도 있었어. 그런데도 그들은 모험자가 됐지. 돈을 위해, 명성을 위해, 혹은 『미지』인지 뭔지 머저리 같은 흥분을 찾아……. 그런 멍청한 놈들을 우리가 어떻게 구하겠어."

"로즈 씨……."

"『모험』을 하는 것도 하지 않는 것도 그놈들 자유…… 우리가 아무리 떠들어봤자 결국 의미가 없어."

붉은 장발을 손가락으로 꼬며 웨어울프 접수원은 짜증을 섞어 말했다.

작업이 전혀 진척되지 않는 자신의 책상에서, 인형처럼 꼼짝도 하지 않고 의자에 앉아만 있던 에이나는 천천히 고개를 들었다.

힘없는 시선을 보내는 에이나의 눈으로 보더라도, 그녀의 옆얼굴에는 짜증 외에 애석함까지 감도는 것 같았다.

"이 일도 힘드네……."

며칠이 더 지나.

둘만 남은 사무실에서, 미샤가 문득 중얼거렸다.

테이블 위에는 싸늘하게 식어버린 홍차 두 잔이 있었다.

미샤 또한 담당 모험자가 죽어버렸다.

"아무도 돌아오지 않아……. 아무리 강한 사람도, 멋있는 사람도, 착한 사람도…… 전부."

"미샤……."

곁에서 보기에도 담당 모험자에게 호의적이었던 ──어쩌면 어렴풋한 연심을 품고 있었는지도 모를── 미샤는 고개를 숙인 채 조그만 몸을 떨며 눈물 몇 방울을 허벅지 위에 떨어뜨렸다.

언제나 밝은 그녀가 이렇게 힘없는 모습은 에이나도 처음 보았다.

"저기, 에이나…… 나 그쪽으로 가도 돼?"

"……응, 이리 와."

에이나가 있던 소파에 앉은 미샤는, 울었다.

매달리듯 에이나의 어깨에 얼굴을 기댄 채, 소리를 죽이고 오열을 흘렸다.

그녀의 몸을 안은 에이나도 그날 눈물을 흘렸다.

미샤 덕에, 마리스의 죽음을 애도하고 겨우 울 수 있었다.

🔥

그로부터 많은 이와 사별하고 비탄에 젖는 나날을 겪으며 에이나가 이해한 사실이 있었다.

『모험』이 모험자를 죽음으로 이끈다.

한순간의 방심이나 자만, 호기심, 혹은 『위업』에 도전하는 용기까지도 그들의 목숨을 깎아내는 낫이 될 수 있다.

에이나의 마음속에서 『모험』은 무모함이나 만용과 동의어가 되었다.

그런 『모험』에 뛰어드는 모험자를, 에이나가 말리지 못한 일이 몇 번이나 생겼다.

'괴로워, 괴로운걸. ……하지만.'

다른 접수원이나 직원과 마찬가지로, 한번은 모험자와 거리를 두고자 했다.

하지만 에이나는 결국 파고들고 말았다.

어드바이저로서 대하는 모험자들 속에서 마리스의 모습

을 보고, 슬픔에서 도망치지 않은 채 그들과 마주했다.

'내버려 두는 건, 더 괴로우니까.'

길드에 막 입사했을 때 품었던 흥미와 흥분은 모습을 바꾸어 사명감이 되었다.

다른 동료나 미샤조차 가면 같은 웃음을 쓰고 모험자와 선을 긋는 가운데, 에이나는 스스로 그들에게 다가섰다.

"자, 루비스 씨. 오늘은 여기까지 공부하죠!"

"으, 으으…… 에이나 씨, 이제 그만 휴식을……!"

스스로 이론 강좌를 열어 던전의 제반 지식을 철저하게 주입시켰다.

상대가 초심자 하급 모험자가 됐든, 다른 담당관에게 인계받은 상급 모험자든 봐주지 않았다.

『모험』을 시키지 않는다.

그 일념만으로 에이나는 모험자들에게 할 수 있는 최대한의 일을 했다.

【랭크 업】에 도전한다 해도 파티의 준비나 다양한 대책을 자세히 검토하고, 면밀하게 대비시켰다.

때로는 신용할 수 있는 모험자에게 직접 퀘스트를 발주해 위험을 각오하고 미궁 탐색에 동행하기도 했다.

모험자들을 죽이는 던전의 위협을 피부로 느끼고 싶었던 것이다.

"도르무르 씨, 여기 다 틀렸잖아요! 자, 처음부터 다시 하세요!!"

"이제 그만 좀 봐줘, 에이나~?!"

처음에는 낯을 찡그리던 직원들도, 무슨 일이 있든 굴하지 않는 에이나의 자세에 더 이상은 간섭하지 않았다.

그리고 미샤도 변하게 되었다.

"저기, 에이나. 이번에 수인 초심자를 담당하게 됐는데…… 무기는 뭘로 추천하는 게 좋을까?"

"미샤…… 응, 같이 생각해볼까?"

최소한 사무적으로 대하지는 않았으며, 모험자를 위해 무엇을 할 수 있을지, 에이나에게도 상담을 청하고 고민하게 되었다. 한없이 밝던 모습이 돌아왔다.

에이나는 그것이 기뻤다.

시간은 흘러.

어느샌가 에이나는 마리스보다도 키가 커졌다.

길게 자랐던 머리도 잘랐다.

『발육이 좋다』고 마리스가 질투하던 몸도 더 성장해 어른에 다가가고 있었다.

그리고 길드에서 일한 지 5년이 지난 봄——.

"──저, 저요, 모험자가 되고 싶어요!"

에이나는 모험자를 지망하는 한 소년과 만났다.

"······화, 확인하겠습니다만, 신규 모험자 등록이 맞으신가요?"

"네!"

하얀 머리에 루벨라이트색 눈을 가진, 마치 토끼 같은 휴먼.

열의가 넘쳐나는 모습으로 몇 번이나 고개를 끄덕이는 소년을 보며, 창구에서 접수를 하던 에이나는 살짝 쓴웃음을 지었다.

업무 순서대로 양피지에 필요 사항을 기재시킨 후 등록 신청서를 훑어보았다.

이름은 벨 크라넬.

마리스와 같은 휴먼. 그리고 나이는 그녀보다도 어렸다.

이 소년처럼 어린 모험자 지망자를 몇 번이나 보았던 에이나는 낯빛이 잠시 어두워졌다.

하지만 이내 직원용 미소를 짓고 수속을 마쳤다.

내일 다시 오라고 소년에게 전한 후, 일단은 사무실로 돌아갔다.

"저거 금방 죽겠네. 틀림없어."

"로, 로즈 씨!"

"장래성 없다는 거 너도 보면 알잖아, 튤? 여기서 일한 지 몇 년인데."

그 모습을 다 봤는지, 웨어울프 접수원은 반쯤 장난하듯 말했다.

몇 년이나 『길드』에 있으면 직원들도 슬슬 알게 되는 것이다.

새로이 문을 두드린 모험자에게 장래성이 있는지 아닌지를.

에이나가 보기에도 조금 전의 소년은 모험자로서 대성할 것 같지 않았다.

적어도 『그릇』은 아니란 것을 피부로 느꼈다. 선배 접수원에게 정곡을 찔려 찍소리도 할 수 없었다.

"희망하는 어드바이저는?"

"어…… 여성 직원이고, 종족은 엘프라는데요."

"엘프가 좋대~! 소피, 너 할래?"

"됐어요. 오래 못 가는 모험자 맡아봤자 노력만 아까운걸요."

로즈의 동기이자 길드 내에서도 인기 1, 2위를 다투는 미녀 엘프 직원은 사무를 보며 지나치리만치 담담한 태도로 대꾸했다. 그녀의 연자주색 장발이 무감정하게 흔들렸다.

"로즈 씨, 소피 씨! 그렇게 단정 짓는 건 좋지 않다고 생각해요."

"그렇다면……."

견디다 못한 에이나가 이의를 제기하자, 웨어울프 접수

원은 웃음을 지었다.

"내기해볼래? 그 꼬마가 얼마나 버틸지."

소년의 향후를 둘러싼 도박을 제안하는 그녀의 말에, 휴식 중이던 접수원들이 일제히 반응했다.

"나는 반년."

"그럼 난 두 달."

"보름?"

"참가할 거면 나한테 돈 가져와~."

"여, 여러분?! 너무 불건전한 거 아닌가요?!"

웨어울프 접수원이 주최해 정말로 내기를 시작하는 동료들을 보며 에이나는 분개했다.

이 도박이 모험자의 죽음에서 눈을 돌리려는 농담이며 그들 나름의 배려임을 안다. 알기는 하지만, 마음이 받아들이질 못했다.

에이나가 고함을 지르자, 창구에 앉아있던 미샤가 의아하다는 듯 돌아보는 가운데,

"그런 에이나도 그 꼬마가 모험자로서 먹고 살 수 있을 거라곤 생각하지 않으면서?"

접수원들이 놀리듯 에이나의 어깨를 두드렸다.

반년 이상 살아남는다는 데에 걸기 무서운 것 아니냐고.

"──큭."

아마 여기서 에이나가 인정해버리면 이야기는 끝나고 말 것이다.

그러나 모험자가 무사하기를 누구보다도 기도하는 에이나는, 설령 농담이라 해도 그런 소리를 인정할 마음은 없었다.

"좋아요! 그렇다면 제가! 그의 담당 어드바이저가 되겠어요!"

그 소년을 살려내고 말겠다고 기염을 토했다.

"자, 잠깐만, 튤?"

"너 상부에서 다른 안건 떠넘기는 바람에 담당 모험자 가질 여유가 없을 텐데?"

"한 사람 정도라면 봐줄 수 있어요! 게다가 하프라고는 하지만 저도 엘프니까요!"

아무 문제도 없을 거라고 접수원들에게 소리쳤다.

이렇게 되면 아무도 에이나를 말리지 못한다.

"내가 이기면 앞으로는 절대 이런 내기는 못 하게 만들겠어요!"

그런 말을 덧붙이며 사무실을 나갔다. 소년의 담당자로 자원하기 위해서다.

그 소년을 죽게 만들까 보냐.

에이나는 그렇게 마음속으로 맹세했다.

그리고.

'어제는 그렇게 말하긴 했지만……'

이튿날이 되어 머리가 식은 에이나는 길드 본부의 복도를 걷고 있었다.

지나치게 열을 올렸다고 반성은 했지만, 자신의 말을 취소할 마음은 없었다.

모험자를 살려내고 말겠다.

모험자를 앞으로도 서포트하고 응원하겠다.

마리스나 다른 모험자들과 접하고, 사별하며, 자신과 나누었던 맹세를 떠올렸다.

부스 앞을 지나치며 숨을 내쉬었다.

이론강좌용으로 만든 두꺼운 교재 세 권을 안은 그녀는 문을 두드렸다.

"──아."

열린 문 너머에서 눈을 동그랗게 뜬 소년에게, 에이나는 웃음을 지었다.

"오늘부터 당신의 어드바이저가 된 에이나 튤입니다. 오늘부터 잘 부탁드립니다."

막간

그 쇠는 식을 줄 모르니

벨프 크로조

Lv.2

힘: H118→177 내구: H123→191 기교: H143→G233
민첩: I71→H138 마력: I72→98

스미스: I

《마법》

【윌 오 위스프】

 ○안티 매직 파이어.

 ○영창식【불타버려라, 외법의 업】

《스킬》

【크로조 블러드】

 ○마검제작 가능.

 ○제작시 마검 능력 강화.

【베리타스 번】

 ○불꽃에 대한 고내성.

 ○불꽃 속성에 관한 공격시 효과증폭.

릴리가【랭크 업】한 날, 벨프도【스테이터스】를 갱신했다.

【어빌리티】가 대폭 상승하고 새로운『스킬』도 발현했다.

막 Lv.2가 된 몸으로 Lv.3에 이르는 것은 ──벨도 아니
고── 역시 무리였지만,『원정』에서 자신의 모든 것을 걸
었던 성과가 여실히 드러났다.

특히 극한상황에서의『단련』이 가져온 부산물인지 불꽃

속성에 특화된 『스킬』이 발현된 점은 매우 만족스러웠다. 같은 속성의 『마검』이라면 더욱 위력이 늘어나는 셈이다. 알기 쉬운 효과인 만큼 전투에 대해 잘 모르는 헤스티아도 기뻐했다.

하지만 현재의 벨프에게 그런 것은 사소한 일이었다.

아니, 그보다도 기뻐해야 할 일—— 우선시해야 할 일이 있었다.

🔥

"봐주십쇼. 새 『마검』입니다."

【헤파이스토스 파밀리아】, 북서쪽 메인 스트리트 지점.

그곳의 3층에 위치한 집무실.

벨프는 자신감을 교묘히 감춘 채, 눈앞의 신물에게 마검 한 자루를 내밀었다.

던전에서 만들었던 《시코우 카즈키》였다.

"…………."

이를 받아든 여신, 헤파이스토스는 안대에 덮이지 않은 왼쪽 눈을 가늘게 뜨고는 검신을 구석구석 살폈다.

스미스에게는 이 순간이 가장 긴장된다.

살아있는 것 같지 않다는 표현도 과장이 아니다.

그도 그럴 것이 『대장장이』를 관장하는 신이, 『지고』의 경지에서 자신이 벼린 작품을 품평하고 있지 않은가.

헤파이스토스 외에도 남신 고브뉴 등, 그들의 말에 일희일비하는 것은 기술자로서 당연한 일이며, 낭떠러지로 굴러떨어지는 심정을 맛보고는 한동안 망치를 손에 들지 못하게 된 자도 있을 정도였다. 그들의 평가는 스미스에게 말 그대로『신의 말씀』이었으므로.

하지만 이번만은 벨프의 심정은 불안과는 거리가 멀었다.

바람직한 대답을 들을 수 있다── 그런 확신이 있어서는 아니었다.

자신을 모조리 드러냈다는『충족감』이 마음을 채우고 있기 때문이다.

만약 나쁜 평가를 듣더라도, 그렇다면 더 껍질을 깨부숴야겠다고 각오를 다질 뿐.

지금의 자신을 넘어서야만 한다고 흔쾌히 받아들일 뿐이다.

그런 생각을 할 수 있을 만큼, 벨프는 눈앞의『마검』에 자신의 모든 것을 쏟아부을 수 있었다.

"주신님. 전에도 말했듯 그『마검』은 던전에서 벼린 거요. 이 바보는 변변한 설비도 없는『사지』에서 그걸 만들었단 말이오. 부디 그 점도 가미해서, 흐림 없는 눈으로 가치를 간파해주시구려."

집무실에는 벨프와 헤파이스토스 외에도 풍만한 가슴에 천을 감은 하프드워프가 있었다.

원래 주신이 앉을 집무용 책상에 턱을 괴고 앉은 츠바키는 놀리듯 그렇게 말했다. 그녀의 입가에는 웃음이 맺혀 있었다.

벨프는 그녀가 있는 것이 매우 마음에 들지 않았지만, 반드시 동석하겠다며 한사코 말을 듣지 않았던 것이다.

제멋대로 쓸데없는 소리를 지껄이는 츠바키에게 눈을 흘기고 있으려니, 그때까지 입을 다물었던 헤파이스토스가 처음으로 말했다.

"정말로 『크로조의 마검』이 아니구나. 이건 『너의 마검』이야……."

이미 던전에서 수없이 사용했던 흔적이 있는 검신의 표면을 따라 손가락을 미끄러뜨린다.

소재로 아다만타이트를 썼다는 것도 이미 알아차렸으리라.

벨프가 가진 기술의 정수, 무엇보다도 그의 불꽃——『영혼』이 담겼음을 증명하듯, 붉은 표면에는 헤파이스토스의 얼굴이 희미하게 반사되었다.

그 한 자루의 『마검』은 웅혼하면서도 아름다웠다.

"그래서 주신님? 어찌 판가름하시겠소?"

시간의 흐름을 채근하듯 츠바키가 물었다.

미미한 공백.

지고의 위치에 선 대장장이가 잠시 후 입을 열었다.

"……고만고만하네."

──불끈!!

벨프는 넘쳐나는 기세에 몸을 맡기고 한쪽 주먹을 꽉 쥐었다.

헤파이스토스의 평가는 그 한 마디뿐.

하지만 그것만으로도 벨프의 가슴은 하염없는 고양감에 싸였다.

온몸이 화로가 된 것처럼 뜨거워졌다.

그만큼 지금 대장장이 신의 말에는 『가치』가 담겨 있었다.

지켜보던 츠바키도 으스대는 표정이었다.

어쩌면 그것은 사제의 성장을 환영하는 누이의 표정이었을 것이다.

"……너희가 말하는 지고의 경지에는 아직 미치지 못해. 그러니 더 정진하렴. 앞으로도."

계속 무표정에 가깝던 헤파이스토스가 이때 처음으로 웃음을 보였다.

손에 들고 있던 《시코우 카즈키》를 두 손으로 받쳐 내민다.

신하의 예를 취하듯, 벨프 또한 두 손으로 그것을 받았다.

돌아온 마검의 무게를 손바닥에 새기며, 칼집 대신 사용하는 하얀 천을 다시 감았다.

꼼꼼히, 하나하나 곱씹듯.

헤파이스토스는 그 광경을 천상에서 굽어살피는 신들처럼 부드럽게 바라보았다.

"……어흠."

그리고 문득.

헤파이스토스는 연극적이라 여겨질 정도로 짐짓 헛기침을 했다.

그때까지 둘렀던 신의 표정을 무너뜨리는가 싶더니, **뺨**을 발갛게 물들이며 눈을 감는다.

맞은편에 선 벨프에게는 옆얼굴만을 향하며, 입술을 우물우물 움직인다.

"뭐, 아직 미숙하고 거친 면은 있지만 말이지? 너도 혼을 담아 만든 것 같고? 게다가 이런 단기간에 여기까지 오다니 신인 나도 상상하지 못했달까 뭐랄까? 그, 그러니까…… 그, 다시 말해…… 아주 약간, 정말로 아주 약간………… 인정해주지 못할 것도 없다고나 할까……."

헤파이스토스답지 않게 떨떠름한 어조로 한참을 에둘러 말한다.

말을 이어감에 따라 그녀의 **뺨**은 더더욱 붉어졌다.

옆에서 지켜보던 츠바키는 느물느물 웃고 있었다.

벨프는 벨프대로 그녀가 『무슨』 말을 하려는지 신의를 제대로 이해했다.

다시 주먹을 불끈 쥐었다.

눈을 뜨고는 흘끔 이쪽을 쳐다보는 홍발홍안의 여신에게 웃음을 지었다.

그리고 헤파이스토스가 마음을 굳힌 순간, 스스로도 선언하고자 입을 열었다.

"약속대로 너와 사귀──."

"──예!! 이것을 발판으로 삼아 반드시 당신이 인정할 만한 검을 만들고 말겠습니다!"

여신의 말을 **덮어버릴** 기세로 자신만만하게 외쳤다.
헤파이스토스는 굳어버렸다.
츠바키도 굳어버렸다.
벨프는 만면의 미소를 짓고 있었다.
그렇다.
벨프는 헤파이스토스가 하려는 말 정도는 알고 있었다.
이만한 작품을 만들었는데도 그 자리에 머물도록 용납하질 않는다. 현재의 상황에 만족하지 말고 신속히 다음의 경지를 목표로 삼도록! 이라는 것이다.
『지고』에 이르기 위해, 이 마음을 성사시킬 장대한 『약속』을 위해, 더욱 정진해야만 한다.
"실례하겠습니다!!"
당당히 선언하고 벨프는 몸을 돌렸다.
아무런 미련도 없이 문을 열고, 밖으로 나간다.
어쩌면 이대로 공방에 직행해 새로운 검을 만들 것 같은 그런 기세였다.
아연실색한 헤파이스토스와 츠바키를 남긴 채, 눈 깜짝할 사이에 떠나가 버린 것이었다.

"……어우 진짜~!"

벨프가 사라진 후.

굳어버렸던 헤파이스토스는 소녀 같은 목소리로 외쳤다.

그녀의 뺨은 아까보다도 붉었다.

분노와 수치, 그리고 답답함이 뒤섞인 듯한 그런 표정이었다.

청년이 나가버린 문을 원망스레 노려보며 귀엽게 발을 한 차례 구른다.

절친신인 어린 여신이 이곳에 있었다면 어이없어했을지도 모른다.

그녀답지 않게 감정을 드러내는 주신을 곁눈질하며, 츠바키는 이마를 한 손으로 짚고 장탄식했다.

"이리도 둔할 수가……. 어찌어찌 『극치』에 이른 탓에 무기가 연인이 되어버렸구려."

사돈 남의 말 하듯 마스터 스미스가 투덜거렸다.

"그 대장장이 바보 녀석……."

"아자아!"

벨프는 달리고 있었다.

오라리오의 대로를.

흰 천에 싸인 마검을 어깨에 걸머진 채.

얼굴 가득 떠오른 웃음. 엇갈려 지나가는 데미휴먼을 놀라게 할 만큼 큰 목소리로 외치며, 약동감이 넘쳐나는 큰 걸음으로 길을 달려나간다. 헤파이스토스와 츠바키 앞에서는 참고 참고 또 참았던 『환희』를 여봐란듯이 폭발시켰다.

그런 모습은 마치 어린아이 같았다.

평소 【헤스티아 파밀리아】에서는 맏형처럼 행동하던 그에게서는 절대 볼 수 없는 모습. 굳이 따지자면 이런 것은 벨의 몫이었다.

그렇게 좋으냐고 묻는다면 벨프는 이렇게 대답할 것이다.

'당연히 좋지!'

왜냐하면, 말했던 것이다.

다른 이도 아닌 헤파이스토스가!

그 지고의 대장장이 신이!

『고만고만』이라고!

그것이 얼마나 듣기 힘든 평가인지, 벨프를 비롯한 스미스라면 잘 안다.

지고의 경지에 선 대장장이 신이 『고만고만』이라고 말하는 무게는 그들에게는 무엇과도 바꿀 수 없는 영예인 것이다.

일말이나마 인정을 받았다 해도 과언이 아니다.

첫 만남은 우연, 그러나 눈 깜짝할 사이에 끌리고 마음을 태우게 되었던 『불의 마이스터』에게, 벨프가 한 방 먹여주었던 것이다.

"좋았어!"

다시 환호성 한 차례.

달리는 속도를 늦추지 않은 채, 오른발로 힘껏 땅을 박차 뛰어오르고 싶은 충동에 사로잡혔다.

이성이 이를 간신히 말렸으나, 가슴을 채운 감정은 그치지 않았다.

——『마검』을 증오했다.

『마검』을 벼리게 되었던 그 날부터, 줄곧.

하지만 지금부터는, 조금이지만.

조금이지만 사랑해줄 수 있을 것 같았다.

"나도 너희를 받아들일 수 있을 것 같다."

정처 없이 달려나가 도달한 곳은, 센트럴파크.

따뜻한 햇살이 내리쪼이는 가운데, 벨프는 천천히 발을 멈추었다.

좌우로 흘러가는 모험자들은 쳐다보지도 않고 하늘을 우러러본다.

"포보스…… 보고 있냐?"

맑게 갠 창공을 바라보며 중얼거린다.

지금의 자신을 이룬 수많은 정경을 떠올리며, 수많은 감정을 실어.

"난 잘하고 있어."

이윽고 악동처럼 입가를 틀어 올려 웃었다.

하늘에 뜬 구름 틈에서, 마찬가지로 웃음을 짓는 여신의 옆얼굴이 보인 것 같았다.

5장 푸른 불꽃

"야, 『불량품 크로조』."

이래서 무도회가 싫어.

벨프는 귀찮다는 듯 돌아보며 생각했다.

벽이나 기둥에는 눈이 아플 정도로 요란하게 번쩍거리는 사치스러운 금은 장식. 흐르는 현악기의 음색에 맞춰 화사하게 빼입은 귀족들이 중앙의 댄스홀에서 우아하게 춤을 춘다. 머리 위에는 저 유명한 미궁도시에서 만든 샹들리에형 거대 마석등이 찬연히 빛난다.

호화찬란한 대형 홀.

거대한 발코니와 정원과 분수를 가진 성의 한 곳.

왕성에서 열린 무도회였다.

"몰락했으면서 이런 곳에 얼굴을 내밀다니. 과거의 영광에 매달리기나 하는 밥버러지들. 잔반이라도 뒤지러 왔나?"

느물느물 입술을 틀어 올리며 웃는 유력 귀족의 자제들.

머리에 든 것이 없어 보이는 2명의 똘마니를 거느린 열살 정도의 소년이다. 분명 벨프와 비슷한 또래로 기억했다. 날씬한 몸을 고급스러운 옷으로 감싸고, 상대를 깔보는 눈초리에 입가에는 비웃음을 머금었다.

벨프는 이 무도회의 분위기를 지독히도 싫어했다.

빛나는 드레스며 유려한 음악으로 치장하고, 참석한 각 귀족이며 왕의 신하들…… 아니, 너구리들이 상대의 속내를 캐려 한다. 미사여구를 늘어놓으면서 뒤에서는 누구나 입맛을 다신다── 아직 어린 벨프의 눈에도 무도회의 광경은 그렇게 비쳤다.

모두 허울뿐인 세계.

진짜는 하나도 없다.

다들 입에 발린 소리를 늘어놓으면서 자신 이외의 다른 이를 거꾸러뜨리고자 혈안이 되었다. 그리고 정쟁에서 탈락한 자는 지금 벨프처럼 조롱과 냉소의 대상이 된다.

유력자들에게 꼬리를 흔드는 일족 인간들에게 억지로 끌려 나왔는데, 나 원, 이럴 줄 알았으면 지저분한 공방에 틀어박혀 망치라도 닦는 편이 훨씬 나았겠어.

먼 옛날에 몰락한 대장장이 귀족 크로조 가문의 외아들인 자신을 비웃는 자들을 앞에 두고, 벨프는 그런 절절한 생각에 잠겼다.

"떼로 돌려와 한 사람을 욕보이나, 프론의 아들? 이 자리에는 어울리지 않는 짓이로군."

"마, 마리우스 님……?!"

벨프가 전혀 귀족답지 않게 낯을 찡그리고 있으려니, 한 소년이 이쪽으로 다가왔다.

마리우스라 불린 소년── 이 나라의 제1왕자가 등장하자 귀족의 자식들은 물론이고 벨프도 놀라지 않을 수 없었다.

벌꿀색 금발에 기사처럼 쭉 뻗은 등줄기, 장래에는 선이 고운 미장부가 될 것이 확실한 용모. 그야말로 『귀공자』라는 표현이 딱 어울렸다.

타고난 용모 외에도 【스테이터스】에 뒷받침된 무예 또한 겸비해, 왕이나 주신의 억지스러운 요청에도 대응하는 등 겨우 열두 살인데도, 이미 두각을 드러내기 시작했다고 한다. 귀족 중에서는 그의 눈에 들고자 아첨을 떨어대는 자들이 끊이질 않는다고 들었다.

그런 그가 자신을 감싸주었다기보다는…… 변덕이었을 것이다.

왕족인 그를 에워싼 온갖 사항에 대해 진저리를 치며 귀찮아하는 제1왕자를 보며, 벨프는 이상한 사실을 눈치채고 말았다.

이 무도회에 혐오감을 품고 있을지도 모른다는, 기묘한 공감과 함께.

"아, 아닙니다, 이건…… 그, 그래, 이 자가 잘못했기 때문입니다."

왕족에 대한 신하의 예도 잊고 갈팡질팡하는 자제들은 문득 무언가를 떠올렸는지 어린이답지 않은 추한 미소를 띠었다.

"이미 옛날에 몰락한 대장장이 따위가 신분도 모르고 우리에게 대들었단 말입니다. 얌전히 『쇠장난』이나 하고 있으면 될 것을——."

그 뒷말은 **튀어나온 주먹**에 가로막혔다.

눈꼬리를 틀어 올린 벨프가 후려쳤던 것이다.

"한 번 더 말해봐 이 자식아!"

뺨을 얻어맞아 비명과 함께 코피를 흘리는 소년의 멱살을 잡고 노성을 질렀다.

주위의 귀부인들이 찢어지는 비명을 지르는 가운데, 곁에 있던 마리우스는 놀라면서도 벨프를 전혀 말리려 하지 않았다. 입가를 붙잡고 흘러나오려는 웃음을 열심히 숨길 뿐이었다.

다른 자제들까지 나서는 바람에 금세 난투로 이어졌지만 붉은 머리카락을 휘날리는 소년의 격노는 그치지 않았다. 발이며 팔꿈치까지 휘둘러 세 명이 한꺼번에 비명을 지르게 만들었다.

군신 아레스가 군림한 국가계【파밀리아】── 라키아 왕국.

그곳의 수도 바르아에서 벌어진 무도회는 금세 대소동으로 발전했다.

"──꺄하하하하하하하하하하하하하하하!"

먹구름 아래, 신의 천박한 홍소가 울려 퍼졌다.

뺨에 찰과상이 생긴 벨프는, 배를 붙들고 데굴데굴 구르며 웃는 여신을 보고 부루퉁한 표정을 지었다.

몰락을 거쳐 완전히 추레해진 크로조 가문의 저택 뒤뜰.

소동을 일으킨 무도회 이튿날이었다.

"무도회에서 귀족 꼬맹이를 두들겨 패고 난투를 벌이다

니, 그런 소린 처음 들어봤다―! 으히히히히!"

"시꺼…… 그럼 어떡하라고. 그놈들이 먼저 싸움을 걸었는데."

저택에서는 "벨프, 벨프! 어디 있니?!" 하고 찢어지게 외치는 어머니의 목소리가 들렸다.

히스테리, 가 아니라 설교가 싫었던 벨프는 이 뒤뜰로 도망쳤는데, 눈앞의 여신은 마치 자신의 생각을 들여다본 것처럼 느물거리는 웃음과 함께 그곳에서 기다리고 있었던 것이다.

이번에는 무슨 짓을 저질렀냐는 물음에 마지못해 대답했더니 이렇게 되었다.

"그보다 포보스. 소란 피우면 엄마한테 들키니까 좀 조용히 해."

"아~ 미안미안. 하지만 넌 진짜 웃기는 녀석이야, 벨프. 다른 크로조 놈들하곤 달라~."

윤기 있는 흑발은 허리까지 늘어져 있었다.

벨프는 말할 것도 없이 고운 여신의 용모를 올려다보았지만, 그가 어리다는 점을 감안해도 늘씬한 몸은 여성치고는 키가 커 170C 정도 되었다. 몸에 걸친 것은 머리카락색과 같은 검은색 띠로 이루어진 유별난 옷이었다.

묘령이라는 표현이 맞을지는 확실하지 않지만, 아무튼 미모의 여신이었다.

언제 봐도 신들 특유의 천박한 어조나 웃음소리가 그 미모를 망쳐버리고 있지만.

"너 같은 놈이 잔뜩 있으면 몰락 귀족 뒷바라지를 떠맡은 나도 지루할 일이 없을 텐데~."

그녀의 이름은 포보스.

어엿한 여신이며, 대장장이 귀족 크로조 가문을 돌봐주고 있는 **주신**이다.

라키아 왕국에 자신의 파벌과 함께 흡수당한, 자유분방한 꼭두각시이기도 하다.

말하자면 그녀는 왕국군, 다시 말해【아레스 파밀리아】가 걸었던 전쟁에 패배했던 것이다. 그리고 워 게임의 패자처럼 승자의 요구를 받아들여, 군신 아레스의 예속──『종속신』이 되었다.

방대한 피지배자를 거느린 라키아 왕국 내에서 비전투원과 전투원을 구분하는 것은『팔나』의 유무다. 백성인 비전투원이 대다수를 차지한다지만 후자에 속한 병사나 기사의 수는 가볍게 10만이 넘는다.『팔나』의 부여부터 시작해【스테이터스】갱신 등의 작업을 주신 아레스 혼자 하기란 도저히 불가능하다.

그래서 필요한 것이 포보스 같은『종속신』이다.

아레스가 지배하는 종속신들이 손발이 되어, 말단에 속한 자들을 권속으로 만드는 것이다.

몰락한 크로조 가문의 일원이 모두 라키아 왕국의 일원인 것은 사실이지만, 한편으로는 그녀의 은혜를 입은【포보스 파밀리아]이기도 했다.

"……지루하다면 쿠데타든 뭐든 일으키면 될 거 아냐. 그런 거 좋아하지 않았어, 신이란 것들은?"

"그러게~. 누가 안 일으키려나~? 옆에서 보는 건 정말 좋아하지만~ 아레스네 눈을 피해서 애들 부추기고 막 단련시켜주는 거 엄청 귀찮지 않을까?"

전쟁에 패배했다지만 변덕스러운 신들은 무슨 짓을 저지를지 알 수 없다.

따라서 반역을 미연에 방지하기 위해 라키아 왕국이 자랑하는 Lv.2 및 Lv.3 기사나 장군 등 근위대를 포함한 국가의 주요 전력은 모두 아레스의 산하에 있다. 다른 신의 손을 빌린다고는 해도, 『머리까지 근육』이라 불리며 쓸데없이 강한 아레스는 1만 이상의 권속을 지닌 것이다. 반면 종속신에게는 지위나 힘이 약한 자들의 뒤치다꺼리가 맡겨진다.

아울러 종속신의 권속이 무력이든 두뇌든 무언가 뛰어난 능력을 지녔다는 사실이 알려지면 즉각 컨버전이 이루어져 【아레스 파밀리아】의 말석에 오른다.

다시 말해 라키아 왕국에서 출세한다는 것은 군신 아레스── 건국시조의 신혈을 받는다는 뜻이다.

그리고 몰락한 크로조 가문은 아직도 군신 밑에서 다시 한번 재건하기를 꿈꾸고 있다.

"하지만 쿠데타 같은 소리를 태연하게 하는 점에서 넌

역시 이상해~ 으히히."

과거에는 절대적인 화력을 자랑하던 『크로조의 마검』을 왕가에 헌상해 영화의 극치를 누린 일족은 이제 어디서도 찾아볼 수 없다. **저주받은** 그들은 『마검』을 만들지 못하게 된 것이다. 어젯밤 무도회에서 아이들이 비웃었던 대로, 과거의 영광에 매달린 채 하루하루 살고 있을 뿐이다.

벨프는 그런 일족의 망집을 추하다고 생각한다.

관심도 없었다.

그에게는 추구할 『목표』가 있었기 때문이다.

"난 스미스가 될 거야. 신이니 왕이니, 그런 윗대가리들이 바뀌든 말든 상관없어. ……아니, 야, 그만해! 머리 만지지 마!!"

아직 키가 작은 벨프의 몸에 팔을 감고 에잇에잇 머리카락을 헤집어대는 포보스. 가늘고 긴 눈은 요염함도 겸비하고는 있지만 아무래도 유치한 언동 때문에 불균형이 심각했다. 일족과는 다른 벨프에게 이렇게 달라붙어서는 시비를 걸고 놀려댄다.

벨프에게 그녀는 숭배해야 할 신이 아니라 오히려 못된 친구나 귀찮은 연장자 같은 존재에 가까웠다.

"그러고 보니 벨프, 가론이 공방에서 단련한다던데~."

"뭐…… 그런 소린 진작 했어야지!"

한바탕 벨프를 가지고 놀던 포보스는 마침 생각났다는 듯 말했다.

풍만하다고는 할 수 없지만 까만 의복 너머로 부드러운 가슴이나 팔다리를 밀착시키는 여신에게 뺨을 붉히던 벨프는 눈을 크게 뜨고 외쳤다.

그녀의 몸을 밀어내고 뒤뜰에서 달려나갔다.

"힘내~ 벨프~."

"시꺼, 바보 여신!"

입으로는 그렇게 말해도 벨프의 얼굴에는 웃음이 번지고 있었다.

두 손을 빠르게 저으며 달려가는 모습은 귀족으로 교육을 받았던 예의범절과는 거리가 먼, 나이에 딱 어울리는 아이 같았다.

등 뒤에서 멀어져가는 여신이 느물느물 지켜보는 가운데, 벨프는 저택 모퉁이를 돌았다.

별채 안쪽에 지어진 낡은 건물을 향해, 벨프는 곁눈질도 하지 않고 달려갔다.

*

크로조 일족이 보유한 『공방』은 퇴폐한 저택과 마찬가지로 너절했다.

그러나 벨프는 이 좁은 대장간이 싫지 않았다. 코를 자극하는 쇠 냄새도, 검댕에 새까맣게 찌든 벽도, 낡기는 했지만 뜨거운 불꽃을 태우는 화로도, 모두. 이곳에 있는 동안에는 귀족이니 뭐니 하는 족쇄를 잊을 수 있었다.

질 좋은 귀족 옷을 벗고 작업복으로 갈아입은 벨프는 어스름한 『공방』안으로 들어갔다.

"영감, 아버지!"

공방에 있던 것은 둘뿐이었다.

같은 작업복을 입은 벨프의 할아버지 가론 크로조와 아버지 빌 크로조였다.

하얀 머리카락과 수염을 기른 가론과, 긴 갈색머리를 한데 묶은 빌이 돌아보았다.

"벨프, 품위 있는 호칭을 쓰라고 했을 텐데. 언제쯤 되어야 귀족이라는 자각을 가지겠느냐. 게다가 다 들었다. 내가 없는 동안 무도회에서 소란을 일으켰다지?"

"그건, 걔들이 우리가 하는 일을 쇠장난이라고 하니까……."

"닥쳐라! 폐하 어전에서 소란을 떨다니, 아이들 싸움이라 해도 용서받을 짓이 아니야! 마리우스 님께서 감싸주신 덕에 무사히 넘어갔으니 망정이지……."

아버지 빌은 귀족으로서 엄격한 인물이었다.

현재의 당주로서 일족을 재건하겠다고 맹세한 그는 어디까지나 어머니나 다른 도당과 마찬가지로 대장장이 귀족이라는 체면을 차리도록 강요했다. 벨프는 그것이 답답했다.

덧붙이자면 무도회에서 있었던 일은 변덕 때문인지 제1

왕자가 벨프를 옹호해준 덕에 벌을 받지 않고 넘어갈 수 있었다.

"빌, 그만 됐다. 벨프도 왔으니 시작하자."

"……알겠습니다."

빌은 고개를 숙이고 낯을 찡그린 아들을 노려보기는 했지만, 가론의 말에 마지못해 따랐다.

당주 자리를 물려준 벨프의 할아버지는 노쇠함이 느껴지지 않을 만큼 다부진 몸을 가졌다. 등줄기는 철심이라도 박은 것처럼 곧다. 얼굴은 아직도 우락부락했다.

가론은 귀족이 아니라 『스미스』다.

벨프는 그렇게 생각했다. 그렇기에 지금도 자신을 거들어준 것이라고.

웃음을 지은 어린 벨프는 아무 말 없이 화로 앞으로 이동하는 할아버지의 등, 그리고 아버지의 뒤를 따라 그들 곁에 자리를 잡았다.

"──흐읍!"

까앙, 까앙.

불똥과 함께 쇠 두드리는 소리를 내며 단련이 시작되었다.

불꽃을 피운 화로는 새빨갛게 타올라 어두운 공방을 비추었다.

살인적인 열기에 얼굴이 타들어 가 땀방울이 몇 줄기나 흘러내렸다. 그래도 벨프는 아버지와 할아버지의 조수 역할을 도맡아 했다.

여신 포보스의 『은혜』를 받은 아버지와 할아버지의 타격음은 힘차다. 『힘』 어빌리티 덕분에 앞 메 없이 무기를 만들어낼 수 있음에도, 두 사람은 하나의 금속을 우직하게 함께 두드려댔다.

빌과 가론은── 아니, 벨프도 포함해 3대는 힘을 합쳐 한 자루의 무기를 만들어내려 했다.

"알겠느냐, 벨프. 쇠의 목소리를 들어라. 쇠의 울림에 귀를 기울여라. 메에 마음을 실어라. 안 그러면 진정한 검은 벼릴 수 없다. 우리는 반드시 『크로조의 마검』을 대신할 무구를 만들어내야 해."

빌이 귀기 어린 표정으로 해머를 내리치며 벨프에게 말했다.

그 말을 하는 사람은 늘 아버지였다.

『크로조의 마검』을 대신할 무기로 일족을 재건하겠다며 빌은 인생을 바치고 있었다.

귀족으로서 복권하겠다는 희망을 품기는 했지만, 이때 아버지의 의지와 정열은 진짜였으므로 벨프는 고분고분 고개를 끄덕였다.

벨프는 단련에 임하는 아버지의 옆얼굴을 존경하고 사랑했다.

"……벨프, 집게를 다오."

"응!"

그리고 과묵한 할아버지는 등만으로 벨프에게 스미스란 무엇인가를 가르쳐주었다.

하염없이 쇠를 벼리는 그 모습을 보고 온갖 것들을 배웠다. 빌도 그랬다. 일족이 『크로조의 마검』을 벼릴 수 없게 된 지 오래지만, 가론은 지고의 무구를 추구하며 『대장장이』에 몰두했다.

——쇠의 목소리를 들어라. 쇠의 울림에 귀를 기울여라. 메에 마음을 실어라.

이 가르침은 원래 가론의 말이었으며, 가론에게 이어받은 것이다. 홀린 것처럼 해머를 내리치는 그의 입을 통해 벨프도 딱 한 번 들은 적이 있다.

철이 들기 전의 벨프는 무기보다도 먼저 가론과 빌 같은 스미스의 존재를 알았다.

그렇기에 그들의 의지와 열기가 자아내는 무기에 매료되었다.

그들이 벼려내는 칼날, 힘찬 광채.

라키아 왕국의 어떤 기사가 할아버지의 작품을 휘두르는 모습을 보았을 때, 벨프는 온몸이 뜨거워졌다.

사용자와 그의 반신, 인간과 무기는 이렇게까지 서로를 드높일 수 있구나, 하고.

자신도 스미스가 되고 싶다.

스미스가 되어 지고의 무기를 만들고 싶다.

그 무기가 최고의 사용자와 함께 달려나가는 모습을 지

켜보고 싶다.

그런 강렬한 충동에 사로잡혔다.

동경과 바람, 정열.

벨프는 어릴 때부터 뜨거운 마음을 가슴에 품고 있었다.

"······벨프, 한번 쳐 봐라."

"어······ 그, 그래도 돼, 영감?!"

이제까지 어설프게 조수 노릇만 시켜주었던 벨프에게, 처음으로 해머를 들려준 것이었다.

엄격한 할아버지는 시선만으로 "해 봐라" 하고 채근했다.

땀투성이가 된 아버지도 웃고 있었다.

벨프도 웃었다.

울음을 터뜨리고 싶어질 정도로 입술을 틀어 올리며.

어린아이의 가는 팔에는 어울리지 않을 정도로 무거운 해머를 꽉 쥐었다.

새빨갛게 달군 금속, 그리고 모루의 정면에 섰다.

오늘 이날을 자신은 결코 잊을 수 없을 것이다.

벨프는 그렇게 확신하며 해머를 내리쳤다.

아버지와 할아버지의 것과는 거리가 먼, 한심한 타격음이 울려 퍼지고 불똥 몇 톨이 튀었다. 하지만 벨프는 해머를 한 번 휘두를 때마다 자신의 모든 것을 쏟아부었다.

자신도 『스미스』가 될 것이다.

『크로조의 마검』을 능가하는 무기를, 지고의 무구를, 아버지와 할아버지와 함께 만들 것이다.

이때 벨프는 그 미래를 믿어 의심치 않았다.

✦

그 운명의 날은 벨프의 열 번째 생일에 찾아왔다.

"그럼 내『팔나』를 새겨줄게~."

크로조 저택의 어떤 방에서, 벨프는 포보스에게『팔나』를 받으려 하고 있었다.

10세 생일에『팔나』를 새기는 것은 가론의 지시였다. 【스테이터스】를 얻기 전에 기술자로서 고생을 알아두라는 그의 방침 때문이었다.

빌과 가론, 일족 사람들이 지켜보는 가운데, 상반신을 벗고 의자에 앉은 벨프의 등에 포보스가 신혈 이코르를 떨어뜨려 【히에로글리프】를 새겼다.

벨프 크로조

Lv.1

힘: I0 내구: I0 기교: I0 민첩: I0 마력: I0

《마법》

【】

《스킬》

【크로조 블러드】

○마검제작 가능.

ㅇ제작시 마검능력 강화.

【히에로글리프】의 문자열이 새겨진 조그만 등—— 다른 일족과 마찬가지로 발현한 스킬【크로조 블러드】를 바라보던 포보스는 천천히 입을 열었다.

"……벨프, 『마검』 한번 만들어 봐."

"뭐? 마검을 어떻게 만들어. 우리 일족은 『정령』한테 저주받아서……."

"됐으니까 한번 해보라고."

오늘까지 스미스로서 기술은 아버지와 할아버지에게 철저히 배웠다.

메를 처음으로 들었던 그 날로부터 1년, 【스테이터스】를 얻은 지금이라면 분명 혼자서도 무구를 벼릴 수 있을 것이다.

가론과 빌은 의아하다는 표정을 지었지만, 흑발의 여신은 희미한 웃음을 지을 뿐이었다.

"……그냥 해보는 거야."

신의 채근에, 벨프는 마지못해 따랐다.

그리고 모든 것이 바뀌고 말았다.

"믿을 수 없어……."

빌의 시야에는 시커먼 연기를 뿜어내는 초토가 펼쳐져 있었다.

왕도 바르아에서 조금 떨어진 평원.

그의 손에 들려 있던 붉은색 단검은 지금 막 파직 소리를 내며 부서졌다.

검신의 파편이 발밑에 떨어지는 가운데, 함께 따라 나온 일족 사람들과 함께 빌은 아연실색했다.

벨프가 만들어낸 단검——『마검』을 시험해본 결과였다.

『우——우와아아아아아아아아아아아아아아아아아아아아아아아아!!』

무수한 솟아나는 불똥.

모든 것을 재로 바꿔버린 채 불타버린 들판.

옛 영광의 상징, 되살아난 『크로조의 마검』에 미친 듯한 환호성이 솟았다.

그 자리에 있던 벨프 또한 아연실색한 표정을 지은 채, 부서진 검의 잔해를 울 것 같은 눈으로 바라보았다.

"벨프, 마검을 벼려라!!"

저택으로 돌아간 후, 벨프는 일족에게 에워싸였다.

얼굴도 몰랐던 친척들이, 어머니가, 그리고 빌까지도 눈에 핏발을 세우며 마검을 만들라고 입을 모았다.

어린 벨프는 뻣뻣이 서 있었다.

"크로조의 비원을! 일족을 재건하는 거다!! 바로 너의

『마검』으로!!"

　정면에 선 빌은 벨프의 두 어깨를 붙잡고 눈꼬리를 한껏 틀어 올린 표정이었다.

　아들이 아픔에 얼굴을 일그러뜨린 것도 모른 채, 『마검』의 생산을 강요했다.

　"기다려, 좀 기다려봐…… 우린『크로조의 마검』을 대신할 무기를 만들려던 거 아니었냐고?!"

　"그딴 것은 이제 필요 없다! 너만 있으면, 『마검』만 있으면 크로조는 되살아날 거야!!"

　"아버지, 난 싫어! 사용자를 내버려 두고 부서지는 검이라니…… 반드시 부서지는『마검』같은 건 보고 싶지 않아!"

　"무슨 얼빠진 헛소리를 지껄이는 거냐, 이 어리석은 놈!!"

　얼굴을 얻어맞고 바닥에 나뒹군 벨프는 망연자실해졌다.

　『마검』을 대신할 무기를 만드는 데에 심혈을 기울였던 자는 이미 아무 데도 없었다.

　그곳에 있는 것은 일족의 망집에 사로잡힌, 저주받은 마검 대장장이의 후예였다.

　"『크로조』의 번영을 되찾는 거다, 벨프! 왕가에 들어가기 위한 **도구**를 벼려라!!"

　그 외침에.

　그 말에.

　벨프는 뿌드득 소리가 날 정도로 주먹을 쥐었다.

　환희하며 고함을 질러대는 일족 속에서, 그저 오로지 잠자코 입을 다물고만 있던 가론을, 벨프는 매달리는 심정으로 올려다보았다.

손자의 흔들리는 눈빛에도 잠자코 있던 할아버지는…… 섬뜩해질 만한 무표정으로 말했다.

『『마검』을 벼려라, 벨프.」

벨프는 온몸에서 힘이 빠져나가는 것을 느꼈다.

다음으로 터져 나온 것은 시뻘건 분노의 불길이었다.

실망, 배신, 그리고 강렬한 슬픔과 노여움.

이날 벨프는 아버지와 할아버지, 크로조 일족과 결별했다.

🦇

"집을…… 라키아를 떠날 거냐, 벨프?"

심야, 벨프가 방에서 홀로 길 떠날 채비를 하고 있으려니 포보스가 나타났다.

"뭔데……."

돌아본 벨프는 야수처럼 거칠어진 눈으로 그녀를 보았다.

따지고 보면 이 여신의 지시가 모든 일의 발단이었다.

아무리 숨기더라도 언젠가는 밝혀질 사건이었다고는 하지만, 어린 벨프는 그녀를 원망하지 않을 수 없었다.

"잘못했어. 네 보금자리를 빼앗아버려서. 미안해, 벨프."

"……."

"하지만 그 힘을 모르는 채였다면, 아니, 받아들이지 않았다면 넌 언젠가 후회할 거라고…… 그런 생각이 들어서 시켰던 거야. 으히히, 용서해줘."

포보스는 풀이 죽은 아이를 사랑스럽다는 듯 바라보았다. 느물거리는 평소의 웃음을 지으며.

한참 입을 다물고만 있던 벨프는 책망을 그만두고 여행 준비를 다시 시작했다.

"말려도 소용없어."

"안 말려. 오히려 도와줄 거야."

"……뭐?"

벨프는 손을 멈추고 돌아보았다.

"말한 대로야. 라키아 밖으로 나가게 해줄게."

"무슨 생각으로……?"

"귀여운 자식에게 마지막으로 하는 참견. 속죄라고 해도 되고. 게다가 꼬맹이 혼자 수도의 성벽을 빠져나갈 수는 없을 거 아냐?"

입을 다문 벨프에게 다가선 포보스는 자신에게 맡기라며 웃더니 자못 친한 척 어깨를 끌어안았다.

그녀의 신의는 알 수 없었지만, 그녀의 말은 옳았다.

귀족과 스미스 이외의 생활을 모르는 벨프가, 국가의 검문을 빠져나갈 가능성은 거의 없었다. 미친 듯이 기뻐하던 일족은 지금쯤 이미 자신이 『크로조의 마검』을 버릴 수 있다는 사실을 왕성에 보고했을 것이다.

이 나라를 떠나려 한다면, 포보스의 협력을 구하는 것 외에는 선택의 여지가 없었다.

"그리고 벨프, 『마검』도 가져가."

"필요 없어. 나한테 그딴 무기는──."

"무슨 일이 일어날지 모르잖아? 만약을 위해서야. 이럴 때만이라도 신께서 하시는 말씀을 좀 들어라, 응?"

『마검』은 두 자루를 만들어놓았다.

시험용과, 왕가에 헌상할 용도.

"네 첫 작품을 남들이 맘대로 쓰면 너도 기분 나쁘잖아?"

포보스가 그렇게 다독이니, 벨프 또한 낯을 찡그리면서도 따르지 않을 수 없었다.

"내 연줄을 써서 검문을 통과시켜줄게. 결행은 내일. 알았지?"

무슨 변덕인지 알 수 없었다.

하지만 눈앞의 『못된 친구』가 하는 말은 믿어도 될 것 같았다.

"그래……."

벨프는 계획을 설명해주는 포보스에게 고개를 끄덕였다.

"들었느냐, 마르티누스! 크로조에『마검』을 만드는 자가 나타났다는구나! 흐하하하하하하!"

왕성의 최상층, 옥좌가 있는 어전에서.

빌의 알현을 받았던 남신 아레스는 가가대소를 터뜨렸다.

"하지만 아레스 님, 크로조 일족은 아직까지『정령』에게 저주를 받고 있습니다. 지금은 원형을 유지한다 해도 전장에 나간 순간 검이 부서져 버릴 가능성도…… 분명 불량품일 겁니다."

"음, 그것도 그렇구나. 좋아, 기대는 하지 말기로 하자!"

초로의 나이에 들어선 왕의 진언에, 갑옷 차림의 아레스는 사자 같은 금발을 출렁이며 선선히 고개를 끄덕였다.

활달하게 웃는 두 사람의 모습을 숨어서 지켜보던 왕자 마리우스는 진저리를 쳤다.

원래는 그들이 느껴야 할 정신적 피로가 쌓이는 것 같아,『눈』과『귀』의 역할을 가진 첩자를 불러왔다.

"크로조의 정보는?"

"예…… 아무래도『마검』의 제작자는 현 당주 빌 크로조의 맏아들 벨프 크로조인 듯하옵니다."

"벨프 크로조…… 그 녀석 말이군."

심복의 보고를 듣고 총명한 왕자는 1년 전의 무도회를 떠올렸다.

눈동자 색은 다르지만 자신과 비슷한 빛을 띠었던 눈──자신이 살아가는 환경에 의문을 가진 붉은 머리 소년을.

"……일단 그물은 쳐놔라. 문에 기사들을 배치해."

"썩을?!"

먹구름이 낀 어둠 속에 비가 쏟아지고 있었다.

여행용 로브를 입은 벨프는 울려 퍼지는 경적 소리를 떨치고 성하마을의 대로를 달려나갔다.

왕도 바르아는 4개의 벽에 에워싸여 있다.

왕족과 귀족, 군인, 백성의 거주구를 나누는 거대한 원형 벽.

벨프는 여신 포보스의 도움을 빌려 벽을 두 개까지 통과했지만, 세 번째 성벽문에서 병사에게 들키고 말았다.

평소보다도 검문이 엄중해졌던 것이다.

"빌어먹을, 어떻게 된 거야……!"

벨프는 【스테이터스】를 구사해 어떻게든 검문을 돌파하고 비를 맞으며 성하마을을 달려나갔다.

숨을 헐떡이며 그저 뛰었다.

허리에 찬 단검이 귀에 거슬릴 정도로 잘그락잘그락 요란한 소리를 냈다.

마침내 마지막 성벽에 접근하자, 그곳에는 굳게 닫힌 철문과——

"멈춰라!"

——기사!!

갑주로 온몸을 감싼 3명의 사내를 보고 벨프는 눈을 크게 떴다.

라키아 왕국이 자랑하는 Lv.2의 기사.

현재의 벨프는 도저히 당해낼 수 없을 정도로 강한, 진짜 무기를 구사하는 자들.

발검하고 경고하는 기사들에게 소년은 미간을 찌푸리고 —— 단검 자루에 손을 가져다 댔다.

기사와 문을 향해 일직선으로 달려나가며 붉은 검신을 뽑았다.

그리고 휘둘렀다.

"엔카(焰華)!!"

『마검』의 힘을.

"＿＿＿＿＿＿＿＿＿＿＿."

버티고 선 기사들도, 힘을 휘두른 벨프 자신도 그 광경에 얼어붙었다.

마검에서 뿜어져 나간 것은 맹렬히 날뛰는 거대한 불줄기.

화염의 주둥이가 멍하니 선 기사들과 함께 문을 집어삼키고 포효했다.

작렬.

굉음.

그리고 폭발.

심야의 성하마을에서 불꽃이 울부짖고, 소란을 듣고 달려온 사람들의 비명은 순식간에 비가 쏟아지는 어둠 속에 울려 퍼졌다.

아연실색한 벨프의 시선 너머에 펼쳐진 것은 무너진 벽, 어둠 저편에 펼쳐진 바깥세상.

그리고 잔해의 무더기에 파묻혀 빈사 상태에 빠진 기사들의 모습이었다.

"……으, 으아아아아아아아아아아아아아아아아아?!"

벨프는 부르짖었다.

손에서 부서진 『마검』의 파편을 떨어뜨리며, 어둠을 향해.

"이게, 이딴 게 힘이야?!"

얼굴에 비를 맞아, 눈물 같은 물방울의 궤적이 몇 줄기나 뺨을 타고 흘러내렸다.

견고한 외벽에서 솟아나는 연기와, 거센 비를 맞아도 꺼지지 않고 타오르는 붉은 불꽃.

원래 같으면 벨프는 기사들에게 순식간에 제압당했을 것이다.

이를 뒤집은 것이 『크로조의 마검』.

아무런 힘도 없는 어린아이가, 강인한 기사들마저 쓰러뜨려 버리는 외법의 무기.

아득한 옛날, 제작자인 대장장이 일족을 타락시켰던, 비할 데 없이 강력한 마검.

무참히 불타버린 기사들의 검을 보고, 마침내 눈물을 쏟은 벨프는 절규했다.

"이딴 게, 정말로 우리 스미스가 만들어야 하는 물건이냐고?!"

혼란에 빠진 병사들이 추격을 개시해, 벨프는 파괴된 외벽을 뛰어넘었다.

어둠 속으로 모습을 감추며, 몇 번이고 오열과 노성을 밤하늘에 터뜨렸다.

——나는 『마검』은 벼리지 않겠어.

그날.

벨프는 스미스의 자긍심과 오기를 관철하기로 맹세했던 것이다.

왕도를 탈출한 벨프가 도착한 곳은, 왕도에서 그리 멀지 않은 잡목림이었다.

비는 그쳤다.

흠뻑 젖은 그가 후드를 벗자 나무 뒤에서 흑발의 여신이 나타났다.

"잘 빠져나온 모양이네, 벨프."

"포보스……."

약속장소에 먼저 와 있었던 포보스가 천천히 다가왔다.

피폐해진 소년의 얼굴, 칼집만 남고 사라져버린『마검』.

그런 것들을 본 그녀는 아무 말도 하지 않고 눈을 가늘게 떴다.

"벨프, 이리 와. 떠나버리는 너한테 내가 작별 선물을 줄 테니까."

처음이자 마지막【스테이터스】갱신.

그렇게 말하며 포보스는 등 뒤로 돌아갔다.

하룻밤의 도주극에 완전히 심신이 마모되어버린 벨프는 잠자코 그녀가 하는 대로 따랐다.

실이 끊어진 인형처럼 바위에 앉자 포보스가 옷을 걷어주었다.

대장간 작업으로 근육이 붙기 시작한 소년의 등을 따라 여신의 손가락이 움직인다.

"끝났어. 그리고 벨프, 나하고 나눈 계약도 해지해놨다."

"……?"

"언제든 어디서든 컨버전을 할 수 있다는 소리야. 앞으로는 네가 원하는【파밀리아】에 들어가."

【스테이터스】를 봉인한 것이 아니라, 강화된【어빌리티】는 남겨놓은 채 재계약이 가능한 상태로 해두었다는 것이었다.

말하자면 다른 신의 컨버전을 기다리는 상태.

"다만 내 신혈은 계속 남아 있어…… 그러니까 네 처음은 내가 따먹었단 소리지~."

"……이상한 소리 하지 마."

얌전한 태도를 보이던 벨프는 포보스의 농담에 겨우 평소의 분위기로 대답할 수 있었다.

여신은 우습다는 듯 어깨를 흔들며 우히히 웃었다.

"오늘 안으로 카라반이 이 숲 옆을 지나갈 거야. 그걸 타. 라키아에서 나간 후에는 맘대로 하고."

"넌…… 어떻게 할 건데. 지금 바르아에 돌아가면, 날 도주시켰다고……."

"내가 없으면 네 뒷수습은 누가 하냐? 지금쯤 발칵 뒤집혔을걸. 라키아도, 크로조 가문도."

"……."

"걱정하지 마. 일족은 나한테 놀아난 거고, 넌 내가 부추겼던 걸로 해놓을게. 전~부 신의 오락 때문이었던 걸로. 아레스는 바보니까 믿을 거야."

그런 포보스의 말에.

자신을 바라보는 그녀의 눈빛에.

벨프는 분명 가슴이 미어지는 것을 느꼈다.

"……왜 그러는데? 왜 나한테, 그렇게까지……."

"신의 유별난 취향이지 뭐. 그리고…… 귀여운 아이를 위해?"

여신이 머리를 갸웃하자 긴 흑발이 목덜미에서 흘러내렸다.

"난 기쁘다고. 너 같은 바보 꼬맹이가 있어서. 게다가 이제는 아레스 밑에서 늘쩍지근 살아가는 것도 지겹고."

하계에서 송환돼도 상관없다며, 포보스는 깔깔 웃었다.

그것은 모두 변덕스러운 그녀의 본심이었을 것이다.

하지만 벨프는 분명, 그때, 그 장소에서.

그녀의 마음속에서 『신』을 보았다.

"안심해. 『천계』로 날아가도 널 계속 지켜봐 줄 테니까. 히힛."

"……쓸데없는 참견이야."

그리고.

"——가라, 벨프. 너 좋을 대로 살아가. 크로조도 라키아도, 너에게는 족쇄만 될 뿐이야."

포보스는 포옹을 하지도, 머리를 쓰다듬지도 않았다.

그저 벨프가 이제까지 본 적이 없는 조용한 웃음을 지을 뿐이었다.

"또 보자."

"……그래."

그것이 그녀와 나눈 마지막 말이었다.

†

며칠 후.

라키아 왕국 수도 바르아 방향에서 거대한 빛의 기둥이 하늘로 솟아났다.

——미안해. 고마워.

라키아 외곽의 야트막한 언덕 위에서.

소년은 홀로, 그 아름다운 광채를 올려다보며 조용히 한 줄기 눈물을 흘렸다.

"제법 활기찬 아이가 있네?"

아름다운 가인의 목소리가 울려 퍼졌다.

그녀의 눈이 바라보는 것은, 화로의 불길이 이글이글 타오르는 대장간.

그곳에서는 붉은 머리 소년이, 어른을 상대로 작업공간을 두고 난투를 벌이고 있었다.

"아, 여신님! 죄송합니다요, 오랜만에 들러주셨는데 흉한 모습을 보여드려서……."

"뭘, 대장장이가 원래 그렇잖아? 난 저런 거 좋아해. 그런데 누구야?"

"그게, 어느 날 갑자기 쳐들어와선 더부살이로 일하게 해달라던 놈인데……. 이름도 아마 가명일 겁니다요. 그런 주제에 실력은 또 괜찮아서 감당을 못하고 있었습죠……."

검제도시(劍製都市) 조링엄.

거래처로 출장을 나와 이 도시에 들렀던 『어떤 여신』은 단골 대장간을 찾아온 참이었다. 커다란 안대에 덮인 미모

속에서 왼쪽 눈을 가늘게 뜨고, 싸움으로 쟁취한 화로 앞에서 작업에 힘을 쏟는 소년을 지긋이 바라본다.

"공방장, 저 아이 내가 맡아도 될까?"

"예에? 저희야 딱히 상관은 없습니다만…… 괜찮으시겠습니까?"

"괜찮다마다."

여신은 활짝 웃으며, 소년의 작업이 끝나기를 기다렸다.

이윽고, 그녀는 아직 거친 구석이 있는 검 한 자루를 만들어낸 그의 곁으로 다가갔다.

"얘, 너 이름이 뭐지?"

땀투성이 얼굴을 든 소년은 갑자기 나타난 신물에게 의아한 표정을 지으며 물음에 대답했다.

"……벨프."

"그냥 벨프? 가문 이름은 없어?"

"가문 이름은, 말하고 싶지 않아……."

"그래. 그럼 벨프, 내 【파밀리아】에 들어오지 않으련?"

"뭐……?"

눈을 활처럼 구부린 가인의 웃음에, 소년은 멍한 표정을 지었다.

"……권유를 하기 전에 당신도 소개를 해. 남한테는 이름 물어봐 놓고는."

"어머, 미안해. 깜빡했구나."

수상쩍다는 눈으로 쳐다보는 소년에게 여신은 결례를

사과했다.

　그리고.

　"내 이름은——."

　못된 친구 같은 여신에게 이끌려간 곳에서.

　소년은 홍발홍안의 여신과 만났다.

막간 엘프의 동요

""건배~!""

겹쳐진 잔에서 하얀 거품이 요란하게 튀었다.

열 개도 넘는 잔을 맞부딪친 우리는 남실남실 담긴 술이며 주스를 단숨에 들이켜거나 입을 가져다 대거나 했다.

장소는 『풍요의 여주인』.

완전히 해가 저문 밤, 서쪽 메인 스트리트에 지어진 주점은 오늘도 성황이었다. 난색 계열의 마석등 불빛에 싸인 가게는 많은 손님으로 북적인다. 술에 취한 드워프며 파룸의 소란이 『원정』에서 돌아온 몸에 어쩐지 기분 좋게 스며들었다.

우리는 『연회』를 열고 있었다.

참가한 멤버는 【헤스티아 파밀리아】와 【미아흐 파밀리아】, 그리고 【타케미카즈치 파밀리아】 등등 익숙한 사람들.

"깁스 푸신 것 축하해요, 벨 님!"

"아하하…… 음, 고맙다고 해야 하나?"

릴리의 과장된 말에 나는 쓴웃음을 지었다.

『원정』에서 돌아온 후, 이렇게 연회를 열게 된 것도 사실은 두 번째였다.

첫 번째는 우리의 홈에서 열렸던 『원정』 귀환 축하.

그때는 미아흐 님과 타케미카즈치 님이 축배를 들어주셨다.

두 번째인 지금은 내가 깁스를 푼 것을 축하하며.

솔직히 그런 이유로 연회를 열어도 되나 싶지만…… 미

아 씨의 밥을 먹고 싶기도 했으므로 이건 이거대로 괜찮지 않을까. 돈 관리에 까다로운 릴리도 허락해줬고.

덧붙이자면 주신님은 여느 때처럼 알바를 나가셨다.

『삐진 헤스티아는 우리가 달래줄 테니 너희는 권속들끼리 재미있게 놀다 와라.』

타케미카즈치 님의 말이었다. 미아흐 님과 헤파이스토스 님, 그리고 헤르메스 님과 데메테르 님까지 가세해 신들끼리도 한잔하신다는 모양이었다.

그동안 쌓인 이야기가 많았다나.

"헤에, 맛있는데. 조금 비싸긴 하지만 괜찮은 가게야. 『풍요의 여주인』."

"와본 적 없냐? 모험자들 사이에선 여기 꽤 유명하잖아."

"그렇긴 하지만…… 어째서인지 아폴론 님이 싫어했거든. 예전 파벌에서는 이용한 적이 없었어."

요리를 칭찬하는 다프네 씨와 벨프 외에도 모두가 자유롭게 연회를 즐기고 있었다. 포션 매입 계약이라도 의논하는지 나자 씨와 릴리는 농담을 섞어가며 ──그런데도 눈은 웃지 않는 상태로── 이야기를 나누고, 미코토 씨와 치구사 씨와 하루히메 씨는 옛날 이야기로 꽃을 피웠다. 【타케미카즈치 파밀리아】 단원들도 여기에 가세했다. 뿔뿔이 헤어졌던 하루히메 씨와의 시간을 되찾고 싶은 거겠지.

마치 큰형처럼 끼어들지 않고 부드럽게 지켜보기만 하는 오우카 씨를 보니 절로 미소가 나왔다.

'……【로키 파밀리아】는, 없구나.'

우리 테이블을 둘러보던 나는 문득 가게 안으로 시선을 돌렸다.

나도 모르게 도시 최강의 이름을 자랑하는 【파밀리아】를 찾고 있었다.

그리고 아름다운 금발 소녀를.

『제노스』 사건을 거치고 수많은 『모험』도 넘어선 지금, 나는 아이즈 씨가 보고 싶었다.

성장한 나를 봐주었으면, 하는 것은 아니지만…… 내가 어느 위치에 있는지를 알고 싶은 건지도 모른다. 확인해보고 싶은 건지도 모른다.

동경의 존재인 그 사람과 대면해서.

어쨌거나 싸우는 법을 다시 가르쳐주겠다는 약속을 나누기는 했어도, 어떤 표정으로 만나러 가야 좋을지 모르겠다는 것 또한 솔직한 심경이었다.

"음? 왜 두리번거리고 있냐, 벨?"

"어…… 그게, 만약 【로키 파밀리아】가 연회를 열면, 가게에 다 들어올 수 있을까 싶어서. 아이즈 씨네도, 여기에 곧잘 오곤 하니까."

내가 얼른 얼버무리자 옆자리에 있던 벨프가 고개를 끄덕이며 느긋하게 웃었다.

"괜찮지 않겠어? 이제 곧 『엘레지아』니까."

그리고는 내가 처음 들어보는 단어를 말했다.

"『엘레지아』……?"

"준비야 길드 녀석들이 하겠지만, 【로키 파밀리아】랑 【프레이야 파밀리아】도 한동안은 얌전히 있으라는 소릴 들었을걸."

벨프는 그렇게 말하고는 에일을 한 잔 더 주문했다.

고개를 갸웃한 나는 그 『엘레지아』에 대해 물어보려 했지만,

"베, 벨 씨! ……외, 왼팔은, 이제 괜찮나요?"

그때까지 이야기에 참가하지 않던 카산드라 씨가 크게 결심한 것처럼 말을 걸어 내 질문을 덮어버렸다.

"아, 네. 아미드 씨가 많이 나아졌다고 하셔서요. 아프거나 움직이기 힘든 것도 이젠 없고요."

"그, 그렇구나…… 다행이에요."

맞은편 대각선 자리에 앉아 두 손으로 잡은 유리잔을 노려보던 ──그렇다기보단 긴장하신 걸까── 카산드라 씨는 내 대답에 웃음을 지었다.

나도 왼손을 쥐었다 폈다 하면서 문제가 없다는 사실을 확인해본다.

아미드 씨는 전투는 아직 삼가라고 하셨지만, 이 정도라면 던전 탐색을 재개할 날도 머지않았을 것이다.

"아, 맞아…… 벨프, 그때는 정말 고마웠어. 카산드라 씨도요."

그때 문득 생각이 나, 벨프와 카산드라 씨에게 인사했다.

원정 때 마련해준 《골라이아스 머플러》에 대해서였다.

그것이 없었다면, 농담이 아니라 정말로 저거노트와 싸우지 못했을 것이고, 지금쯤 나는 이곳에 없었을지도 모른다.

떠오른 생각을 솔직하게 전하자 벨프는 입술을 틀어 올리며 손을 내젓고, 카산드라 씨는 눈을 동그랗게 뜨더니 굉장히 기쁜 것처럼 "네!" 하며 활짝 웃었다. 기분 탓인지 눈가에 눈물까지 맺힌 것 같았다. 그 예쁜 웃음에 조금 가슴이 두근거렸던 것은 비밀.

"그건 그렇고…… 다프네 님과 카산드라 님 두 분 모두 【랭크 업】을 하시다니, 축하해요."

"아, 고맙습니다!"

"이제 우리 【파밀리아】에도 Lv.3이 둘…… 후후, 뜯기는 세금 이상의 활약, 기대할게. 다프네, 카산드라…….."

"은근히 협박하지 마, 단장…….."

릴리의 말에 카산드라 씨가 고마워하며 고개를 숙이고, 무언가 수상쩍은 웃음을 짓는 나자 씨에게 다프네 씨가 진저리를 쳤다.

그렇다.

이번 『원정』에서 다프네 씨와 카산드라 씨는 모두 【랭크 업】을 이루었다.

내가 『심층』을 헤매던 무렵, 다른 분들도 우리 못지않은 『모험』을 거듭했다고 한다. 『하층』의 계층 터주를 적은 인원으로 격파하다니, 그것만으로도 틀림없이 엄청난 『위업』
이었을 것이다.

고립되어 폐를 끼쳤다는 미안함도 있었지만, 그 이상으
로 대단하다고 감탄했다.

조금 서운하다는 생각도 있었을지 모른다.

다 같이 파티 플레이를 하지 못해서.

아무튼 그런 의미에서 이번 연회는 다프네 씨와 카산드
라 씨의 【랭크 업】 축하도 겸한 것이었다.

"그렇게 말하는 릴리루카도 【랭크 업】했다며? 축하해."

"아뇨, 이것도 다프네 님의 지도 덕이죠. 고맙습니다."

웃음을 짓는 다프네 씨에게, 릴리는 진짜 사제지간처럼
인사했다. 미코토 씨나 하루히메 씨의 영향인지, 의자 위
에 정좌하고 앉아 어딘가 극동풍으로 고개를 숙인다. 그
모습에는 오우카 씨 같은 분들도 웃음을 지었다.

같은 파티 내에서 【랭크 업】한 사람이 속출했다.

다시 말해 그만큼 이번 『원정』이 가혹의 연속이었다는
뜻이다.

다른 【파밀리아】의 『원정』과 비교해 봐도 아마 이례적이
었을 것이다.

"후후, 우리의 활약도 잊으면 곤란하다냐!"

"맞다웅! 상처 입은 자기 앞에 화려하게 나타난 나를 보
고 소년이 『아아 클로에 님, 제 엉덩이는 평생 당신의 것이
에요!』 하고 맹세하던 장면…… 감동이었다웅."

일을 내팽개치고 아냐 씨와 클로에 씨가 괜히 멋들어진 포즈를 지어가며 대화에 끼어들었다.

기억에도 없는 클로에 씨의 해설에 내가 **뺨**을 실룩거리고 있으려니, 다 먹은 접시를 높이 쌓아 들고 있던 휴먼 루노아 씨가 어이없다는 표정을 지었다.

"우리가 갔을 때는 상황이 거의 다 정리된 후였잖아. 아무것도 안 한 주제에 어디서 으스대고 있어, 바보 고양이들."

"*"뭐라고오~?!*""

그렇게 아냐 씨와 클로에 씨가 분개하고 있을 때.

"바쁜데 수다 떨고 있냐, 바보 딸내미들!"

카운터 안에서 미아 씨의 노성이 터져 나왔다.

우리를 구해주기 위해 일을 빼먹었던 그녀들은 현재 엄격한 감시를 받고 있다고 한다.

"*""죄송합니다아~?!*"""

미아 씨의 강렬한 안광에 세 사람은 어깨를 움츠리며 울먹이는 표정으로 얼른 일을 하러 갔다.

그녀들이 달려와 준 것은 우리 때문이기도 했으므로 미안한 마음이…….

"신경 쓰지 마세요, 벨 씨. 저 아이들도 각오하고 갔던 거니까요."

"시르 씨……."

"다들 무사히 돌아와 줘서 기뻐요."

그런 내 마음을 읽은 것처럼, 요리를 가져와 준 시르 씨가 웃음을 지었다.

"저도 아는 모험자 님에게 달려가서 도와달라고 눈물로 사정했지만…… 후후, 그럴 필요는 없나 봐요."

"……그때는, 정말 폐 많이 끼쳤어요."

슬쩍 귀띔을 해주는 시르 씨에게 민망해하며 사과했다.

정말 많은 분들에게 걱정을 끼쳤다.

"그런데 벨 씨."

내가 머리를 긁으며 쓴웃음을 짓고 있으려니, 시르 씨도 웃으며 물었다.

"류하고 무슨 일 있었어요?"

쩌적!

내 주위에서 얼어붙는 소리가 들렸다. 그리고 릴리의 주위에서도.

……요즘 류 씨는 나를 피하고 있다.

어쩌면, 아마도, 분명, 틀림없이.

깁스를 차게 된 후로도 『풍요의 여주인』에는 몇 번이나 들렀지만, 그때마다 류 씨는 나와 얼굴을 마주하려 들지 않고 자못 자연스러운 움직임으로 성큼성큼 주방에 틀어박혀 버렸다.

마치 나를 멀리하려는 것 같아 그녀를 따라갈 수가 없었다.

"주점에 돌아온 후로 벨 씨 이야기를 하면 류의 분위기가 이상하지 뭐예요."

미소를 지으면서도 나를 구멍이 뚫어질 정도로 바라보는 시르 씨에게 어째서인지 식은땀을 뻘뻘 흘렸다. 웃으려해도 얼굴에 경련이 일어난 나는 한동안 갈팡질팡하다가 조심스레 물어보았다.

"이상한가요……?"

"이상해요."

"어떻게요……?"

"저렇게요."

한 손으로 나무 쟁반을 든 채 시르 씨는 어떤 방향을 가리켰다.

그곳에는 류 씨가 있었다.

아냐 씨네 3인조와 마찬가지로 빠릿빠릿 테이블 사이를 오가며 웨이트리스 일을 하고 있다.

딱히 이상한 점은 없는 것 같지만…… 이쪽을 보지 않는다.

정확하게는, 나를 보지 않는다.

바쁘게 주문을 받아 처리해야 하니 아무래도 우리 쪽으로 몸을 돌리거나 때로는 테이블 근처로 다가오는 일도 있지만…… 내가 시야에 들어오려 하면 휘릭! 몸까지 돌려버리는 것이다. 깜짝 놀란 손님들의 시선을 모을 정도로.

시선을 돌리거나 눈을 내리까는 정도라면 그나마 덜 어색했을 것이다.

하지만 너무나도 민첩하게 몸을 놀리니 위화감이 엄청나다.

마치 혼자서만 던전에 있는 것처럼 움직인다.

회오리바람처럼 도는 몸에 맞춰 스커트가 쓸데없이 바람을 머금고 까만 타이츠에 싸인 다리가 이따금 드러난다…….

시르 씨와 함께 관찰하던 나는 다시 식은땀을 흘렸다.

"류! 꼬마네 테이블에 이거 가져가!"

"…………."

음식이 수북하게 쌓인 접시를 카운터에 놓은 미아 씨가 직접 지시했다.

한동안 침묵하던 류 씨는 고운 얼굴을 전혀 움직이지 않은 채 여러 개의 접시를 손과 팔에 가뿐히 장착했다.

그대로 우리 테이블을 향해 똑바로 다가온다.

"저, 저기, 류 씨…….."

"스테이크입니다."

"혹시 잠깐……?"

"주문하시겠습니까?"

"엑."

"에일 말씀인가요?"

"저, 저기…….."

"에일 말씀이군요."

"얘, 얘기 좀…….."

"주문받았습니다."

대, 대화가 성립되질 않아…….

동요하는 나를 내버려 둔 채 성큼성큼 떠나가는 류 씨.

이쯤 되면 이 분위기를 알아차리지 못할 리 없었으므로 벨프나 미코토 씨, 하루히메 씨는 물론 다른【파밀리아】분들까지 나를 바라보았다.

"……벨 님, 류 님하고 무슨 일 있었어요?"

"그, 그게, 나도 모르겠어……. 너무 많은 일이 있어서, 오히려 뭐가 뭔지……."

얼굴을 들이대며 묻는 릴리에게 당황하면서도 솔직하게 고백했다.

제일 먼저 떠오르는 것은…… 아, 알몸으로 안고 있었던 거지만…… 비상사태였는걸.

게다가 던전에서 돌아온 직후에는 평범하게 이야기했고. 함께 웃기도 했는걸. 하늘이 멋진 그 고지대에서.

내가 뭔가 류 씨를 화나게 만들었던 걸까?

『심층』에서 탈출하기 위해 힘을 합쳤다.

그때는 누구보다도 서로 마음이 통했다.

그렇게 생각한 건 나뿐이었을까?

"…………."

"……시르 씨?"

그때, 시르 씨가 나를 주시하는 것을 알아차렸다.

회색 눈동자에서 빠안— 하는 소리가 들릴 정도로 내 얼굴을 바라보는가 싶더니——

코옹.

두 손에 든 쟁반으로 머리를 살짝 두드렸다.

"어? 어?"

"흥~."

귀여운 소리가 들린 머리를 잡고 혼란에 빠진 나에게 시르 씨는 눈을 감고는 고개를 홱 돌렸다. 마치 어린아이처럼.

하지만 웬일로 화를 내는 것 같았다.

당황하는 나를 내버려 둔 채, 시르 씨는 아무것도 가르쳐주지 않고는 류 씨와 마찬가지로 일을 하러 돌아갔다.

그런 우리를, 릴리는 눈을 흘겨 뜨고 쳐다보고, 벨프와 다프네 씨는 알 바 아니라는 양 술을 마시고, 미코토 씨와 치구사 씨는 고개를 갸웃하고, 하루히메 씨와 카산드라 씨는 쭈뼛거렸다.

나자 씨만은 "젊구나……" 하며 눈을 감은 채 웃고, 오우카 씨는 무슨 소리냐며 진지하게 물었다.

정작 나는 그런 동료들을 살필 여유가 없어.

넋이 나가버린 나는 주방으로 가버린 류 씨의 뒷모습을 그저 바라보기만 했다.

"쓰레기를 비우고 오겠습니다."

류가 말했다.

주방에서 바쁘게 돌아다니는 요리사들은 고기를 굽는 불길의 소리며 야채를 써는 조리 소리로 대답했다. 류는 음식물 쓰레기가 담긴 나무통을 안고 혼자 뒷문으로 나갔다.

완전히 어두워진 좁은 골목을 나와 폐기장소에 버린다.

그리고 그곳에서.

류는 인내의 한계가 온 것처럼, 그때까지 미동도 하지 않던 표정을 흐트러뜨렸다.

"……이상했어."

혼자가 되자마자 수치스러운 감정을 터뜨렸다.

얼굴에 모여드는 열기를 감추고자 무의식적으로 입을 손으로 가렸다.

"그건, 이상했어. 벨에게 실례지. 그를 상처 입히고 말았어. ……얼른 사과해야 해."

자신의 행동을 돌이켜보고 스스로를 비난했다.

마음 착한 소년은 류의 변모에 당황하고, 미움을 샀던 걸까 생각해 마음에 상처를 입었을 것이다.

지금 당장이라도 그에게 달려가 고개를 숙여야 한다.

마음에 두지 마십시오. 아무 일도 아니었습니다.

그렇게 말하면 그만이다.

"하지만……."

가슴이 뛰는 것이다.

긴장하고 마는 것이다.

이상한 태도를 보이고 마는 것이다.

이제까지는 할 수 있었던 일을 할 수가 없었다.

그의 얼굴을 볼 수가 없었다.

"……내가 어떻게 된 걸까."

두 팔을 축 늘어뜨린 채 눈을 내리깔고 중얼거렸다.

가슴 속이 시끄러웠다. 귀가 뜨거웠다.

소년의 모습이 시야에 들어올 때마다 놀란 고양이처럼 어깨가 들썩거렸다.

정말로 병이라도 걸린 것 같았다.

'……내가 언제부터…….'

그를 『벨』이라고 부르고 있었지?

그 사실을 자각해버린 류가 기억을 돌이켜보려 했을 때.

"류 씨."

이름을 부르는 목소리가 들렸다.

바로 뒤에서.

류는 하늘색 눈을 크게 떴다.

기적을 알아차리지 못한 실수, 왜 그가 여기 있는가 하는 의문 따위는 이미 사소한 문제였다.

벨이었다.

돌아보지 않아도 알 수 있었다.

목소리만으로 알 수 있었다.

하지만── 류는 혼란의 극치에 빠져버렸다.

『지금 소년과 단둘뿐』이라는 현실을 허용할 수 없었던 것이다.

그러므로 돌아서자마자 **수도를 날렸다.**

"웬 놈이냐!!"

"에에에에엑?! 전데요?!"

번개처럼 왼손 수도 일격을 날렸지만 벨은 비명을 지르면서도 대처했다.

반년 전, Lv.1이었던 그였다면 절대 대응하지 못했을 류의 일격을, 아직 다 낫지 않은 왼팔을 감싸며 오른팔로 받아냈다.

자기도 모르게 공격을 날린 류조차도 한순간 놀랄 만큼 멋들어진 움직임.

Lv.4의【스테이터스】가 거짓이 아님을 증명하는, 분명한 『성장』이었다.

고통을 주지 않으려는 생각인지 류의 가녀린 손목을 정확하게 잡았다.

하지만.

지금의 류에게는 그것이 **역효과**였다.

꽉 잡힌 왼손을 기점으로 열기가 순식간에 온몸을 휩쓸었다.

화아악! 뺨이 달아오른 순간, 붉어진 얼굴로 두 눈을 부릅뜨고 그야말로【질풍】이라는 이름에 어울리는 몸놀림으로 벨의 팔을 붙들었다.

그리고 집어던졌다.

"흐그악?!"

골목길에 울려 퍼지는 소년의 비명, 그리고 지면에 패대기쳐지는 소리.

【스테이터스】는 벨이 높지만 『기술과 허허실실』은 여전히 류가 한 수, 아니, 두세 수는 위였다.

소년이 제대로 낙법도 치지 못한 채 날아가 버린 것도 당연했다.

하지만 문제는 그 점이 아니었다.

"…………저는 늘 도를 지나쳐버려서."

식은땀과 함께, 정말정말 궁색한 변명을 입에 담는 류.

소년이 Lv.4라고는 하지만, 던진 사람의 힘 또한 Lv.4.

발밑의 포석에는 멋들어지게 균열이 일어났으며, 벨 또한 정신을 잃어 눈이 뱅글뱅글 돌아가고 있었다.

뇌리 한구석에서 옛 파벌의 전우 카구야와 라일라가 입을 모아 『못난이 엘프~』라고 놀리는 환청이 들렸다.

"류, 쓰레기 버리고 오는 데 왜 이리 오래 걸리는 거냥~!"

"?!"

추가 공격을 가하듯.

굳어버린 그녀에게 노성이 들려왔다.

언제까지 기다려도 돌아오지 않는 류에게 동료들이 화가 난 것이리라. 다가오는 기척에 류의 낯빛이 이리저리 변했다.

이 참상을 보일 수는 없다. 이유는 알 수 없지만 보이고 싶지 않아!

그 직후에 그녀가 택한 행동은, 역시 혼란의 극치가 낳은 산물이었다.

류는 얼른 벨을 안아 들었다.

『공주님 안기』였다.

그대로 그 자리를 떴다.

『공주님 안기』로.

이곳 미궁도시에 와서 몇 번이나 『공주님 안기』를 해보았지만 받아본 경험은 없는 벨이 지금 깨어난다면 기절해버릴 것이다. 하지만 그런 사정을 알 리 만무한 류는 【질풍】이라는 이름에 어울리는 속도로 질주했다.

가게 일을 내팽개치고, 몇 번씩 골목을 꺾어, 인기척 없는 곳을 찾아.

그리고.

"허억, 허억……!"

그리고 도착한 곳은 역시 인기척 없는 좁은 골목이었다.

주위는 석재로 이루어졌으며 가게 하나 없고, 있는 것이라고는 위로 뻗은 짧은 계단과 낡은 마석 가로등, 그리고 나무로 만든 벤치 정도.

일단 기절한 벨을 벤치에 눕힌 류는, 너무나도 너무한 자신의 행위에 머리를 감싸 쥐고 싶어졌다.

"상해…… 납치…… 나는 대체 얼마나 바닥까지 떨어져야 하는지……."

멈추지 않는 자책에 시달리며 벨의 몸을 살폈다.

일단은 치료부터 해야 한다.

의식은 잃었지만 다행히 부상은 없다. 그럼에도 『회복마법』을 사용했다. 가만히 몸을 흔들며, 생각할 수 있는 치료를 불필요할 정도로 모조리 시도했다. 까놓고 말해 공황상태였다. 아무튼 자신이 할 수 있는 일은 모두 다 전부 했다.

그 결과.

류는 벨에게 『무릎베개』를 해주고 있었다.

'왜……?!'

스스로 했던 주제에 동요하는 못난이 엘프.

이것은, 그것이다.

하다못해 속죄의 의미로, 소년이 눈을 뜰 때까지 머리가 아프지 않도록 자신의 허벅지를 제공한다는 배려적 행위다. 그게 틀림없다. 그렇다고밖에는 생각할 수 없다.

이제는 뺨에서 열기가 가시질 않아, 지금도 기절한 소년의 얼굴을 내려다보며 얼굴이 끓어오를 것만 같았다.

그런 가운데.

인기척이 없었던 골목길에, 활달하게 어깨를 끌어안은 수인 2인조가 지나갔다.

이미 얼큰하게 취했는지 술 냄새를 풍기며 류와 벨을 보고는 즐거워했다.

"휙~ 휙~!"

"오~ 아가씨, 보기 좋, 은, 데………………."

놀려대든 그들의 말은 중간에 끊겨져 버렸다.

엘프가 동공이 크게 벌어진 눈으로, 엄청나게 무서운 표정을 지으며 바라보았기 때문이다.

"짖지 마라."

"네, 네헥."

"잊어라."

"흐, 흐에."

"꺼져라."

""네에에에에에에에에에에에엣!!""

수인 2인조는 어깨를 안은 채 잽싸게 도망쳐버렸다.

주정뱅이들이 떠나가고 다시 둘만 남자, 류는 침통한 표정으로 중얼거렸다.

"……이상해. 아까부터. 계속."

머리 위에는 골목의 형태로 잘린 푸른 밤하늘이 펼쳐져 있다.

고향 숲처럼 별이 흩뿌려진 하늘이.

소년의 머리를 허벅지 위에 얹은 채 고요한 공간에 싸여 있었다.

"나는, 언제까지고 골칫거리……. 처치 곤란하고 기분 나쁜 엘프……."

소용돌이치는 자기혐오.

이곳 오라리오에 처음 도착했을 무렵의 자신이 떠올랐다.

'아스트레아 님과, 알리제와 처음 만났을 때와 마찬가지…….'

그때도 류는 다가오는 이들을 모두 상처 입혔다.

좁은 견해가 추태에 박차를 가해, 지금처럼 좁은 미로를 빠져나가지 못하고 있었다.

"……벨."

옛날의 자신으로는 돌아가고 싶지 않아, 입을 열었다.

눈가를 가린 그의 하얀 앞머리를 손가락으로 가만히 매만졌다.

그것만으로도 가슴이 크게 뛰었다.

"나는, 당신을 싫어하는 것이 아닙니다……."

이런 상황에 변명해봤자 의미는 없다.

그래도 지금이라면 말할 수 있을 것 같았다.

뺨을 살짝 물들이고, 다리 위에 눕힌 소년의 얼굴에 말을 걸었다.

앞머리에 눈이 가려져서 다행이다. 류는 그렇게 생각했다.

소년의 감긴 눈과 속눈썹이 보였다면 분명 류는 영문도 모른 채 지독하게 당황하고 말을 어물거렸을 것이다.

가늘고 긴 엘프의 귀에 걸린 머리카락을 손끝으로 넘기며, 얼굴을 소년에게 가까이했다.

호흡이 닿을 만한 거리에서, 속삭였다.

"싫어할 리가 없지요. 오히려———."

여기까지 말했을 때였다.

류는 말을 끊었다.

침묵했다.

부자연스러울 정도의 정적을 둘렀다.

이윽고 하늘색 눈을 가늘게 뜬다.

"벨…… 깨어났군요."

소년의 뺨이 실룩 흔들렸다.

시치미를 뚝 떼고자 움직이지 않는 소년에게, 류는 고개를 들고 가만히 영하의 시선을 보냈다.

"…………네."

벨은 체념한 듯, 아니, 지극히 민망한 듯 눈을 떴다.

류는 버들잎처럼 모양 좋은 눈썹을 곤두세웠다.

"이제 두 번 다시 그런 짓은 하지 말아 달라고…… 제가 분명 말했을 텐데요."

"아야야야?! 죄, 죄송합니다?!"

자는 척하던 소년의 뺨을 꼬집고 말았다.

『심층』에서 헤매고 있을 때도 그랬다.

이 소년은 『콜로세움』을 무너뜨린 후, 어쩔 수 없었다고는 하지만 빈사 상태인 척해 류의 소녀처럼 처량한 목소리를 똑똑히 들었던 것이다.

당시를 떠올리고 수치심도 되살아났다.

눈 아래를 새빨갛게 물들인 류는 원망스러운 눈초리로

뺨을 꼬집는 손에 힘을 주었다.

벨의 비명이 한 옥타브 올라갔다.

"자, 잘못했어요……! 정신이 들고 보니 이런 상태여서, 혼란스러워서…… 말을 꺼내기가 힘들어서……."

벨은 뺨을 문지르며 류의 다리에서 몸을 일으켰다.

허벅지에서 멀어져가는 온기가 아쉽게 여겨졌던 것은, 분명 기분 탓이리라.

"……참고삼아 묻겠지만, 언제부터 정신이 있었습니까."

"어, 정말로 바로 조금 전에…… 류 씨가 '오히려'라고 했을 때였어요."

그렇다면 괜찮다. 그렇다면 치명적인 실언은 듣지 못했을 것이다.

류는 안도했다.

그 안도가 무슨 의미인지를 이해하지 못한 채 가슴을 쓸어내렸다.

"그런데, 어, 어째서 류 씨가 제게 무릎베개를……."

"……저의 행위가 당신에게 해를 입히고 말았으므로, 최소한의 속죄 삼아……."

"그렇……군요……?"

곁에 앉아 연신 고개를 꼬는 벨에게 사태의 경위를 설명했다.

결코 벨 쪽을 보려고는 하지 않은 채 정면만을, 골목의 벽만을 바라보며.

"……저기, 역시 제가, 류 씨를 화나게 할 만한 짓을 저질렀나요?"

"예?"

"그 후로 류 씨가, 절 보려고 하질 않으셔서……."

이끌리듯 눈을 돌리자, 눈앞에는 난처하게 웃는 벨의 얼굴이 있었다.

그것이 어딘가 슬퍼 보였다.

가슴이 옥죄어든 류는 자기도 모르게 말했다.

"아니야."

"네?"

"그건 아닙니다, 당신은 아무 짓도 하지 않았습니다! ……당신이, 잘못한 건……."

차츰 목소리가 작아진 류는 눈을 동그랗게 뜬 벨에게서 시선을 떼고 자신의 발을 내려다보았다.

필사적으로 가슴을 진정시키고, 하고 싶은 말을 확실하게 정리한 다음 입을 열었다.

"저는…… 당신을 싫어하는 것이 아닙니다. 당신이 저에게 무슨 일을 했던 것이 아닙니다."

"그래요……?"

"다만, 당신의 얼굴을 보는 것을 견딜 수 없었을 뿐입니다."

"그러니까 왜요?!"

듣기에 따라서는 오해를 초래할 만한 발언이지만 류는 깨닫지 못했다. 다감하고 섬세한 나이인 벨이 살짝 상처를 입은 것도 몰랐다.

　변명을 늘어놓는 류는 역시 벨과 눈을 마주치려 하지 않았다.

　다만 소년의 어깨 곁, 몸 바로 옆에서 떨어지려고도 하지 않았다.

　"……죄송합니다, 벨."

　"네?"

　"이번 건도 포함해, 많은 폐를 끼쳐서. 당신에게 거듭되는 심려를 드렸습니다. 정말로 죄송합니다……."

　"아, 아뇨, 괜찮아요! 저도 류 씨가 절 미워하는 게 아니란 걸 알고 안심하고, 기뻤으니까요, 네……."

　"……그렇군요."

　"네!"

　"……."

　"……."

　"……동료분들께 안 돌아가셔도, 괜찮습니까?"

　"어…… 이대로는 처치가 곤란하니, 가서 확실하게 얘기하고 오라고, 벨프가 그랬거든요. 잠깐이라면 상관없어요. 류 씨야말로 괜찮나요?"

　"저는…… 미아 어머님은 아마 절대 용서하시지 않을 테니, 그런 뜻에서는 지금 돌아가봤자 별로 의미는 없습니다."

　그러니 조금 더 늦게 가도 괜찮을 것이다.

류는 마음속으로 그렇게 생각했다.

그렇게 생각하니 조금만 더 여기 있고 싶었다.

"아냐와 클로에, 루노아, 그리고 시르조차 이렇게 농땡이를 부리는 일이 있……으니, 잠깐이라면."

"아하하……."

벨이 쓴웃음을 지었다.

류도 그제야 겨우 웃음을 머금을 수 있었다.

그 후로 이어진 이야기는 서로의 근황에 대한 것이었다. 『심층』에서 돌아온 후 어떻게 지냈는지를 서로에게 들려주었다.

왼팔의 상태는 어떻습니까? 류 씨의 다리는요?

주신님에게 『다녀왔습니다』 하고 인사했어요. 미아 어머님이 손수 만드신 요리를 먹었지요.

지금은 천천히 쉬고 있어요. 주점에서는 예전처럼 일하고 있습니다.

그런 평범한 이야기를 나누었다.

그런 평범한 이야기가, 지금의 류에게는 기뻤다.

가슴 속이 간질거렸다.

처음에는 긴장했던 목소리도 누그러져 온몸이 따뜻해졌다.

"저기, 류 씨."

"?"

"혹시 괜찮으시다면, 알리제 씨나 다른 분들에 대해…… 들려주실 수 있나요?"

갑자기 벨이 그런 말을 꺼냈다.

"저의 옛 동료들에 대해?"

"네. 던전에 있을 때는 깊이 물어볼 수가 없었고…… 류씨의【파밀리아】에 대해, 알고 싶어서요."

그 이별을 떠올리면 지금도 분명 가슴이 시큰거리는 아픔이 느껴진다.

하지만 그 이상으로, 벨이 전우들에 대해 물어보았다는 것이 기뻤다.

"……좋지요. 그러면, 어디서부터 이야기를 해야 할까……."

살짝 고개를 들고 밤하늘을 보았다.

별의 광채에 마음을 보내며, 『부끄러운 이야기지만』이라고 전제를 깔며 말을 시작했다.

이 도시에 오게 된 자세한 경위, 그리고 그때 누구와 만났는지를.

소년은 조용히 귀를 기울였다.

이따금 웃고, 류도 무의식중에 미소를 지었다.

밤하늘이 내려다보는 골목길에서, 두 사람은 조금 더 두 사람만의 시간에 몸을 맡겼다.

6장 만남과 맹세

류 리온은 엘프의 마을에 살던 시골 소녀였다.

단순한 시골 소녀라고 말하기에는 어폐가 있다. 그녀는 대대로 마을의 성수(聖樹)를 수호하는 수호자의 일족이며, 태어난 직후부터 엘프 전사로서 교육을 받았다. 외적이 쳐들어오면 어른들과 함께 맞서 싸운다. 설령 신의『팔나』를 받지 않았더라도 지상에 서식하는 몬스터 정도라면 활과 검을 구사해 격퇴할 수 있었다.

그리고 그날도 류는 다른 전사들과 함께 마을로 다가오던 다른 종족의 카라반을 쫓아내고 왔다.

"지저분한 수인 상인 놈들."

"봤나, 그 추한 얼굴? 마음의 추악함이 드러나는 것이겠지. 우리와는 달리."

얼굴을 가린 복면을 쓴 채, 조그만 몸이 쏙 들어가는 외투를 팔락거리며 류가 마을로 귀환하자 엘프 어른들은 쫓아낸 자들을 조롱하고 있었다.

수목의 가지와 잎이 머리 위를 짙게 뒤덮은 요정의 촌락. 신들이 강림한 현대—— 휴먼과 데미휴먼의 교류가 한층 활발해진『신의 시대』가 되었지만 일부 엘프는 강한 자긍심 때문에 다른 종족과 어울리기를 꺼려해 숲속 깊은 곳에 틀어박혀 살았다.

마을의 가장 깊은 곳에 성수가 우뚝 솟은 류의 고향,『류미아 숲』도 그 중 하나였다.

"……."

밖도 안도 추하다.

미목수려한 자신들과는 달리 이 얼마나 지저분하단 말인가.

다른 종족에 대해 입을 모아 그렇게 말하는 동포들의 모습을, 류는 홀로 잠자코 바라보았다.

하계 주민 중에서도 용모가 뛰어난 것으로 알려진 엘프.

자긍심이 강하고, 결벽성이 있으며, 인정한 자가 아니면 물리적인 접촉을 허락하지 않는다.

그러나 그렇게 아름다워야 할 동족들을 보며 류는 자기도 모르게 생각했다.

──아름다운 자신들이야말로 가장 추한 것 아닐까.

미모 위에 맺힌 숱한 비웃음, 동포를 서로 칭송하는 미사여구. 그들을 보고 접하는 사이에 품게 된 의구심이었다.

계기가 무엇이었는지는 기억하지 못한다.

태어나서 이제까지 11년, 어린 마음에 싹튼 의구심은 날이 지날수록 커져만 갔다.

그리고 의구심은 언제부터인가 혐오로까지 모습을 바꾸었다.

동족의식이 강한 엘프 내에서 그런 생각은 분명 이단일 것이다. 하지만 한번 들기 시작한 생각을 막을 수는 없었다. 남녀를 불문하고 그들이 늘어놓는 오만한 말은 류의 수치심과 낙담에 박차를 가했으며 자존심까지도 잃게 만들었다.

어린 류는 아무것도 몰랐다.

마을을 떠난 적이 없는 그녀의 세계는 너무나도 작았다.

그러나 눈 앞에 펼쳐진 광경은 기괴한 것이라고, 그녀는 확신했다.

가족이나 마을 사람들에게서 나날이 멀어져가는 마음.

동족을 수치스러워하고, 엘프인 자기 자신에게도 부끄러움이 들었다.

엘프들에게 등을 돌리고 나아간 곳, 숲속의 맑은 냇물에서 물을 떠 목을 축이자 자신의 얼굴이 수면에 비쳤다.

뾰족한 귀, 하늘색 눈.

길게 자란 금색 장발, 마을 사람들과 마찬가지로 수려한 용모.

눈을 내리깔며 자신의 조그만 손바닥을 내려다본 류는, 그날, 결심했다.

"……안녕히."

어둠의 장막이 드리워진 한밤. 류는 엘프 마을을 뛰쳐나갔다.

마을에서 채집할 수 있는 『백성석(白聖石)』── 노자를 대신할 얼마 안 되는 광석을 들고, 혼자서.

사랑하던 고향의 아름다운 밤하늘, 그리고 태어났을 때부터 자신을 지켜봐 주었던 숲의 성수. 그러한 것들에게 작별을 고하고 류는 바깥세상으로 떠났다.

광대한 바깥세상에 마음을 펼치며.

엘프라는 이름의 족쇄에서 해방되기를 바라며.

그러나──.

비가 내리고 있었다.

회색 구름이 하늘을 뒤덮었으며, 보슬비는 푹 눌러쓴 후
드를 적셨다. 차박차박 소리를 내며 걷는 류는 빗속에 뿌
옇게 흐려진 인기척 없는 길을 힘없이 바라보았다.

미궁도시 오라리오.

고향을 등진 류는 『세계의 중심』이라고 불리는 이곳 오
라리오로 향했다. 처음 보는 바깥세상에 당황하며, 폐쇄적
인 마을에까지 전해졌던 미궁도시를 향해, 고생스럽지만
충실한 체험을 거쳐 거대 시벽의 문을 지났다.

오라리오에는 신도 인간도 정령도 종족의 울타리를 넘
어 모여든다고 들었다.

이곳에서라면, 얻기 힘든 무언가를 발견할 수 있지 않을
까── 아니, 엘프 마을에서는 얻을 수 없었던 다른 종족
의 친구를, 무엇과도 바꿀 수 없는 동료를 만날 수 있지 않
을까.

류는 던전이라는 마굴이 잠든 이 도시에 기대를 품었던
것이다.

그러나 그런 류의 기대는 허무하게 부서졌다.

다른 이도 아닌 그녀 자신의 손에 의해.

──건드리지 마라!

류는 자신에게 다가오는 이들을 모조리 거절하고 말았다.

【파밀리아】 단원을 모집하려는 휴먼.

술에 취한 수인.

음흉한 미소를 머금은 파룸 상인.

언동이 호쾌한 아마조네스 창부.

자신을 불쌍하게 바라보는 드워프 모험자.

선의도 악의도 관계없이 류는 그들의 손을 쳐내버렸다.

인정한 사람이 아니면 물리적인 접촉을 허용하지 않는 엘프의 성질.

심신에 새겨진 일족의 풍습은 류에게 결벽성을 강요했다. 선민의식을 가진 마을 사람들에 에워싸여, 종족적으로 잠재한 특질을 교정하지 않은 채 성장해버린 대가였다.

무엇보다도, 류는 주위에서 밀려드는 호기심 어린 시선을 견딜 수 없었다.

마을 내에서는 받아본 적이 없었던 흥미와 선망, 호색의 눈빛은 그녀에게 곤혹감과 공포를 가져왔다. 모두 수려한 엘프의 용모가 원인이었다.

얼굴을 가리는 후드가 없으면 밖을 돌아다니지도 못할 정도였다. 그 정도로 마을 밖의 시선은 류에게 『무서운』 것이었다.

이제 류가 할 수 있는 것이라고는 이름 모를 동족에게

의지하는 정도뿐이다.

하지만 그녀는 그러지 않았다. 어린 자긍심이 그렇게 만든 것이다.

자신을 포함해, 엘프를 부끄러워하고 혐오하는 마음이 소녀의 퇴로를 완전히 차단해버렸다.

"……이런 웃음거리가 있을까."

정신이 들고 보니, 류는 조금이라도 피부를 드러내지 않도록 로브를 뒤집어쓰고 복면을 착용하게 되었다.

마을에 혐오감이 들어 뛰쳐나왔으면서, 마을과는 다른 세계에 당황하고, 동요하고, 스스로 벽을 만들어버렸다. 류는 그런 자신에게 자조의 웃음을 지었다.

꼴사나웠다.

우스꽝스러웠다.

걸음을 멈춘 발밑, 포석에 고인 물구덩이에 비친 자신의 얼굴을 밟아 짓이겨버리고 싶다는 충동에 사로잡혔다.

모르는 이들에게 겁을 먹어 참을 수 없는 불쾌감을 느꼈다. 어쩌면 자신이야말로 편견의 눈으로 타인을 깔보고 있는 것이 아닐까 하는 의구심에 지배당했다. 엘프에 대한 혐오가 모두 자신에게 돌아왔다.

싸늘한 비를 맞으며 홀로 뒷골목 한복판에 서 있었다.

"너, 무슨 일 있니?"

그런 류에게 누군가가 말을 건넸다.

어깨를 흠칫 떨며 돌아보니, 그곳에는 한 아름다운 여성이 서 있었다.

묘령의 나이로 보이는 그의 용모는 엘프인 류보다도 단아했다. 호두색 장발은 머리 뒤에서 기품 있게 한데 묶어놓았다. 눈동자는 별의 바다를 방불케 하는 깊은 남색이었다. 정결한 귀부인을 연상케 하는 간소한 롱스커트로 몸을 감싸고 있었다.

담담하게 뿜어져 나오는 신위는 그녀가 데우스데아임을 말해주었다.

물건을 사고 돌아가는 길인지, 비를 피하기 위해 머리에 케이프를 쓰고 봉투를 안은 그녀는 류에게 미소를 지어주었다.

"여신……."

중얼거린 류는 낯을 찡그리고 말았다.

류는 신에게 좋은 인상을 품지 못했다.

오라리오에서 처음 만났던 신들은 경박한 자들뿐이라——『소녀 엘프 떴다아—!』라느니 『망할, 내가 조금만 젊었으면……!』 등등 영문 모를 소리를 지껄여 류는 크게 아연실색했다. 도저히 그들에게 의지할 수는 없었다.

이 무렵이 되자 다른 종족만이 아니라 신들까지도 조롱해 숲에 틀어박혀 살던 마을 사람들이 옳았던 것 아닐까, 그런 마음까지 들 정도였다.

환멸과 실망의 감정은 결정타가 되어 완전히 의욕을 잃은 소녀의 가슴속을 헤집어놓았다.

마음에 거스러미가 일어난 지금의 류에게, 오락에 굶주린 신들은 짜증나는 존재일 뿐이었다.

"그런 곳에 서 있으면 감기 걸린단다."

여신의 목소리는 마치 깃털처럼 부드러웠다. 포용하는 듯한 다정함이 있었다.

하지만 류는 다른 신들과 마찬가지로 눈앞의 그녀에게도 반감을 품고 말았다.

"……내가 비를 맞든 말든 당신과는 상관없을 텐데. 내버려 두시지."

"어머, 상관이 있고말고. 너처럼 애처로운 여자아이가 병에 걸리기라도 하면 나는 슬플 거야. 왜 그때 내버려 두었을까 하고."

그렇게 설명한 여신은 부드러운 웃음을 지우지 않은 채 말을 이었다.

"내가 비를 피할 자리가 돼 주면 좋을 텐데. 지금 너는—— 길을 잃은 미아 같은 표정을 하고 있거든."

미아.

그 말을 들은 류는 몸속에서 무언가가 끊어져 버리는 소리를 들었다.

——대체 누구 탓인 줄 알기나 해?!

그것은 누가 보더라도 완전히 뜬금없는, 어린아이 같은 역정이었다.

그러나 이때의 류는 그런 격정을 제어할 방법을 알지 못했다.

"전부 너희 신들 때문이다!!"

태어나서 이제까지 내본 적이 없는 거친 목소리로 류는 고함을 질렀다.

살짝 눈을 크게 뜬 여신을 앞에 둔 채 격렬한 감정의 포로가 되었다.

"너희가 엘프 같은 것을 창조하는 바람에! 타인을 받아들이지도 못하는 허울뿐인 종족을 만드는 바람에!!"

하계에 휴먼과 데미휴먼을 만들었던 것은 천계에 사는 신들이다.

어린이에게는 정신이 아득해질 정도로 먼 옛날, 신들의 취미와 기분, 그리고 장난에 따라 하계 주민들은 종족별로 차이와 격차를 가지고 태어났다. 하계 주민들은 그렇게 믿어 의심치 않는다.

류는 어찌할 수 없는 열기를 눈에 담아 호소했다.

"왜 우리를 이런 존재로 만들었지?!"

둘밖에 없는 골목에 통곡의 목소리가 울려 퍼졌다.

영문 모를 분노를 쏟아내는 엘프에게 여신은 입을 다물고만 있었다.

빗발이 차츰 강해졌다. 마치 류의 발언을 나무라듯.

추한 분풀이였다.

고함을 질러댄 류 자신이 상처를 입어, 뺨을 타고 흐르는 눈물이 멈추질 않았다.

꼴사나웠다.

우스꽝스러웠다.

눈 뜨고는 봐주지 못할 만큼 어리석었다.

류는 자신의 소행에 고개를 숙이고 자기혐오의 소용돌이에 빠져들었다.

아직 어린 몸이 오열을 참는 것처럼 떨렸다.

"……지금 네게 필요한 건, 우리 신들의 목소리가 아니라 대등한 친구인 것 같구나."

이윽고, 모든 것을 꿰뚫어 본 것처럼 이름도 모를 여신은 그렇게 말했다.

흠칫 놀란 류가 자기도 모르게 고개를 들자, 눈앞에는 변함없는 자애의 미소가 있었다.

"신은 의외로 아무것도 하지 못한단다. 설령 『힘』을 쓸 수 있다고 해도 말이지……."

미안하구나.

여신은 송구스러운 듯 말하면서도, 남색 눈을 부드럽게 떴다.

"너의 방황을 밝게 웃어넘겨 줄 만한, 그런 멋진 만남이 찾아오길 기도할게."

그녀는 류에게 다가서서 즉석 약도를 건네주었다.

"혹시 괜찮다면 찾아와주렴. 힘이 될 수 있을지도 모르니."

그 말을 남기고, 여신은 눈앞에서 떠나갔다.

멍하니 서 있던 류의 손에는 조금 전의 약도가, 그리고 천에 싸인 빵과 과일이 남아있었다.

"……."

세상 물정 모르는 소녀에게 순수한 선의로 말을 걸어주는 자는 없었다.

있다고 해도 류는 스스로 거절했다.

그러므로 그것은 류가 오라리오에 오고 처음 받아든 다정함이었다.

빗발이 약해져 가는 가운데, 소녀는 여신이 떠나간 방향을 한동안 계속 바라보았다.

🔥

연일 이어지는 줄로만 알았던 도시의 활기에는 어딘가 빛이 없었다.

류에게는 그렇게 느껴졌다.

그때까지 엘프 마을밖에 몰랐던 자신에게 오라리오는 충분하고도 남을 만큼 대도시였지만, 어딘가 그늘이 보였던 것이다.

그것은 문득 보이는 주민들의 탄식일 때도, 암담한 표정일 때도, 하나의 비명에서 연쇄적으로 이어지는 소동일 때도 있었다. 분쟁을 느끼고 달려가 보면 오라리오의 일반인들은 익숙하다는 듯이 몸을 숨기거나 혹은 어디론가 피난했다. 진압하러 나온 길드 직원이나 모험자로 보이는 이들이 뛰어다니는 모습이 보이지 않을 때가 없었다.

결코 치안이 좋지는 않다. 정처 없이 오라리오 내를 헤매는 류는 항상 피부를 자극하는 듯한 시내의 공기에서 그런 감상을 품지 않을 수 없었다.

그러므로.

이런 사태에 빠진 것도, 시간문제였을 뿐 언젠가는 닥칠 일이었다고 차가운 머리로 생각했다.

"너 엘프지? 다 알아봤어."

"게다가 어느 신의 비호도 받지 못했고 말야. 뒷배를 걱정할 필요는 없을 테니…… 아주 쉽겠어."

사람이 없는 뒷골목에서, 류는 험악한 인상의 데미휴먼들에게 포위당했다.

여신과 만나고 이틀이 지나. 절약했던 노자도 다 떨어져 싸구려 여인숙을 이용하는 데에도 한계가 보이기 시작했던 류는 약도에 있던 장소로 갈까 말까를 고민하고 있었다.

이 이상 수치를 거듭해도 좋을지, 엘프의 자긍심을 버리지 못하고 있던 그녀의 앞에 갑자기 남자들이 나타나, 마치 미리 짰던 것처럼 이 장소로 몰고 왔다.

그들의 어조로 보건대 시골 출신이며 아름다운 엘프인 류를 절호의 호구로 점찍고 이미 신변 조사까지 마친 듯했다.

——납치범, 아니, 인신매매범.

오라리오에서는 이런 행위가 횡행한단 말인가.

고결한 엘프인 류는 구역질 나는 감정에 사로잡혔다. 자신에 대해서만 생각하느라 여유가 없던 그녀가 처음으로 품은 격렬한 의분이었다.

류는 두목임 직한 캣 피플 청년을 복면 속에서 노려보았다.

아마도 상대는 『팔나』를 받은 모험자일 것이다. 엘프 전사로서 수련을 쌓아 일반인보다는 훨씬 강하다고는 하지만 그들을 이길 수는 없다. 게다가 이 많은 수를 상대하려면.

손을 내미는 모험자들을 보며 어떻게든 도망치기 위해 호신용 단검을 뽑으려 했을 때——

"——잠깐, 당신들!! 백주 대낮에 당당하게 무슨 짓이야!!"

바람처럼 나타난 그림자가 있었다.

놀란 남자들과 함께 쳐다보니, 배틀클로스를 입은 휴먼 소녀가 서 있었다.

아름다운 붉은 머리카락을 뒷머리의 높은 위치에서 한데 묶어 늘어뜨렸다. 신들이 말하는 『포니테일』이라는 머리 모양이다. 허리의 검대에는 레이피어를 차고 있었다.

강한 의지가 드러나는 녹색 두 눈을 곤두세우고 갈팡질팡하는 사내들을 노려본다.

"알리제 로벨……!"

"또 너희였구나, 쥬라! 아무리 잔꾀를 부리려 해도 소용없어!"

면식이 있는지 서로 이름을 부르며 캣 피플 청년과 소녀가 서로 시선을 맞부딪쳤다.

"도시 사람들이 너희를 뭐라고 부르는지 알아? 깡패래,
깡패! 오라리오에까지 와서 던전에도 내려가지 않고 양아
치 취급이나 받다니 창피하지도 않아?!"

"이, 이게······!"

"──해볼래?"

그 직후.

살기를 띤 청년들이 움직이려던 순간, 소녀는 눈을 검처
럼 날카롭게 뜨더니 보이지도 않는 속도로 레이피어를 발
검했다.

코 앞에 들이댄 은검의 칼끝을 보며 사내들은 숨을 멈추
었다.

"쳇······ 언젠가 반드시 죽여버리겠어. 가자!"

낯을 한껏 일그러뜨린 캣 피플 청년은 침을 뱉고 노성을
질렀다.

아연실색한 류와 무기를 거둔 소녀를 남긴 채, 악한들은
재빨리 도망쳤다.

"나 원, 맨날 혼이 나면서도 정신을 못 차리고. ······당신
괜찮아?"

류는 이쪽으로 달려온 상대를 다시 쳐다보았다.

아름다운 소녀였다. 말을 나누지 않아도 그녀의 쾌활함
과 올곧은 성격이 전해졌다.

나이에 비해 어른스러운 엘프인 류와 같은 나이로도 보

이지만, 휴먼인 점을 생각하면 분명 그녀가 한두 살 많을 것이다.

빤히 관찰하고 있으려니 고개를 갸웃한 소녀는 무언가를 깨달은 것처럼 웃음을 짓고 얇은 가슴을 한껏 젖히며 그 위에 오른손을 척 얹었다.

"아직 자기소개도 안 했네! 난 알리제 로벨! 이제 곧 Lv.2가 될 예정인 미소녀 모험자야!!"

그 자기소개에 류의 시선은 금세 싸늘해졌다.

"아, 뭐야! 지, 진짜거든?! 이래 봬도 시건방진 루키라고 시비와 선망을 모으면서 주목을 받고 있다고!"

황급히 말을 잇는 소녀에게 류는 아무 말 없이 등을 돌렸다.

떠나가려는 그녀에게 휴먼 소녀—— 알리제가 눈살을 찡그렸다.

"당신, 말도 없이 어디로 가려고? 딱히 감사 인사를 바라는 건 아니지만 무시하는 건 실례잖아."

"……자기만족을 위해 날 구해주었으니 대가 따위 필요 없을 텐데."

자신은 당신에게 도움을 청하지 않았다고, 류는 흘끔 쳐다보며 대답했다.

평소의 류였다면 생각할 수 없는 언동이었으나, 바깥세상에 억압당했던 그녀의 마음은 마모된 상태였다. 무엇보다 소녀의 선의를 뿌리치고 비난의 눈길을 받는 것이 두려웠다.

알리제는 류의 대답이 뜻밖이었는지 눈을 연신 깜빡거렸다.

그리고 기탄없는 말을 내뱉었다.

"당신 고집불통이네."

그 말을 듣고.

류의 머리에 피가 확 솟구쳤다.

정곡을 찔린 기분을 맛본 동시에 굴욕과 분노가 몸을 지배했다.

하늘색 눈을 날카롭게 뜨고 후드 안에서 노려본다.

"내가 엘프라서 하는 소리인가?"

"아?"

어리둥절 얼빠진 표정에 마침내 분노가 넘쳐나 류는 고함을 질렀다.

"나는—— 나도, 되고 싶어서 엘프가 된 게 아냐!!"

이 도시에 온 후로 두 번째로 터뜨린 감정이었다.

평소의 진지한 말투도 잊고, 나이에 걸맞은 어조로 감정을 쏟아냈다.

허억, 허억. 뒷골목에 울려 퍼지는 거친 숨소리.

한데 얽히는 소녀들의 시선.

일방적으로 류의 말을 듣고만 있던 알리제는 잠시 후——

헹.

보란 듯이 코웃음을 쳤다.

"뭐라는 거야? 진짜 멍청하다."

"뭣……?!"

"난 엘프라고 해서 그런 소리를 할 마음은 요마아아아아아아아아안큼도 없어!!"

그리고 류보다도 더 큰 목소리로 딱 잘라 말했다.

"고집불통에 오기만 부리고 말귀 못 알아듣는 건 네 성격이잖아? 종족 탓으로 돌리지 마!"

당황한 류에게 소녀가 불쑥 다가섰다.

검지를 자신에게 들이대며 코앞에서 말을 쏟아냈다.

"드워프 중에도 신사 같은 아저씨가 있고, 엘프 중에도 못 봐줄 만큼 난폭한 놈들이 있어! 종족이 무슨 상관이야! 지금 당신 까놓고 말해서 엄청 꼴불견이거든?!"

류는 뺨을 얻어맞은 듯한 충격에 사로잡혔다.

소녀의 말은 하나같이 가슴 깊은 곳을 강하게 흔들었다.

한 마디도 받아칠 수 없었다. 동요가 멈추질 않았다. 오라리오에 와서 오늘까지—— 그 여신에게 분풀이를 했던 것도 포함해, 자신의 행위를 규탄받은 듯했다.

진지하게 주의를 주는 소녀의 말을 듣고, 류는 겨우 자신의 과오를 받아들였다.

"……그대의 말이, 옳다."

긴 침묵 끝에.

류는 그렇게 중얼거렸다.

"난 비겁자다. 일이 잘 풀리지 않는 것을 전부 종족 탓으로 돌린…… 단순한, 어린아이였다."

류는 어느샌가 모든 것을 엘프 탓으로 돌리며 부조리하다고 탄식하고만 있었다.

처음으로 접한 마을의 바깥세상에 당황하고, 정서가 불안정해진 채 고함만 질러댔을 뿐이었다.

자신의 큰 착각을 인정하고, 부끄러워 견딜 수가 없었다.

시선을 발치의 포석으로 떨구며 고개를 숙였다.

"어머나, 인정하다니. 보통 사람 같으면 시뻘겋게 화를 내거나 절대 받아들이지 않으려고 했을 텐데. ……당신 고집불통이지만 솔직하네. 아니, 성실해서 그런가."

그런 류에게 알리제는 맥이 풀린 것처럼 말했다.

"——하지만 난 그런 사람 좋아."

그리고 다음으로는 웃음을 지었다.

자신에게 향한 티 없는 웃음에, 고개를 든 류는 눈을 크게 뜨고 당황했다.

머리 위의 맑은 하늘과 잘 어울리는 붉은 머리카락을 가진 소녀.

류가 이제까지 본 적이 없는 그런 인물이었다.

"당신도 내 정의에 무릎을 꿇은 거야! 흐흥, 역시 난 대단해!"

……쓸데없는 소리를 하는 것도 특징인 모양이었다.

류는 자신의 얼굴이 애매한 형태로 바뀌는 것을 자각하며 후드와 복면을 벗었다.

"도와주셔서 고맙습니다. 그대에게 감사를."

놀란 상대와 눈을 마주하며 성의를 담아 말하자 알리제 로벨은 활짝 웃었다.

"고민하는 얼굴인데, 뭔가 있었던 거지? 나라도 괜찮으면 들어줄게."

그리고는 싹싹한 미소와 함께 말했다.

분명 그녀는 이렇게 누구에게나 격의 없이 대하는 성격일 것이다. 반쯤 억지로 뒷골목에서 광장으로 안내를 받은 류는 그런 생각을 했다.

물이 솟아나는 분수에 둘이 나란히 앉아, 어느샌가 상대를 거절해버리는 고뇌를 털어놓고 있었다.

"흐음…… 엘프의 관습은 들은 적이 있지만, 사람에 따라서는 그렇게나 심각하구나."

신기한 감각이었다.

조금 전에 만난 소녀에게 마음을 허락하고 있는 지금이.

류는 이 마음을 표현할 단어를 알지 못했다.

맞장구를 쳐가며 귀를 기울이던 알리제는 류가 말을 마친 것과 동시에 얼굴을 불쑥 들이댔다.

"그럼 훈련하면 되겠네! 손을 잡혀도 뿌리치지 않게!"

"뭐……."

이제까지의 고민을 웃어넘겨 버리는 듯한 제안에 당혹감을 느꼈다.

"지금부터 한번 해보자! 손 줘봐!"

"자, 잠시만 기다리십시오. 저는……!"

"난 이제 곧 제3급 모험자가 될 예정이야! 당신한테라면 아무리 두들겨 맞아봤자 아프지도 가렵지도 않아! 괜찮다구, 자!"

자신의 손을 잡으려 하는 알리제.

류는 거부하고 싶지 않다는 일념으로 몸을 떼려 했으나.

자칭 상급 모험자 일보 직전인 소녀에게 너무나도 쉽게 붙들려—— 손을 꼬옥 잡혔다.

"_____."

두 사람의 손가락과 손가락이 얽혔다.

손을 잡힌 채였다.

류의 손은 알리제의 손을 뿌리치려 하지 않았다.

붙잡힌 손바닥에 소녀의 온기가 전해졌다.

"뭐야, 아무렇지도 않네. 어이없어."

"아니, 그럴 리가……."

붙들린 손에 하늘색 시선이 못 박혔다.

지금 무슨 일이 일어나고 있는지 이해할 수가 없었다.

그렇게 당황한 류의 옆얼굴을 바라보던 알리제는 갑자기 활짝 웃었다.

"당신 우리 【파밀리아】에 들어오지 않겠어?"

그리고 손을 맞잡은 채 류에게 제안했다.

"네……?"

"난 당신이 마음에 들었거든! 조금 융통성이 없긴 하지만 잘못을 인정할 줄 아는 엘프고. 무엇보다 비뚤어진 걸 싫어하지? 우리랑 똑같네!"

"하, 하지만 저는……."

"강요하는 건 아니야! 그래도 견학 정도는 괜찮으니까 한번 와봐!"

알리제가 분수대에서 일어나, 손을 잡힌 류도 따라서 일어나야 했다.

류는 그 손을 뿌리칠 수가 없었다.

얻기 힘든 무언가를 찾아낸 것처럼, 떨어지는 것을 아쉬워하고 있었다.

"그러고 보니 아직 이름 못 들었네! 가르쳐주겠어?"

"……류. 류 리온……."

그녀에게 이끌려가며, 당혹감에서 벗어나지 못한 채 대답하자.

붉은 머리 소녀는 돌아보며 쾌활한 웃음을 지었다.

"뭐야, 이름이 류? 발음하기 힘드네. 오늘부터 널 리온이라고 부를게!"

『당신』에서 『너』로 호칭이 바뀌었다는 점에―― 소녀를 더욱 가깝게 느끼게 되었다는 데에, 류는 어째서인지 가슴이 따뜻해지는 기분을 맛보았다.

"아스트레아 님, 다녀왔습니다!"

알리제에게 이끌려 도착한 곳은 도시 남서부에 세워진

단독주택이었다.

예의 약도에 적힌 것과 같은 경로를 보며 설마 하는 예감을 받고 있으려니, 현관을 지나 나타난 홀에는 의자에 앉아 뜨개질을 하는 남색 눈동자의 여신이 있었다.

"어서 오렴, 알리제. 어머, 그 아이는…… 후후, 그래. 그렇게 되었구나."

호두색 장발을 찰랑거리며 기쁨의 미소를 짓는 여신——아스트레아를 보고 류는 겸연쩍은 듯한, 뺨에 열기가 몰려드는 듯한 그런 감정을 느꼈다.

결국 재회하게 된 다정한 여신에게, 속죄의 뜻도 담하고개를 숙였다.

"단장님, 그 엘프 분은 누구신가요?"

"또오~ 버림받은 개 주워오듯 데려왔냐~."

"초면인 상대한테 내숭 떠는 버릇은 고치는 게 좋을걸, 카구야! 그리고 라일라, 리온은 어엿한 신입 단원 후보라고!"

그밖에도 홀에 있던 여러 개의 소파에는 다른 종족의 소녀들이 저마다 개성적인 자세로 앉아 쉬고 있었다.

파벌 동료임 직한 그녀들에게 대답한 알리제는 류를 방한가운데로 데려가 설명을 시작했다.

"리온! 여기가 우리 【아스트레아 파밀리아】의 홈이야! 단원은 열 명, 주신은 물론 저기 계신 아스트레아 님!"

참고로 내가 단장!

알리제는 자랑스럽게 덧붙였다.

결성된 지 아직 얼마 안 된 신흥 파벌이라는 말과 함께.

"우리는 던전 탐색계 파벌로 활동하는 것 외에 도시의 치안 유지에도 힘쓰고 있어."

"치안 유지……? 길드에게 명령을 받았습니까?"

"아니야! 우리는 우리의 정의에 따라 행동하는 거야!"

"정의?"

"응!"

되묻자 알리제는 고개를 끄덕였다.

"정의와 질서를 관장하는 아스트레아 님의 이름으로 세상의 잘못을 고치는 것! 부조리를 없애는 것! 우리의 정의는 아스트레아 님이고, 또한 각자의 이상! 아스트레아 님이 계시는 한 우리는 정의를 잃지 않아!"

알리제는 자랑스럽게 자신들의 신념과 정의에 대해 설파했다.

어떤 의미에서, 외부인인 류가 보기에 그것은 맹목적으로 들리기도 했다.

주신인 아스트레아가, 흔한 신들처럼 변덕을 부려 그녀들을 이용하면 금세 우스꽝스러운 꼭두각시로 전락할 것이다.

──그러나 동시에, 그런 일은 일어나지 않으리라는 확신도 있었다.

지금도 알리제나 다른 단원들, 그리고 류를 부드러운 눈빛으로 지켜보는 아스트레아는 그녀들의 신뢰를 배신하지도, 버리지도 않을 것이다. 그녀는 틀림없이 아이들을 누구보다도 사랑하는 신격자였다.

알리제와 단원들에게서 전폭적인 신뢰를 받는 이유는 아스트레아가 아스트레아이기 때문이리라.

"물론 정의는 타인의 정의와 충돌하는 법! 다른 사람들에게도 수많은 이상이 있는 건 당연해!"

사람의 수만큼 주장이 있고, 관철하고자 하는 의지가 있다.

맞부딪치는 것이 정의의 숙명이라고, 소녀는 말했다.

"──하지만 지금 오라리오에서 활개를 치고 있는 건 결코 정의가 아니야!"

문득 알리제는 힘차게 목소리를 높였다.

"리온, 네 눈에 지금의 오라리오는 어떻게 보였어? 시민들은 웃고 있었어?"

"……다들 무언가에 겁을 먹고 있었습니다. 탁한 강물처럼."

"맞아! 오라리오는 지금 힘든 시대가 됐어! 제우스와 헤라의 【파밀리아】가 『흑룡』에게 패배하고 5년이 지나, 아직도 악이 활개를 치고 있거든!"

제우스, 헤라의 양대 파벌이 실패했던 『3대 퀘스트』.

엘프 마을에서 살던 류도 그 사건은 안다. 그리고 그 결과 이블스를 비롯한 혼돈이 오라리오를 에워싸려 한다고 알리제는 말했다.

"로키, 프레이야 양대 파벌은 물론이고 최근에는 가네샤도 애쓰고 있어! 스미스 집단인 헤파이스토스도! 하지만 그것만 가지고는 부족해!"

"……."

"우리가 대두하는 거야! 그리고 이 암흑기를 끝내버리는 거야!"

자신들의 손으로 오라리오의 혼란기를 종식시키겠다고.

두 팔을 벌리며 소녀는 진심으로 말하고 있었다.

"오라리오는 『세계의 중심』. 이곳이 혼란에 빠지면 영향은 전 세계로 퍼져나갈 거야. 오라리오에 혼돈 같은 건 필요 없어!"

"알리제……."

"지금 오라리오에 필요한 건 올바른 질서와 수많은 사람들의 웃음이야!"

눈부셨다.

올곧은 의지와 신념, 자긍심으로 빛나는 알리제의 눈이.

소녀의 결연한 표정에 흔들린 마음은 그녀에게 끌려가는 듯했다.

"……그러려면 동료가 필요해. 우리와 뜻을 함께 해줄 동지가."

열변을 토했던 알리제는 어조를 조용히 다잡더니 자신을 지긋이 바라보았다.

그녀의 시선을 받은 류는 아스트레아나 다른 단원들이

지켜보는 가운데, 눈을 감았다.

류는 분명 대등한 친구를 얻고 싶었다.

서로를 존경할 수 있는 동료를 원했다.

오라리오에 왔던 것은 엘프 마을에서 얻을 수 없었던 무언가를 바랐기 때문이었다.

그러나 지금은 어떨까.

무엇을 생각하고 있을까.

처음으로 자신의 손을 잡아준 다른 종족 소녀의 마음을 듣고, 마음은 무엇을 호소하고 있지?

떠올린다.

악한들에게 괴롭힘을 당하려던 자신을. 혹은 그때 느꼈던 의분을.

그리고 자신을 구해주었던 소녀의 모습을.

눈꺼풀 뒤에서 알리제의 웃음이, 아스트레아의 자애가 떠올랐다.

"저도……"

눈을 뜬 류는 알리제의 녹색 눈을 바라보았다.

"저도, 여러분의 정의를 짊어질 수 있을지……."

"──물론이지! 환영할게, 리온!"

알리제는 활짝 웃었다.

다른 단원들도 박수를 보내고 아스트레아도 웃음을 지었다.

"우리 【파밀리아】에 들어와 줘서 고마워, 류 리온."

"아닙니다…… 당신과 알리제 덕입니다. 갈 곳을 잃고 멈춰 서 있던 저를 이끌어주셨던……."

다른 방으로 이동해 옷을 벗고, 아스트레아에게 등을 돌린 류는 말했다. 감사하고 있노라고.

이윽고 【스테이터스】를 받은 그녀는 어엿한 여신의 권속이 되었으며, 파벌의 상징도 받았다.

그것은 정의의 검과 날개의 엠블럼.

"자, 새로운 동료의 입단식이다! 다들 모여!"

신입 동료의 어깨를 두드리려 하는 단원들을 류가 자기도 모르게 밀쳐버리는 소동도 있었지만, 모두들 홀 중앙에 둥그렇게 섰다.

노잉, 네제, 라일라, 아스타, 랴나, 카구야, 셀티, 이스카, 마류.

대부분 알리제와 비슷한 또래의 소녀들.

엘프가 아닌 다른 종족의 동료.

미소를 지은 아스트레아가 지켜보는 가운데, 그녀들은 손을 한데 겹쳤다.

"우리는 【아스트레아 파밀리아】. 정의와 질서를 관장하는 아스트레아 님의 권속. 반드시 오라리오에 안녕을 가져온다! ——정의의 검과 날개에 맹세코!!"

""정의의 검과 날개에 맹세코!""

알리제의 말에 이어 소녀들의 목소리가 겹쳐졌다.

그리고 동료의 시선이 모이는 가운데.

류는 미소를 지으며, 그 말을 따라 했다.
"──정의의 검과 날개에 맹세코."

이 맹세는, 5년 후에 찾아올 이별의 그 날까지 결코 깨지지 않았다.

막간
노력하는 공주와
지켜보는 닌자

© Suzuhito Yasuda

야마토 미코토

Lv.2

힘: H185→G279 내구: H158→G255 기교:
G232→F334 민첩: G217→298 마력: I97→H149

내성: I

《마법》

【후츠노미타마】

○중압마법.

○일정 영역 내에 펼치는 중력결계.

《스킬》

【야타노쿠로가라스】

○효과범위 내에서의 적 감지. 은폐 무효.

○몬스터 전용. 조우 경험이 있는 같은 종류에게만 효과
를 발휘.

○임의발동.

【야타노시로가라스】

○효과범위 내의 권속 탐지. 은폐 무효.

○같은 은혜를 가진 자에게만 효과를 발휘.

○임의발동.

산죠노 하루히메

Lv.1

힘: I18→35 내구: I43→80 기교: I70→99 민첩:

I61→96 마력: E441→D543

《마법》

【도깨비 방망이】

○레벨 부스트.

○발동대상은 1인 한정.

○발동 후 일정 시간의 인터벌 필요.

○술자 본인에게는 사용 불가.

【구중구천】

○부여마법.

○영창 연결.

○연결대상의 마법효과를 장전. 최대 발동 수는 아홉.

《스킬》

【미쿠즈메의 술법】

○정신효과 증폭.

○마인드 소비 효율화.

갱신된 미코토와 하루히메의【스테이터스】.

우선 릴리나 다른 단원들과 마찬가지로 어빌리티가 대폭으로 상승했다. 특히 하루히메의『마력』성장은 경이로워 ——『마력』은 성질상『힘』이나『민첩』같은 다른『기본 어빌리티』에 비해 상승하기 힘들다—— 그녀의 소유 마법이 빈번히 쓰기 힘든 장문영창 또는 초장문영창임을 가미하면 이번 결과는 칭찬할 만했다.

그에 따른 효과인지 『스킬』까지 발현했다.

새로운 『스킬』은 엘프족 전체에 공통적으로 발현되는 것과 비슷해, 『요술사』로서 중요시될 것이 틀림없었다. 덧붙이자면 오늘날까지 확인된 마력계 『스킬』 중에서도 마인드 소비에 관한 효과는 귀중하며 은근히 강력하다.

미코토는 새로운 『마법』이나 『스킬』은 나타나지 않았으나,

"어쩐지 위험한 『스킬』이 발현될 것 같았는데 무서워서 관두었다. 분명 자폭계일 게야."

헤스티아가 말했다.

아무리 불길한 예감이 들더라도 『미지』에 대한 호기심이 앞서 닥치는 대로 발현시키고 보는 신에게서는 보기 드문 선택이었다. 그만큼 미코토를 아낀다는 애정의 증거일지도 모른다.

그 점을 제외해도, 【어빌리티】의 상승폭은 벨을 제외하면 【헤스티아 파밀리아】 내에서도 최고치였다. 올라운더로서 『원정』에서 활약해왔던 결과다. 이제 그녀의 【스테이터스】 내용은 Lv.2의 중견을 눈앞에 두고 있었다.

미코토와 하루히메는 자신들의 갱신 결과에 기뻐했다.

하지만 들뜨지는 않았으며, 의식전환도 신속했다.

극동 출신 소녀들은 겸허하게, 근면하게, 그리고 적극적으로 다음 단계를 목표로 삼았다.

"타, 타아~!"

힘이 들어간, 그러나 애매하게 얼빠진 목소리가 던전에 울려 퍼졌다.

바람에 나부끼는 금색 털결의 굵은 꼬리.

긴 지팡이를 크게 머리 위로 치켜든 르나르 하루히메는 몬스터를 향해 돌진했다.

『호악?!』

그곳에는 『고블린』 한 마리가 있었다.

던전에서 가장 약한 몬스터의 대명사이기도 한 가엾은 저급 몬스터에게는, 초보자나 다를 바 없는 자세로 덤벼드는 수인 아가씨도 위협적으로 비쳤는지 ──사실 Lv.1의 바디태클만으로도 충분히 필살의 위력이 된다── 당황해 소리를 질렀다.

빗나갈 리가 없는 절호의 기회에 날아든 지팡이 일격.

하지만 그 공격은 요란하게 허공을 갈랐다.

"캐앵?!"

심지어 기세를 못 이기고 넘어졌다.

하루히메의 몸은 바로 『고블린』의 옆까지 촤아악─! 미끄러졌다.

뭐라 할 수 없는 침묵이 던전에 흘렀다.

『……고블략!』

"하우욱?!"

잠시 몸을 멈추었던 『고블린』이 『놀라게 하고 앉았어!』라고 말하듯 발차기를 날렸다. 딱 좋은 위치에 있던 하루히메의 옆구리에.

가차 없이 날아드는 공격에 둔중한 신음을 지르는 르나르 소녀. 저급 몬스터의 발차기라고는 하지만 아픈 것은 아프다.

게다가 그 모습에 이끌렸는지 다른 『고블린』도 우르르 가세해 요란하게 몰매를 맞았다.

"아우아우?!"

머리를 움켜쥔 하루히메가 비참하게 터진 만두 같은 꼬락서니로 전락하고 있을 때—— 화살처럼 날아든 그림자가 난입했다.

"에잇!"

『고부헉?!』

백팩을 짊어진 릴리였다.

힘차게 뛰어들며 혼신의 날아차기로 공격한 것이다.

몸집이 작은 파룸이라지만—— Lv.2의 날아차기였다.

『고블린』들은 속절없이 찢어지는 비명을 지르며 어마어마한 기세로 날아가 통로 저편에 한꺼번에 처박혔다.

"뭐 하시는 거예요, 하루히메 님! 『고블린』 정도 상대한테!"

"죄, 죄송하옵니다, 릴리 님…… 그런데 엄청난 일격이었나이다."

"당연하지요! 릴리는 이제 Lv.2거든요! ──Lv.2거든요!!"

몬스터들을 말 그대로 저 멀리 걷어차 버린 릴리는 매우 자랑스러워했다. 다만, 어째서인지 같은 말을 두 번이나 했다.

허리에 두 손을 척 얹고 조그만 가슴을 펴는 릴리에게, 완전히 너덜너덜해진 하루히메는 쓴웃음을 지으며 일어났다.

옷이 더러워져도 아름다운 금색 장발이나 완벽한 동작이 밴 여자다운 몸에서는 우아함이 사라질 때가 없었다. 그러나 정작 본인은 그 미모에 어두운 표정을 지으며 어깨를 늘어뜨린 채 한숨을 쉬었다.

"릴리가 있으니까 걱정할 거 없어요!"

그렇게 풀이 죽어버린 그녀와는 반대로 기분이 좋은 릴리는 굵은 꼬리를 찰싹찰싹 쳐주었다.

"자, 하루히메 님! 다음 상대예요! 제대로 싸울 수 있을 때까지 릴리가 함께 해드릴게요~!"

"고, 고맙습니다! 소녀는 기쁩옵니다!"

의기양양한 서포터가 채근하는 대로, 전투에는 문외한인 『요술사』 소녀는 통로 저편에서 나타나는 몬스터를 향해 다가갔다.

"기합 꽉 들어갔네……."

"일단은 【랭크 업】하고 첫 탐색이니…… 나도 Lv.2가 됐을 때는 가슴이 설렜으니까, 마음은 이해해."

그런 모습을 조금 떨어진 곳에서 지켜보던 벨프와 벨이 말했다.

Lv.2가 되어, 서포트 시절에 오랫동안 『신세』를 졌던 몬스터에게 『인사』를 하고 있는 릴리에게 벨은 쓴웃음을 지었다.

"저건 설렌 게 아니라 기고만장한 거지."

반면 벨프는 어이없다는 목소리로 신랄한 의견을 제시했다. 벨의 쓴웃음은 더욱 깊어질 뿐이었다.

던전 제3계층.

파벌 랭크 D를 자랑하는 【헤스티아 파밀리아】에게는 전혀 Lv.에 걸맞지 않는 『상층』이었다. 이유는 어디까지나 하루히메의 『훈련』을 위해서였다.

【파밀리아】의 탐색 기준보다도 낮은 계층에서 【스테이터스】가 낮은 단원의 【엑세리아】를 확보하는, 소위 『레벨링』이라 불리는 행위였다.

【헤스티아 파밀리아】 내에서는 Lv.1 구성원을 대상으로 삼았으며, 릴리도 【랭크 업】할 때까지는 여기에 가담했다.

처음으로 착수했던 것은 하루히메가 막 입단한 직후였다.

【파밀리아】의 정식 탐색에 지장이 없는 범위에서 적극적으로 훈련을 도입한 것이다.

안전은 물론 확보해두었으며, 이 계층의 몬스터에게서는 치명상을 입지 않도록 벨프가 열심히 제작한 방어구를 단단히 착용하고 있다. 『이상사태』가 발생해 하루히메나 릴리가 위기에 빠져도 금방 구할 수 있도록 항상 Lv.이 높은 벨 같은 단원들이 동행해 지켜본다.

이번에는 릴리가 꼭 함께 가야겠다고 자청해 하루히메를 돌보는 역할은 그녀에게 맡겼는데…… 본인은 본인대로 과거에 당해내지 못했던 몬스터들을 날려버리는 데에 큰 희열을 맛보는 듯했다. 【스테이터스】가 크게 오른 【랭크 업】의 전능감은 당혹감은 있을지언정 흥분을 가져다준다. 그들도 익히 공감하는 사실이다.

벨의 왼팔은 이제 거의 완치 상태였다.

얼마 후로 예정된 『중층』 탐색도 이 정도면 충분히 가능할 것이다.

오늘은 팔의 상태도 확인할 겸 『상층』 탐색에 함께 나섰다.

"근데 뭐랄까. 저래가지고 정말 싸울 수 있을까 싶은데."

"하, 하루히메 씨는…… 성격상 싸움은 적성이 아니라고 해야 하려나……."

"그렇기는 하지만 말이다. 지팡이 휘두르는 것 좀 봐. 허리가 완전히 뒤로 쑥 빠진 것 같은데……."

팔짱을 낀 벨프에게 벨은 어떻게든 변명을 해보았다.

『레벨링』은 시간이 나는 대로 실시하고 있는데, 하루히메만은 『싸우는 방법』을 배우게 한다는 측면이 강했다. 『기술과 허허실실』에는 훨씬 못 미치는, 일단은 자신의 몸을 지키는 방법이라고 할까.

『중층』이후의 계층을 탐색할 때 발목을 잡아당기지 않도록 전투를 배우고 싶다.

다른 이도 아닌 하루히메 본인이 바란 바였다.

결과는 보다시피, 영 좋지 못했지만.

"적합한 무기가 뭔지 알면 그나마 도와줄 수 있겠지만…… 검도 안 되고, 창도 안 되고, 장도나 활도 못 쓰고, 철퇴나 대검은 당연히 무리고. 지팡이도 지금 불발로 그쳤고…… 또 뭐가 있지?"

벨프는 손가락을 꼽아가며 스미스로서 의견을 제시했고, 벨도 고민했다.

"미리 말해두지만, 저 녀석은 진짜 소질 없어. 내가 보기엔 선 딱 긋고 영창 훈련이나 시키는 게 나아."

까만 장발에 싱그러운 갈색 피부, 극상의 팔다리를 가진 여걸이 끼어들어 말했다.

아마조네스 아이샤였다.

우연히 비는 시간이 맞아『레벨링』을 보러 왔다고 한다.

말은 그렇게 하지만 그녀는 하루히메가 훈련할 때는 거의 참가해준다.

"아, 아이샤 씨……. 그치만 하루히메 씨 본인이 열심히 해보고 싶다고 그러셨는걸요……."

"다른 사람이 말해서 포기하게 만드는 게 차라리 상처를 덜 받을걸? 뭐, 그게 방침이라고 한다면 말리진 않겠어. 지금은 너희【파밀리아】니까. 하지만 적어도 우리【이슈타르 파밀리아]에선 포기했다고. 저 녀석에 관해서는."

"『병행영창』까진 바라지 않지만,『레벨 부스트』를 확실하게 쓰기 위해서라도『전장의 분위기』란 걸 알아두면 손해는 안 볼 거 아냐?"

벨과 아이샤의 대화에 벨프도 의견을 제시했다.

말로는 앞길이 험난하다고 그러면서도, 벨프 본인 또한 하루히메에게『전투』를 가르치는 데에는 긍정적이었다. 『모두와 함께 싸우고 싶다』고 생각하던 벨도 그 말을 듣고 기뻐했다.

"이건 일단 미리 말해두겠는데……『레벨 부스트』를 부여받은 놈이 얻은【엑세리아】는 평소에 버는【엑세리아】의 절반도 안 돼."

"""엑."""

"당연한 거 아냐? 말하자면『엄청난 반칙』을 해서 강해지는 거니까. 그 상태로 더 강한 상대를 해치워봤자 얻을 수 있는 평가라면 뻔하지."

아이샤가 하루히메의『요술』에 대해 언급하자 벨과 벨프는 얼어버렸다.

【이슈타르 파밀리아】에서 헤아릴 수 없을 정도로『레벨 부스트』를 사용하고 검증하고, 나아가 하루히메와 몇 번이나 연계했던 아이샤는【도깨비 방망이】의 효과나 단점도 잘 안다.

『마법』의 제약 때문에 하루히메 자신에게는『레벨 부스

트』를 걸 수 없으니 그녀의 성장을 방해하지는 않겠지만…… 힘들 때면 부담 없이 썼던 벨과 벨프는 몰랐다며 충격을 받았다.

그 모습을 본 아이샤는 장난꾸러기 고양이처럼 눈을 가늘게 떴다.

"그래서, 역시 저 못난이 여우도 【랭크 업】은 가능했어?"

"아, 예. 주신님도 Lv.2가 될 수 있다고 하셨어요."

그렇다.

하루히메 또한 【랭크 업】이 가능했다.

제25계층에서 펼쳐졌던 계층 터주『암피스바에나』와의 사투.

그때 불꽃에 에워싸이면서도 단행했던 결사의 영창을 비롯해, 한계까지 노래하고 또 노래했던 행위가『위업』으로 평가를 받았던 것이다.

"아이샤 씨가 협박…… 아니, 당부하셔서, 【랭크 업】은 하지 않았지만요……."

"그게 나아. 지금 저 녀석한테 【랭크 업】은 너무 일러."

그리고 하루히메는 여전히 Lv.1에 머물러 있었다.

다른 이도 아닌 아이샤가 【헤스티아 파밀리아】에 전부터 진언했던 것이다.

『하루히메의 랭크업은 한동안 기다려 달라』고.

"저 못난이 여우가 지금 상태로 Lv.2가 돼봤자 좋을 게 없어. 제풀에 자빠져서 박치기로 몬스터 잡게 하려고?"

아이샤의 그런 말에는 헤스티아나 벨 일행도 그건 그렇다며 묘하게 수긍해버렸다.

"【랭크 업】을 시킬 거라면 『싸우는 방법』은 그렇다 쳐도 『요술사』로서 어떻게 처신할지를 배우게 한 다음에나 해. 안 그러면 갓난아기한테 대포 들려주는 거나 마찬가지니까. 위험해서 도저히 볼 수가 없어."

그것이 아이샤의 지론이었다.

곁에서 오랫동안 지켜본 그녀의 의견이기도 했으므로, 하루히메의 【스테이터스】는 소위 말하는 『대기상태』였다. 주신 헤스티아가 마음만 먹으면 언제든 【랭크 업】이 가능한 상태인 셈이다.

덧붙이자면 하루히메 본인에게는 【랭크 업】의 가능성에 대해서는 밝히지 않았다.

아울러 릴리에게도.

"하루히메 군에게는 쓸데없는 부담이 될 수도 있고, 서포터 군은 염원하던 【랭크 업】을 해 세상을 다 얻은 기분일 테니 찬물을 끼얹는 것도 거시기하지 않으냐. 나중에 이야기해도 되겠지."

그런 헤스티아의 배려 덕분이었다.

나아가 어린 여신은 이런 말도 했다.

"이번 『원정』에서 우리 【파밀리아】만 셋…… 아니, 둘. 미아흐네가 둘. 다른 신들이 알았다간 『무슨 【랭크 업】 바겐세일이냐!』라고 할 게 뻔해……"

각설하고.

"영창에 관해서는 뭐, 인정하겠지만…… 나나 꼬마돌이의 지시 없이 움직일 수 있게 되지 않고서는 아무 소용이 없어. 말하자면『뱃심』을 길러줘야 해."

시선 너머에서, 하루히메는 릴리의 지시를 들으며 몬스터를 상대하고 있었다.

공격할 때 눈을 감는 말도 안 되는 버릇이 있었으므로 공격은 스치지도 못했다.

결국 릴리의 분노와 몬스터의 반격에 시달려 혼란에 빠질 뿐이었다.

그런 광경을 바라보며, 아이샤는 어깨를 으쓱하고 웃었다.

"뭐, 언제쯤에야 그렇게 될지는 모르겠다만."

⊡

──그것은 분명 가까운 시일 내로 찾아오리라.

아이샤와 벨, 벨프의 대화를 곁에서 듣던 미코토는 그렇게 생각하고 있었다.

'직접적인 전투는 분명, 아직 멀었지만…….'

그러나 그녀라면 금방 자기 몸을 지킬 방법 정도는 익힐 것이다.

지금의 하루히메라면.

다른 동료들이 쓴웃음을 짓거나 말거나, 미코토는 믿고

있었다.

"하루히메 공…… 힘내십시오."

입술에서 새어 나온 중얼거림이 정말로 전해졌는지.

하루히메는 『코볼트』의 공격을 아슬아슬하게 흘려내며, 수평으로 휘두른 지팡이 일격으로 상대를 기절시켰다.

그 움직임은 미코토의, 아니, 타케미카즈치가 전수해준 무술의 동작과도 흡사했다.

아이샤가 눈을 휘둥그렇게 뜨고, 벨과 벨프도 놀랐다.

우뚝 몸을 멈추었던 릴리는 어흠 헛기침을 하곤 박수를 보냈다.

감개무량해 가슴을 꼭 누른 르나르 소녀는 활짝 웃더니 부끄러워하며 헤스티아에게 배운 브이 사인을 보냈다.

미코토는 혼자 미소를 짓고 있었다.

그렇다.

왜냐하면 그녀는 이미 단순한 『공주님』이 아니므로.

처음 만났을 때의 연약한 소녀는 이미 아무 데도 없었으므로.

미코토만은 알고 있었다.

이곳 오라리오에서 재회한 소녀가 얼마나 변했으며, 소년에게도 지지 않을 만큼 얼마나 『성장』하고 있는지를.

7장 옛날과 지금
―검은 까마귀와 금색 여우―

© Suzuhito Yasuda

"하, 하루히메라고 하옵니다…… 모쪼록 잘, 부탁드리옵니다."

규방의 규수란 표현은 바로 그녀를 두고 한 말일 것이다.

어린 미코토는 그 소녀를 보고 그렇게 생각했다.

미코토와 타케미카즈치의 아이들이 미궁도시에 오기 10년도 더 전.

장소는 극동.

타케미카즈치나 다른 신들을 중심으로 갈 곳 없는 아이들을 모아 기르던 신사에, 한 르나르 소녀가 몰래 찾아왔다.

피부는 때 묻지 않은 눈처럼 고왔으며, 금색 장발은 태양빛을 짜넣은 듯 선명했다. 옥색 눈동자는 한 쌍의 보석과도 같았다. 용모는 마치 신에게 총애를 받은 것처럼 고와, 장래에는 절세의 미희가 되리라 약속된 듯했다. 그런 가운데 머리에서 볼록 돋아난 여우 귀와 허리 언저리에서 늘어진 여우 꼬리는 그저 사랑스러웠다.

미코토가 르나르 소녀 하루히메를 본 것은 이번이 처음이 아니었다.

산기슭에 세워진 저택에서 외롭게 있는 모습을 보기도 했고, 몰래 데리고 나와 함께 놀기도 했다.

하지만 새삼 이렇게 마주 서고 보니, 자신들과는 사는 세계가 다르다는 사실을 실감할 수 있었다.

"그래. 잘 부탁한다, 하루히메! 네 덕에 힘든 겨울을 이겨낼 수 있었지! 너에게 꼭 고맙다는 인사를 하고 싶구나!"

타케미카즈치가 밝은 목소리로 말했다.

이날은 타케미카즈치를 비롯해 신사에 사는 이들과 인사를 시키기 위해 하루히메를 데리고 나왔던 것이다.

고귀한 신분으로 태어나 무엇 하나 불편할 것 없이 살던 하루히메는 신사의 사정이 어렵다는 것을 알고, 관직에 있는 아버지에게 식량을 나눠주도록 애원했다. 미코토를 비롯한 아이들이 마음 착한 소녀를 아는 계기가 되기도 했지만, 아무튼 소녀에 대한 감사를 전하고자 이런 자리를 마련했던 것이었다.

자기소개를 마친 어린 하루히메에게 신들이 환영의 박수를 보냈다.

하지만 신사 아이들의 반응은 둔중했다.

냉랭해서가 아니었다.

다들 르나르 소녀를 보고 넋이 나갔기 때문이다.

그만큼 하루히메의 미모는 진짜였다. 고귀한 신분이다 보니 몸에서 풍기는 기품이나 애처로움이 느껴졌는지도 모른다. 적어도 그들이 사는 추레한 신사 같은 조그만 세상에서, 하루히메는 가련한 한 떨기 꽃과도 같았다.

여자아이들도 그렇지만, 반해버린 듯 바라보는 남자아이들의 반응은 현저했다.

같은 세대 아이들의 주목을 모으는 데 익숙하지 않은지 하루히메는 볼을 발갛게 물들인 채 고개를 숙였다.

우물쭈물하는 그 모습이 한층 사랑스러워, 신사의 신들

중에서도 흐뭇하게 웃음을 지으며 "모에……" 하고 중얼거리는 자가 있었다. 그리고 그는 만면의 미소를 머금은 여신에게 혼신의 팔꿈치지르기를 당했다.

"하, 하루히메는, 역시 귀여워……."

"네. 마치 그림 두루마리 속에서 나온 이야기 세상의 주민 같아요."

맞장구를 치는 미코토의 곁에서 치구사도 눈길을 빼앗겼지만, 그녀는 그녀대로 마음에 둔 상대인 오우카가 마음에 걸려 견딜 수 없는 눈치였다. 흘끔흘끔 불안스레 소년쪽을 살핀다.

덧붙이자면 정작 당사자는,

"하루히메, 왜 그래? 얼굴이 새빨간데 감기라도 걸렸어?"

……평소와 다를 바 없었다.

오우카는 이 무렵부터 타케미카즈치와 마찬가지로 여심에 둔감했다.

"하루히메, 밥, 고마워!"

"같이 놀자!"

"나, 나도!"

하루히메는 금세 아이들에게 포위당했다.

이성이고 동성이고 상관없이, 갈팡질팡하는 그녀를 에워쌌다.

그런 가운데 미코토는, 즉시 그 안에 끼려고는 하지 않고 빤히 하루히메의 얼굴을 바라보았다.

고개를 갸웃하며, 어떤 신에게 다가갔다.

"츠쿠요미 님, 츠쿠요미 님."

"응? 왜 그러느냐, 미코토?"

당시 여러모로 의지하던 여신의 허리춤을 톡톡 두드렸다.

푸른 머리카락을 한데 묶은 그녀에게 미코토가 물었다.

"왜 하루히메 공은 아까부터 기운이 없을까요? 엉덩이의 꼬리도 축 늘어졌어요."

그랬다.

하루히메는 그저 쭈뼛거리기만 했다.

그것만이라면 그나마 다행이겠지만, 아무래도 신사 아이들과 얼굴을 마주하기 힘들어하는 눈치였다.

"글쎄. 아마 자기만 편하게 산다는 데에 죄책감이 들었는지도 모르지."

"재채깜?"

"보려무나. 우리 신사는 이렇게 너절하지 않으냐. 옷차림도 그렇고. 이것이 절대 하루히메 탓은 아니다만, 자기만이 사치를 누리고 있다는 사실에 불편함을 느끼는 게 아닐까."

미코토는 누더기를 기워 만든 옷이었으며, 여신의 옷도 결코 신이 입을 만한 것은 아니었다.

반면 하루히메는 같은 옷이라고 부르기에도 민망할 정도로 화려한 기모노 차림이었다.

자신이 이곳에 있어도 되는지 하는 불안감을 느끼는 듯

한 표정이었다.

"그럴 수가. 그렇다면 하루히메 공을 이곳에 데려온 것은…… 폐가 되었을까요?"

당시의 미코토는 두둥—! 충격을 받았다.

좋은 의도로 신사에 데려왔건만, 그것이 하루히메에게는 고통이 되었을까?

불안스레 묻는 미코토에게 여신이 손을 내밀어주었다.

"그건 저 아이가 착해서란다. 동시에 『약해서』이기도 하지. 그러니—— 미코토 너희가 잘 감싸주고 지켜주려무나."

머리 위에 얹힌 손이 젖은 까마귀 깃털색 머리카락을 부드럽게 쓰다듬었다.

당시 그 말을 충분히 이해하지 못했던 미코토에게 여신은 씨익 입가를 틀어 올리며 웃었다.

"불편함을 잊어버릴 정도로 그녀를 휘둘러대고 오라는—— 그런 말이다."

그때 그녀의 얼굴은, 타케미카즈치와 어딘가 매우 비슷했다.

사악한 웃음을 지으며 『——얘들아, 저 아이를 데리고 나오거라』하고 하루히메를 저택에서 끌어내도록 만들었을 때의 표정과.

미코토의 표정이 확 밝아졌다.

"일단은 흑심이 있을 법한 사내아이들에게서 그녀를 지켜주는 것이 지금 미코토가 할 일이겠지."

"잘 알겠습니다!"

슈팟! 하고 닌자처럼 사라지는 움직임으로 아이들 속에 돌진한다.

들떠서 하루히메에게 다가가려는 사내아이들에게 서툴 게 무신의 기술을 펼친다.

"으악~!" "뭐 하는 거야~!" "그만해~!" "또 미코토가~!"

여기저기서 솟는 비명.

말릴 기회를 놓치고 난감하다는 표정으로 웃는 오우카 와 치구사.

그리고 조금 전까지는 우물쭈물하던 하루히메가 우스 꽝스럽게 날아가는 아이들의 광경에 깜짝 놀라 눈을 깜빡 인다.

"안심하십시오, 하루히메 공! 이 신사는 하루히메 공이 생각하는 그런 곳이 아닙니다!"

등 뒤로 감싸고 하루히메를 돌아보며 미코토는 조그만 손을 잡아주었다.

"물론 가난한 곳이기는 하지만, 하루히메 공의 집에도 없는 것이 많이, 많이 있습니다! 그러니 부디 편히 놀다 가 시길!"

그런 미코토의 말에 타케미카즈치를 비롯한 신들이 눈 을 크게 떴다.

그리고 그 후, 소리를 내 껄껄 웃었다.

과연, 지당한 말이라면서.

별로 생각도 하지 않고 했던 자신의 말에 큰 호응이 돌아와 미코토는 영문을 모른 채 좌우를 두리번거리며 당황했으나──

눈앞의 소녀는 쿡쿡 소리를 내며 꽃처럼 웃고 있었다.

"고마워, 미코토."

그 미소에 미코토는 금세 표정을 풀었다.

당시 미코토는 하루히메가 웃을 때가 가장 기뻤다.

저택에서 홀로 쓸쓸하게 하늘을 올려다보던 소녀의 얼굴을 기쁨으로 물들이기 위해, 미코토는 타케미카즈치에게 『팔나』를 받았던 것이다.

그날부터 미코토와 아이들에게 이끌려 저택을 몰래 나온 하루히메는 신사에 신발이 닳도록 드나들게 되었다.

아이들과 마음껏 놀고 넘어지고, 신사 일을 거들다가 실수를 연발해 훌쩍훌쩍 울곤 했다.

순진무구하고 세상 물정 모르는, 그러나 마음 착한 아이.

소녀에 대한 미코토의 인상은 그랬다.

──하루히메 공은 내가 지켜야만 해!

경애와 함께, 뒷바라지를 해주고 싶어 하는 소꿉친구 같은 심정.

뒤섞인 두 가지 마음을 나날이 키워가던 미코토는, 그야말로 군주를 섬기는 무사 혹은 닌자와 같은 결심을 했다.

그녀와 함께 걷고, 그녀를 지켜보겠노라고.

"하, 하루히메는—— 메이드를 하겠나이다!"

그 발언에 미코토는 눈을 동그랗게 떴다.

10년 전부터 지켜야만 한다고 결의했던 고귀한 존재가, 메이드복을 입고 각오를 표명했기 때문이다.

【이슈타르 파밀리아】와의 항쟁을 마친 후, 하루히메가 【헤스티아 파밀리아】에 갓 입단했을 무렵이었다.

앞으로는 하루히메를 잃었던 시간을 되찾을 수 있다고, 그렇게 기뻐하던 직후였다.

"하, 하루히메 공, 무리는 하지 마시길……. 가정부 같은 일은 모두가 분담하면……."

"아니옵니다, 미코토 님. 저택에 있을 때에도 이슈타르 님의 밑에 있을 때에도, 소녀는 다른 분들께 신세를 지기만 했을 뿐이어서……."

아니, 적어도 【이슈타르 파밀리아】에서는 혹사만 당했던 것 같은데.

땀을 삐질삐질 흘리며 그렇게 생각했지만, 하루히메는 옥색 두 눈에 강한 의지를 내비쳤다.

워 게임에서 【헤스티아 파밀리아】의 본거지가 거대해지면서 저택 관리를 위해서도 메이드를 모집해야 할지를 두고 릴리를 비롯한 단원들이 검토를 시작하던 타이밍. 여기에 편승하듯 손을 든 사람이 하루히메였다.

"이를 계기로『독립』을 해야만 하옵니다. 소녀를 구해주신 벨 님이나 미코토 님, 다른 많은 분들께 도움이 되고 싶사옵니다!"

그렇게까지 말하니 미코토도 말릴 수는 없었다.

하지만 감회가 솟는 것도 사실이었다. 관리의 딸로 태어나 금이야 옥이야 애지중지 자라면서도 무엇 하나 마음대로 선택할 수 없었던 하루히메가, 자신의 뜻에 따라 사물을 판단하려는 것이다.

【타케미카즈치 파밀리아】보다도 먼저 오라리오에 도착해 강제로 창부 생활을 해야 했다. 미코토는 상상도 할 수 없을 만큼 괴로운 일도 많았을 것이다. 하지만 이를 넘어서서, 그녀는 어렸을 때와는 달라지고 있었다.

아니—— 달라지고자 결심한 것이리라.

한 소년의 손에 구원을 받으면서.

"……알겠습니다. 그렇다면 저도 하루히메 공을 응원하겠습니다!"

미코토의 말에 하루히메는 기뻐하며 웃음을 지었다.

하루히메는 극동에서 춤이나 꽃꽂이 등을 배웠다. 손재주는 좋은 편이었으니 의외로 메이드 일도 금세 적응할지 모른다.

미코토는 처음에 그렇게 생각했다.

"——캐앵?!"

"아앗―! 하루히메 님이 또 접시를 깨뜨렸어요―!"

그러나.

그런 낙관적인 예측은 산산이 부서져 버렸다.

하루히메가 자아내는 실패의 소리가 홈에서 끊일 날이 없었다.

"아앗……!"

탄식하는 미코토가 보기에도 하루히메는 마음만 앞서 실수를 연발했다.

일단은 무슨 일에나 긴장했다. 접시를 옮길 때도, 차를 따를 때도, 청소를 할 때도, 꼭 도움이 되어야겠다고 애쓰는 나머지, 깨뜨리고 엎지르고 물통을 엎어버리기 일쑤였다.

비유가 아니라, 말 그대로 릴리에게 엉덩이를 차여 주방에서 쫓겨나, 북슬북슬한 꼬리털과 살집 좋은 둔부를 눈물과 함께 문지르는 그 비참한 모습에 미코토가 자기도 모르게 눈을 돌려버린 일은 열 손가락으로는 헤아릴 수도 없었다.

그야말로 『규방 규수』에서 『덤벙이 메이드』로 직종변경을 한 듯했다. 솔직히 못난 방향으로 진화한 것이지만, 시곗바늘은 되돌릴 수 없다.

그 외에도 하루히메의 실패담은 전부 열거하자면 한이 없어서,

"생각보다 아무것도 못 하는구나, 너……."

"송구스럽사옵니다, 크로조 님……."

"가문명으로 부르지 마. 벨프라고 했었지. ……뭔가 장

기 같은 건 없어?"

"자, 장기라 하셨나이까……? 그렇다면 유곽에서 호되게 주입받은 방중술이……. 베, 벨프 님께서 원하신다면 밤의 봉사를……!"

""푸헉?!""

이런 식으로 【파밀리아】의 조언자인 벨프에게까지 불똥이 튀곤 했다.

얼굴을 새빨갛게 물들인 미코토까지 함께 놀라 외쳤지만 하루히메의 폭주는 그치질 않았으며,

"하, 하오나 하루히메의 간청을 들어주셔서 부디 먼저 벨 님과의 『하룻밤』을 마치도록 허락해주실 수 없겠나이까?! 부디, 부디 이렇게 애원하오니……!"

"그마안?! 날 악랄한 귀족처럼 만들지 말라고!!"

"저질이에요, 벨프 님!! 하루히메 님에게 야한 짓을 시키려 하다니! 릴리가 다 들었어요—!!"

"장난하냐아아아!! 난 헤파이스토스 님 일편단심이라고!!"

"처녀신인 내 【파밀리아】에서 무슨 소리를 하는 게냐 너희들—?!"

귀신같이 듣고 달려온 릴리와 헤스티아까지 가세해 2차 피해는 더욱 확산되었다.

벨프가 그렇게 고함을 지르는 것도 미코토는 처음 보았을 정도였다.

하루히메가 자신을 처녀가 아니라고 지레짐작하는 데에

대부분의 원인이 있겠지만, 미코토는 부끄러워서 도저히 가르쳐줄 수가 없었다. 아니 뭐랄까, 뭣하면 벨이 가르쳐주었으면 했다. 그러나 소년 또한 그녀 못지않은 못난이였다.

이러니저러니 해서 이따금 얼빵한 짓을 터뜨리는 하루히메의 존재 그 자체가 『외설』 취급을 당해,

"금지─!! 하루히메 군은 벨 군에게 접근 금지다──!!"

"네헤엑?! 무, 무슨 까닭이옵니까?!"

""가슴에 손을 얹고 생각해봐아아아아아아아아아아아아아아아아아아!!""

헤스티아와 릴리의 극대 벼락이 떨어졌다. 벨이 없는 곳에서.

불안해진 헤스티아가 하루히메로부터 눈을 떼지 못하게 된 것도 이때부터였다.

릴리가 【극동의 에로메이드】라는 별명을 선사하려는 것을 무릎 꿇고 빌어 전력으로 회피하는 등 미코토도 보이지 않는 곳에서 고생하는 가운데, 【파밀리아】에서 비슷한 포지션에 있는 벨프에게서는 노고가 많다며 위로를 받을 기회가 늘었다. 【헤스티아 파밀리아】 내에서 가장 우정이 깊어졌던 사람은 오우카의 악우인 벨프였을지도 모른다.

'이렇게 되면 하루히메 공의 결의도 꺾이지 않을까…….'

그렇게 우려했으나──

의외로 하루히메는 굴하지 않았다.

탄식하고 풀이 죽는 일은 많았지만, 동으로 서로 분주히

뛰어다니면서 메이드 일을 서툴게, 하나씩 극복하고 있었다.

그것은 미코토가 본 적 없는 하루히메의 『강함』이었다.

과연 그 『강함』은 창부 시절에 익힌 것일까── 아니면 그녀를 구해준 소년이 『계기』를 제공했던 것일까.

그렇다 해도 눈을 뗄 수 없는 점은 마찬가지였다.

미코토는 위태로운 하루히메를 몇 번이나 도와주고자 했다.

하지만 그때마다 자신을 타일렀다.

스스로 말하기는 뭣하지만, 미코토의 가사 능력은 높다. 신사에서 치구사와 함께 일을 거들기도 해서 요리만이 아니라 청소며 빨래며 뭐든 다 잘 해낸다. 미코토가 식사 당번일 때는 헤스티아나 다른 단원들도 쌍수 들고 기뻐할 정도였다.

그런 자신이 건방지게 뭔가를 가르쳐봤자, 혹은 일을 빼앗아봤자 그것은 정말로 하루히메를 위한 방법이 아닐 것이다. 성실한 미코토는 그렇게 생각했다.

'어떻게 하면 하루히메 공에게 도움이 될지…… 아!'

그때 문득.

미코토는 묘안을 떠올리고 『원군』을 부르기로 했다.

"벨 공, 부디 하루히메 공에게 메이드란 무엇인지를 가르쳐주실 수 있겠습니까?!"

"네헥?!"

"어, 저기, 미코토 씨. 제가 메이드에 대해 뭘 알겠어요······."

　미코토의 간청에 하루히메가 동요하고 벨은 식은땀을 흘렸다.

　그래도 벨은 미코토의 부탁을 들어주었다.

　아니—— 미코토가 원하지 않더라도 소년은 하루히메를 도와주었을 것이다.

　그것은 【파밀리아】의 단장으로서 생각하는 바가 있기 때문이기도 하겠지만, 소년의 경우에는 천성이 착해서라고 해야 할 것이다. 할아버지와의 시골 생활 경험을 토대로, 가르칠 수 있는 범위에서 친절하게 하루히메에게 도움을 주었다.

　하루히메 또한 부끄러워하면서도 기뻐하고 멋쩍어하며 함께 작업을 했다.

　이따금 릴리나 헤스티아가 쳐들어오기도 했지만——

　연애사에 둔감하다는 자각이 있는 미코토가 보기에도, 하루히메가 마음에 둔 사람은 벨이었다.

　사모하는 이와 함께 일한다는 것은 의외로 효과가 있었다.

　이상한 모습을 보여주지 않겠노라 의식하며, 멋있는, 혹은 아름다운 모습을 보여주고자 마음을 다잡는 것이다. 타케미카즈치와 함께 살았던 미코토의 경험담이기도 했다.

　긴장이 지나쳐 반대로 실수하는 함정도 존재하기는 했지만.

　"······게다가, 저는 이제 하루히메 공의 『영웅』은 아니므로."

벨은 【이슈타르 파밀리아】를 상대로 치렀던 탈환 작전 당시 크나큰 활약을 보이며 하루히메를 구해낸 남자다.

그가 바로 하루히메의 『영웅』이다.

그녀를 지탱해줄 사람은 그밖에 없다.

미코토는 【헤스티아 파밀리아】에서 살며 그런 마음을 한층 강하게 먹었다.

애절한 마음도 물론 있었다.

어렸을 때 하루히메의 【영웅】은 물론 오우카를 비롯한 아이들, 그리고 미코토였다.

벨에게 하루히메를 빼앗겼다는 생각은 전혀 없었다. 그러나 자신이 더 강했다면 그녀의 『영웅』이 될 수 있지 않았을까, 그런 생각이 없다면 거짓말이리라.

1년이 지나 미코토가 【타케미카즈치 파밀리아】로 돌아갈 때, 하루히메는 분명 벨의 곁에 남을 것이다.

그런 예감이 있었다.

하지만.

"미코토도 같이 하자."

"……예, 하루히메 공!"

평소의 말투를 잊고 어린 시절로 돌아간 것처럼 하루히메가 웃음을 지어준다.

그녀에게 미코토는 둘도 없는 친구였으며, 동시에 자신을 구해준 『영웅』이기도 했다.

하루히메가 그렇게 생각한다는 것을 차츰 알게 되어, 미코토의 가슴은 부끄러움과 기쁨으로 가득 찼다.

유곽이라는 감옥에 갇혀 있던 마음 착한 소녀는 지금도 여전히 마음 착한 그녀였다.

그것이 미코토를 기쁘게 했다.

그리고 다시 한 달이 지나.

하루히메는 또 달라졌다.

무엇이 달라졌는가 하면, 우선 『모성』이 올랐다. 자애의 여신인 헤스티아조차 눈부시다며 팔로 얼굴을 가릴 정도였다.

메이드로서 솜씨도 좋아졌다. 여전히 실패를 저질러 풀이 죽기도 하지만, 그래도 고개를 들고 앞을 보는 일이 많아졌다.

이따금 애절한 눈빛으로 하늘을 올려다보고는 눈물 대신 웃음을 짓곤 했다.

모두 비네와 만난 이후에 생긴 변화였다.

『제노스』와의, 용종 소녀와의 이별을 겪으며, 무슨 일에나 열심히 매달리게 되었다.

현저해진 변화는 던전 탐색 준비를 할 때. 같은 서포터인 릴리와 면밀히 의논을 주고받게 되었다. 『마석』을 관리하고 맵을 읽는 방법, 회복약과 해독약을 비롯한 아이템의 종류와 내용 암기. 릴리의 방을 찾아가서는 푸른색이며 붉은색 용액이 든 병을 손에 들고 몇 번씩 비교하던 모습을 미코토도 본 적이 있다.

"잘 들으세요, 하루히메 님. 원래 서포터의 역할은『모험자의 전장을 정돈하는』게 첫 번째예요. 싸우기 편한 환경을 조성한다는 뜻이에요. 그저『마석』과『드롭 아이템』만 줍는 게 서포터의 일이 아니에요."

"네!"

"드물기는 하지만 서포터를『최후의 후열』이라고 부르는 모험자님도 계세요. 장비를 주고받고, 아이템을 분배하고…… 탐색을 하는 모험자님의 부담을 덜어드리는 걸 항상 머리 한쪽으로 생각하고 있어야 해요."

릴리도 인정하기 시작했는지, 자신의 지식과 생각을 하루히메에게 꼼꼼히 전수했다.

【헤스티아 파밀리아】 최초의『원정』직전, 지휘관 공부에 시간을 할애해야만 했던 그녀는 맡길 수 있는 부분은 사양 않고 하루히메에게 떠넘겼다. 하루히메를 신뢰한다는 증거였다.

『원정』이 끝난 후에도 부하처럼 데리고 돌아다녔다. 자신에게 무슨 일이 생겼을 때는 후임을 맡기고자 생각하는지도 모른다.

몸집이 작은 릴리의 뒤를 하루히메가 졸졸 따라다니는 모습은 사이좋은 다람쥐와 여우를 방불케 해 웃음이 나오기도 했다.

그밖에, 『원정』을 위해 아이샤와 『요술』 훈련을 했던 것도 안다. 커튼을 닫은 서고가 몇 번이나 황금색 빛에 휩싸였으며, 때로는 이그니스 파투스로 여겨지는 폭음이 울려 퍼지기도 했다. 그때마다 헤스티아가 어깨를 흠칫 떨 정도였으니 『새로운 마법』의 제어와 운용은 지극히 가혹했으리라고 짐작할 수 있었다. 한숨을 쉬는 아이샤와 함께 옷을 태워 먹고 기침을 하며 서고에서 나오는 하루히메의 모습에 몇 번이나 당황했는지 알 수 없었다.

"무술을 배우고 싶다고?"

"예."

또한 본격적으로 『마법』의 특훈을 시작하면서도 몸놀림을 가르쳐 달라고 요청했다.

미코토와 치구사, 오우카의 특훈을 위해 『화덕관』에 드나드는 타케미카즈치에게, 친구들에게 방해가 되지 않을 시간을 골라, 몰래.

『원정』까지 남은 짧은 기간 속에서, 얼마 되지 않는 시간을 쥐어짜 내면서까지.

"아이샤 씨에게는 기대하지 않는다는 말씀까지 들었사오나…… 오랫동안 고민한 결과…… 소녀가 스스로 『못한다』고 먼저 포기해서는 안 된다고, 그리 생각하였나이다."

"……"

"소녀도…… 강해지고 싶사옵니다."

달빛 아래, 안뜰에 인접한 복도에서 하루히메가 타케미카즈치와 단둘이 나누는 이야기.

미코토는 그것을 듣고 있었다.

"……알았다. 가르쳐주마."

『강해지고 싶다』는 소녀의 말에 무신은 웃으며 흔쾌히 승낙했다.

이튿날부터, 하루히메는 『요술』의 특훈으로 마인드를 바닥까지 소모해 지친 몸을 끌고, 친구들이 쉬는 시간에 대련에 참가하게 되었다.

"우선 너와 미코토는 토대부터 다르다. 그 점을 이해해라."

"예, 타케미카즈치 님."

"벼락치기로는 아무것도 되지 않겠지만…… 그러니 자신을 지킬 방법만을 철저히 가르치마."

"자신을 지킬 방법?"

"그래. 듣자 하니 하루히메에게는 튼튼한 방어구가 있다지. 그걸 활용하는 방법을 익혀라. 반응이 아니라 반사신경의 영역에서 적의 공격에 대응할 수 있도록 만들겠다."

타케미카즈치가 짧은 기간 동안 주입시킨 것은 말하자면 『허허실실』.

"화려한 『기술』만이 무술이 아니다. 『임기응변』을 갈고닦거라. 창졸간의 행동이 치명상을 막아주고 네 목숨을 구할 게다."

"알겠사옵니다!"

실제로 그 가르침이 그녀를 구했다.

『마법』에만 전념시키려는 아이샤의 의도를 넘어서서, 그녀의 행동이 그녀 자신의 목숨을, 나아가 파티의 위기를 구했던 것이다. 바로『계층 터주』와의 싸움 속에서.

자발적으로 무언가에 임하고.

스스로 생각해 행동해.

그 후에 가르침을 청한다.

이것은 매우 단순하면서도 매우 중요한 일이다. 한 꺼풀 벗은 벨이 그러했듯, 이 단순한 일이 자신을 높은 경지로 한 걸음을, 때로는 열 걸음을 이끌어준다. 시키는 것만을 하고, 배운 것만을 따르는 영역에서는 얻을 수 없는 가치가 생겨난다.

하루히메도 지금 그 경지에 있었다.

순진무구하고, 세상 물정 모르고, 마음 착하기만 하던 아이가.

규방에만 앉아있던 공주는 발을 젖히고 낯선 세계를 자신의 발로 걷는『여행자』로 변했던 것이다.

"하루히메 공…… 무슨 일이 있었나이까?"

그녀에게 무슨 일이 있었는지 눈치를 챘으면서도 미코토가 물어본 적이 있었다.

맑게 갠 하늘 아래, 추억을 바라보듯 안뜰로 눈길을 돌리던 소녀의 옆얼굴에 대고.

"약속을, 했나이다."

하루히메는 그렇게 말하며 새끼손가락을 들어 보였다.

"또 만나자고…… 다시 함께 살자고. 그러니 그러기 위해서라도…… 노력하는 것이옵니다."

누군가와 손가락을 꼽아 약속했던 새끼손가락을 소중히 가슴에 감싼다.

환한 웃음을 짓는 소녀의 얼굴은 아름다웠다.

그 얼굴이 처음 만났을 때의 그녀와 마찬가지여서, 그러나 훨씬 강해서.

미코토 또한 눈부신 것을 보듯 웃음을 지었다.

변해가는 것이다.

약했던 소녀도, 한번은 절망으로 점철되었던 창부도.

많은 만남을 거쳐.

이제 자신이 이 사람을 지킬 필요는 없다.

미코토는 자연스레 그런 생각이 들었다.

그러므로.

앞으로는 누군가를 구해줄 그녀를 지탱해줄 수 있기를———.

☒

모두가 잠든 조용한 밤.

그날, 벨은 벌떡 일어났다.

"———!!"

희미하게 벽이 삐걱거리는 소리에 이불을 걷어차고, 있

지도 않은 나이프를 허리에서 뽑아 들려 하며.

푸른 밤의 빛이 창문으로 스며들고 있었다. 자신을 해치려 하는 존재는 어디에도 없었다.

아무 일도 일어나지 않은 정적을 인식한 후, 멈추었던 숨을 조용히 토해냈다. 그 호흡마저 떨리고 있었다.

몸은 땀에 흠뻑 젖었다.

팔을 축 늘어뜨린 후, 침대에 걸터앉아 입가를 손으로 가렸다.

숙면을 취할 수가 없었다.

단 5분의 쪽잠만이 허용되던 『심층』의 결사행과 비교하면 훨씬 나았지만, 절대 무시할 수 없는 부담이 벨의 몸을 짓누르고 있었다. Lv.4의 상급모험자인 벨은 수면시간을 다소 줄여도 일상생활에는 지장이 없는 만큼 아무도 눈치채지 못했을 것이다. 그러나 악몽에 시달린 것 같은 찜찜함은 잠에서 깨어난 후에도 늘 달라붙어 있었다.

실제로 악몽이었는지도 모른다.

『저거노트』가 살육을 자행하는 소리, 모험자들의 비명, 무시무시한 제37계층 괴물들의 포효.

그런 것들이 잠의 밑바닥에서 울려 퍼진다. 그것이 벨을 괴롭혔다.

꿈이 보여주는 심층의 『어둠』에 그대로 빨려 들어가 눈을 뜨지 못하는 것은 아닐까.

소년에게는 그런 일말의 공포가 있었다.

"……괜찮아. 괜찮아……."

이것은 일시적인 현상.

꾹 참으면 금방 『지상의 분위기』에 적응해 해방될 것이다.

그렇게 확신했기에 아무에게도 상담하지 않았고, 의지하지 않았다.

시간만이 약이란 사실을 알았기에 폐를 끼치고 싶지 않았다.

강해지고 싶다고 그렇게나 염원했으면서, 무서운 꿈을 꾸고 할아버지에게 울며 매달리던 어린 시절의 자신을 이제 와서 부럽게 여기다니—— 그런 생각을 하며 무거운 한숨을 쉬고 있으려니.

"……?"

똑똑, 조심스러운 노크 소리가 울려 퍼졌다.

조금 놀라 침대에서 일어나려 했을 때, 그 전에 문이 열리고 안을 살피는 옥색 눈동자가 방 안으로 들어왔다.

아름다운 금색 털결이 푸른 밤의 빛을 받아 눈부시게 보였다.

"하루히메 씨……?"

"예, 소녀이옵니다."

조용히 다가와 눈앞에서 멈춰 선 르나르 소녀는 마치 그를 안심시키듯 미소를 지었다.

벨이 입을 열기도 전에 하루히메는 손에 든 그것을 가슴 위치까지 들어 올렸다.

"벨 님, 책을 들으시겠나이까? ······다정한 영웅님들의 이야기랍니다."

오래된 장정의 영웅담 한 권.

벨은 몇 번이나 눈을 깜빡였다.

"읽는 게 아니라······ 듣는다고요?"

"예. 소녀는 지금 너무나도 이야기를 읽어드리고 싶은 기분이옵니다."

그렇게 말하고, 몸을 받쳐주면서 벨을 침대 위에 부드럽게 눕혔다.

헌신적인 유녀처럼, 혹은 누나처럼.

그제야 벨은 하루히메의 진의를 깨달았다.

밤마다 잠들지 못하는 자신을 위해, 잘 때까지 책을 읽어주려 한다는 것을.

이렇게 곁에 있어 주려 한다는 것을.

벨은 살짝 입술을 구부리며 웃었다.

"······천일야화 같네요."

"후후, 그렇군요. 소녀는 한 번쯤 왕을 일편단심으로 흠모하는 망국의 공주가 되어보고 싶었는지도 모르겠나이다."

침대에 누운 벨의 시선 너머.

창문에서 스며드는 달빛을 등으로 받으며 소녀는 웃음을 꽃피웠다.

"부디 소녀의 어리광을 들어주시겠나이까, 폐하?"

벨은 눈을 가늘게 떴다.

"기꺼이."

"고맙사옵니다."

속삭이며 자신의 손을 가만히 잡아주는 가느다란 손가락이 따뜻했다.

오늘은 푹 잠들 수 있을 것이다. 무서운 꿈에 시달리지도 않을 것이다.

방울처럼 아름다운 목소리가 자아내는 영웅들의 이야기와, 차츰 무거워지는 눈꺼풀을 느끼며, 소년은 그렇게 생각했다.

🔥

"……."

방 안에서 어렴풋이 들려오는, 책을 읽어주는 목소리.

문에 기댄 등 너머로 다정한 『자장가』를 듣는 미코토 또한 미소를 짓고 있었다.

같은 방의 하루히메가 조용히 일어나 벨의 방을 찾아가기에 몰래 따라와 본 것이었다.

그녀의 『다정함』을 눈치채고.

"흐아암~…… 어라, 거기 미코토 군 아니냐?"

"헤스티아 님, 무슨 일이십니까?"

"벨이 잠을 자다 무서워하는 것 같아서 말이다~…… 어떻게 있는지 볼 겸, 같이 잘까 해서 왔는데에에……."

"벨 공의 방은 저쪽 아닙니까. 자, 함께 가시지요."

"흐에~? 그랬던가아……?"

자기 베개를 한 손에 들고 잠이 덜 깬 눈을 비비는 헤스티아를 가만히 그녀의 신실로 유도했다.

잠옷 차림으로 반쯤 꿈을 헤매던 어린 여신은 음냐음냐 얌전히 그녀를 따랐다.

주신의 등을 부드럽게 밀며, 몰래 혀를 내밀고 마음속으로 사죄했다.

무사처럼 충성을 다하고, 닌자처럼 그림자 속에서——.

앞으로도 그렇게 하루히메를 지탱해나갈 수 있다면.

여신을 배웅하며, 미코토는 그런 생각을 했다.

에필로그 영웅만가

© Suzuhito Yasuda

"부탁이다…… 저놈을 죽여다오."

뻣뻣하게 선 나에게, 이름도 모를 휴먼 모험자가 떨리는 목소리로 말했다.

상처 입은 그의 품 안에는 수인 여성이 있었다.

한눈에 봐도 알 수 있을 정도로 치명상을 입고, 피에 젖은 채, 두 번 다시 뜨지 않을 눈을 감은 모험자가.

"저 몬스터를 죽여줘……!"

어둡고 싸늘한 공기가 감도는 지하미궁.

던전 제20계층.

만신창이가 된 동료와 함께 눈물을 흘리는 모험자가 노려본 곳, 어둠 저 너머에는 이쪽으로 다가오는 흉악한 안광이 있었다.

경위는 단순했다.

분명 던전에서는 자주 일어나는, 흔해빠진 이야기일 것이다.

탐색 중이던 상급 모험자를 습격한 대형급 몬스터. 자신의 서식 계층보다도 위로 올라온 『이상사태』로 인해 그들은 유린당하고 속절없이 패배해 도주했다.

그때 우리가 지나가다가 도주를 거들기는 했지만…… 치료는 이미 때가 늦었다.

중상을 입은 수인 여성은 작별인사 한마디 남기지 못하고 동료 앞에서 숨을 거두었다.

"번지수가 틀렸다는 건 나도 알아. 이건 우리가 택한 길이니까. 하지만, 하지만……!"

모험자를 생업으로 삼은 이상 위험은 각오한 바.

더 안전한 일은 달리 얼마든지 있었을 터.

그러나 그들은, 그리고 숨을 거둔 그녀도, 모험자의 길을 선택했다.

부와 명예를 추구해서인지, 욕망을 채우기 위해서인지, 혹은 『미지』에 매료되었기 때문인지.

이유는 다양하겠지만, 여기에 따르는 위험성을 알고도 스스로 이 직업을 택했다.

그러니 몬스터를 원망할 수는 없다. 돌이킬 수 없는 부상을 입어도, 동료를 잃어도, 괴물을 증오하는 것은 번지수가 틀린 정도가 아니라 우스꽝스럽기까지 하다.

남성 모험자는 행간으로 그렇게 말하면서도, 싸늘해진 동료의 주검을 안고 눈물을 뚝뚝 흘렸다.

"부탁이다, 벨 크라넬…… 원수를 갚아줘……!"

꼴사나운 개인의 원한임을 알면서도, 오열 섞인 목소리로 애원했다.

왼팔이 완치되어 【헤스티아 파밀리아】 단원들끼리 던전 탐색을 재개했던 날이었다.

흔한 모험자의 죽음.

사건에 연루된 것도 아닌, 극적일 것도 없는 던전의 일상.

분명 이제까지도 어디에선가는 분명히 일어났으며, 그

저 깨닫지 못했을 뿐인 잔혹한 일상.

동종업자가 숨이 끊어지는 순간을 보고 망연자실했던 나는, 그가 흘리는 눈물을 보고…… 몸속도 머릿속도 새하얗게 물드는 것을 알 수 있었다.

동요와 잡념이 사라지고, 그저 한 가지 투명한 의지만이 팔다리에 깃들었다.

흉악한 포효를 지르며 지금도 다가오는 괴물을 쓰러뜨리겠노라는 의지.

"벨……."

"벨 님……."

벨프와 릴리의 목소리를 어깨너머로 들으며.

"벨 공……."

"벨 님……."

미코토 씨와 하루히메 씨의 슬픔을 등 너머로 들으며.

나는 《주신님 나이프》를 쥐고, 울부짖는 몬스터에게 달려나갔다.

오라리오는 사람의 죽음으로 넘쳐난다.

정신이 아득해질 정도로 먼 과거로부터 오늘에 이르기까지.

평소에 누리던 평화 속에 느닷없이 떨어진 부조리한 죽

음부터, 『영웅』이라 불리는 이의 비장한 최후, 동정의 여지도 없는 인과응보의 산물까지 다종다양하다. 다만 확실한 점은, 대부분이 괴물들과의 투쟁 속에서 생겨난다는 점이다.

이제는 별의 수만큼 많은 사람의 죽음이 이 땅에 켜켜이 쌓여 있다.

오라리오란 그런 곳이다.

얄궂게도 『세계의 중심』이라고까지 불릴 만큼 번영한 이곳 미궁도시에서, 시대를 거쳐 형태는 바뀌었을지언정, 사람과 몬스터는 서로를 죽이면서 살아왔다.

사람의 죽음이 태어나는 장소.

지금도 과거도 본질적인 의미에서는 변함이 없는, 하계 최후의 보루.

바깥세상과 미궁을 가로막는, 『고대』로부터 이어져 온 요새.

검을 쥔 인류의 비원 그 자체.

오라리오란 『시작의 땅』인 것이다.

다만.

관점을 조금만 뒤집으면, 몬스터 또한 피해자라 할 수 있다. 시대가 시대인 만큼 이제는 인류의 사리사욕을 위해 괴물들은 학살당하고, 돈 때문에 『마석』이나 신체의 일부를 뜯긴다. 번영의 대가로 목숨을 잃는 것이다. 그런 측면을 부정할 수는 없다.

하계 주민들은 결코 인정하지 않겠지만, 어쩌면 데우스

데아인 신들이라면 그런 시점이나 의견도 가지고 있을지 모른다.

아마도 그렇게 생각하는 것 자체가 무익한 짓이리라.

아득한 먼 옛날, 『구멍』에서 몬스터가 넘쳐나 하계를 유린했던 시절부터 정해진 이야기다. 빼앗는 존재와 빼앗기는 존재, 탈환하는 존재와 탈환 당하는 존재. 사람과 괴물의 대립은, 현재의 구도는 그야말로 결정적이다. 사람과 괴물이 서로를 혐오하고 죽여대는 것은 피할 수 없는 숙명인 것이다.

그러나―― 모든 것이 몬스터의 『지상진출』에서 비롯된 것이라면.

인류의 증오와 분노는 역시 던전이라는 『구멍』과 괴물들에게 향해야만 하지 않을까.

아이즈 발렌슈타인은 그렇게 생각하지 않을 수 없었다.

――원수를 갚아줘.

――그 아이를 지켜줘.

――부디 인류의 비원을.

어둠 속의 어린 아이즈에게 들려오는 것은 원한에 가득 찬 목소리와 통곡이었다.

전혀 모르는 이의 목소리에서 귀에 익은 이의 목소리, 수많은 바람이 귓전에 달라붙는다. 어둠 저편에서 무수한 팔이 뻗어 나오며 『제발, 제발』하고 미련스레 울부짖는다.

이것은 지나가 버린 이들의 목소리다.

그리고 미래에서 기다리는 사람들의 절박한 바람이기도 하다.

어린 아이즈는 자신의 조그만 손바닥을 내려다보며 천천히 고개를 끄덕였다.

이제까지도 수많은 이들이 그렇게 살아왔듯, 눈앞에 수직으로 꽂힌 한 자루의 검을 뽑아 겨누었다.

자신의 각오를 드러내듯.

그리고 꿈에서 깨어났다.

"……음."

천천히 눈을 떴다.

뿌연 시야에 비친 것은 눈에 익은 천장.

살풍경한 실내는 이곳이 자신의 방임을 말해주었다.

오후에 무기 손질을 한 후, 아무래도 방에서 잠들어버린 듯했다. 침대에서 상반신을 일으키며 곁에 세워놓았던 애검과 수건을 보고, 아이즈는 아직까지 안개가 낀 기억을 되새겼다.

방은 어스름했다.

시계를 보니 저녁 시간이 지나려 했다.

활짝 열어놓은 창문 너머에서는 해가 사라지고 동쪽 하늘부터 어둠이 다가오고 있었다.

"……."

아이즈의 뇌리에 떠오른 것은 조금 전까지 꾸었던 꿈.

꿈속의 아이즈는 있는 그대로 받아들이려 했다.

강요당해서가 아니고, 중압에 시달려서가 아니고, 사명감에 떠밀려서도 아니고, 마치 그렇게 하는 것밖에 몰랐던 것처럼.

아이즈는 세워놓았던 검을 말 없이 칼집에 꽂은 후 자리에서 일어나, 커튼이 살랑거리는 창문을 닫으려 했다.

"……?"

그리고 창가에 선 아이즈는, 도시의 풍경이 여느 때와 다르다는 사실을 깨달았다.

설령 밤이라 해도 헤아릴 수 없는 마석등의 광채로 범람하던 빛의 파도가 존재하지 않았다.

도시 전체가 어두컴컴했던 것이다.

무엇보다, 시끄러울 정도로 소란스럽던 사람들의 소리가 들리지 않는다.

창밖의 광경을 한참 바라보던 아이즈는 문득 중얼거렸다.

"그렇구나. 오늘이, 『엘레지아』……."

그래서 그런 꿈을 꾸었는지도.

광대한 시가지에서 일렁이는 몇몇 불꽃을 바라보며 아이즈는 그렇게 생각했다.

🔥

땅 밑바닥에서 솟아나는 것 같은, 귀를 먹먹하게 하는 소리가 주위에 울려 퍼졌다.

『구멍』으로 흘러드는 바람의 움직임 때문에, 지하로 이어지는 미궁은 이따금 이렇게 모험자들의 귀를 뒤흔들 때가 있다. 그것은 마치 멀리서 거대한 생물이 포효하는 것처럼 들리기도 했다.

던전이라는 이름의 거대한 괴물.

눈 아래에 뻥 뚫린 대미궁의 주둥이를 내려다보며, 머리카락을 나부끼며, 나는 마석등이 비추는 긴 계단을 올랐다.

백색 거탑 『바벨』로 이어지는 던전과의 연결로, 나선을 그리는 대형 계단.

우리는 지상으로 돌아왔다.

사나운 포효를 터뜨리며 날카로운 발톱을 휘두르는, 흉포한 몬스터를 물리치고.

원수를 갚아주었다는 실감은 없었다.

이 몬스터를 내버려 두면 큰일이 나겠다거나, 희생자가 더 늘어난다거나, 그런 사명감 같은 것을 품지도 않았다.

그저 동료를 잃고 흘리는 눈물을 보며…… 이 이상의 슬픔이나 괴로움을 막고 싶었을 뿐이었는지도 모른다.

"고맙다…… 벨 크라넬."

몬스터를 쓰러뜨린 후, 남성 모험자는 눈물 자국을 남긴 채 그렇게 말했다.

나는 아무 대답도 할 수 없었다.

"벌써 밤이네……."

던전과 직접 이어진 지하에서 벗어나 바벨 지상 1층으로 나온 나는 항상 개방된 문밖을 보며 중얼거렸다.

거탑을 에워싼 센트럴파크에는 밤의 장막이 드리워져 있었다.

나와 릴리, 벨프, 미코토 씨, 하루히메 씨는 피해를 입은 파티와 함께 행동해 싸늘해진 주검을 미궁에서 지상으로 운반했다. 덤벼드는 몬스터와 싸워 그녀를 지키며.

상대 모험자 파티의 소속은 【델링그 파밀리아】.

원수를 갚아달라고 부탁했던 리더 남성 모험자는 에드거 씨라고 했다.

죽은 수인 모험자는 시리아 씨.

에드거 씨 일행은 시리아 씨의 시신을 바닥에 내려놓은 후 한동안 움직이지 않았다.

사람이 거의 없는 플로어에서, 얼마 안 되는 동종업자들만이 눈에 익은 광경인 것처럼 멀리서 이쪽을 쳐다본다. 그런 시선에는 조소와 연민, 혹은 싸늘한 달관이 담겨 있었다.

에드거 씨 일행의 곁에 서 있던 내 등을 릴리와 벨프가 조용히 밀었다.

이제 우리가 할 수 있는 일은 아무것도 없다.

낯이 창백해진 하루히메 씨도, 그녀를 지탱해주는 미코토 씨도 조용히 고개를 끄덕였다.

네 사람의 채근에, 발을 지면에서 떼고 나는 『바벨』 밖으로 나갔다.

"……? 센트럴파크가…….."

문을 나선 나는 센트럴파크의 분위기가 평소와 다르다는 것을 깨달았다.

도시 중앙의 광대한 공간에는 다양한 장식이 있었다.

여기저기 세워진 나무기둥에 달린 꽃.

흰색과 푸른색 꽃으로 치장된 그런 기둥에는 신기하게도 화사하다는 느낌은 없었다.

가장 궁금했던 점은 가로등을 비롯한 마석등이 모두 꺼진 채, 대신 조그만 촛불만이 켜져 있다는 점이었다.

센트럴파크 바깥쪽을 보아도 거리에서 마석등의 빛이 사라졌음을 알 수 있었다.

"그러고 보니 오늘이 『엘레지아』였지."

"리빌라 마을에서 체류하느라 완전히 잊어버렸어요."

광장을 걸으며 의문을 감추지 못하는 내 옆에서 벨프와 릴리가 생각났다는 듯 말했다.

"『엘레지아』……?"

『풍요의 여주인』에서도 벨프가 말했던 단어였다.

나도 모르게 앵무새처럼 반문하자 릴리가 나를 돌아보았다.

"모르시나요? ……아, 그랬지요. 아무리 상급모험자가 됐다고는 하지만 벨 님은 오라리오에 오신 지 1년도 안 됐으니까요."

릴리가 눈꼬리를 늘어뜨리며 웃었다.

그 웃음은 어딘가 쓸쓸하게 보이기도 했다.

릴리의 곁에 있던 벨프가 조용히 설명했다.

"엘레지아란 건 말야, 뭐, 간단하게 말하자면 죽은 『영웅』을 추모하는 행사야."

"『영웅』을 추모해……?"

"그렇습니다, 벨 공. 『고대』 시절에 『구멍』에서 넘쳐난 몬스터를 막아내고 희생된 오라리오의 영웅들에게 경의를 표하며……"

"그밖에도, 그런 영웅님들의 위업을 기리는 감사제라고도 하옵니다."

미코토 씨와 하루히메 씨가 말을 이어받았다.

이윽고 그 설명을 뒷받침하듯, 모험자 이외의 오라리오 주민, 일반인들이 센트럴파크에 모여들었다.

헤아릴 수 없는 사람들의 파도에 압도당하지는 않았다.

모두가 입을 꾹 다문 채 그림자처럼 정적을 두르고 있었으므로.

꽃다발을 든 소년소녀의 모습을 보고 하루히메 씨가 애절한 표정으로 눈을 가늘게 떴다.

남녀노소, 많은 휴먼과 데미휴먼이 정결한 흰색 의상을 입고 촛대를 들었다.

"이건 벨 님도 아시겠지만…… 오라리오에는 길드 본부의 앞뜰이나 『제1묘지』를 비롯해 영웅들의 위령비가 세워진 곳이 있어요. 시간이 되면 사람들이 센트럴파크를 출발해 여러 위령비를 따라 순례를 하는 거예요."

"그리고 마지막에는 여기에 돌아와서 만가를 부르지. 처음에 말했던 대로 추모와 감사를 바치는 거야."

이 엘레지아는── 영웅들의 만가는 아침 해가 뜰 때까지 이어진다고 한다.

또한, 그동안 오라리오는 마석등을 사용하지 않고 촛불만을 켠다고 한다. 영웅들이 있던 『고대』의 밤을 재현하듯, 번화가도 환락가도 공업지구도, 주점도 민가도, 온 도시가 희미한 불빛만으로 하룻밤을 보내는 것이다.

『길드』가 주도해 추진하는지 제복 차림 직원들의 모습이 광장 곳곳에서 보였다. 그중에는 에이나 누나나 미샤 씨의 모습도 있었다.

머리 위에 펼쳐진 푸른 밤하늘, 조그만 등불로 가득 찬 도시.

평소의 소란스러움이 거짓말이었던 것처럼 도시의 분위기는 숙연해졌다.

늘 너스레를 떨며 장난을 치던 신들의 웃음소리도 오늘만은 들려오지 않는다.

모든 오라리오 주민이, 영웅들에게 경의를 표하는 것처럼.

"그리고 현대의 모험자…… 던전에서 죽은 많은 분들을 추모하는 행사이기도 해요."

조용히 들려온 릴리의 말에 나는 가슴속이 흔들리는 소

리를 들었다.

현대의 모험자.

『고대』의 영웅.

그런 모든 이들에게 1년에 한 번, 만가를 보내는 오라리오의 행사.

모험자들의 죽음을 기리며 영웅들에게 감사를 바치는 날…….

광장을 걷던 나는, 어느샌가 발을 멈추고 뒤를 돌아보았다.

아직도 탑 안에서 시리아 씨의 주검을 에워싸고 있을 에드거 씨 일행에게 마음을 보내며.

온 도시에 밝혀진 수많은 촛불이 그녀에게 보내는 작별 인사가 될까.

이 추모의 빛이 그들의 상실감을 메워줄까.

지금은 그것만이 마음에 걸렸다.

아이즈는 밖으로 나왔다.

홈에서 내려다보는 등불의 야경을 앞에 두고 ——여느 때와 다른 꿈을 꾼 탓인지—— 방에 가만히 있을 수가 없었다.

평소의 모험자 차림은 피해 순백색 원피스를 입고, 긴 금발을 머리 뒤에서 한데 묶었다.

추모의 불빛에 이끌린 것처럼, 아이즈는 아무에게도 말하지 않고 홀로 시내를 걸었다.

'올해도 사람이 많아…….'

엘레지아가 시작되었다.

센트럴파크에서 출발한 사람들은 도시 곳곳에 흩어진 위령비를 향해 줄을 지어 대로를 따라 이동한다. 어떤 이는 길드 본부의 앞뜰로, 어떤 이는 제1묘지로, 어떤 이는 도시 밖으로. 저마다 생각하는, 얼굴도 모르는 『고대』의 영웅에게, 혹은 사별한 모험자들에게.

엘레지아에서는 많은 일반인이 한때 면식을 가졌던 모험자들에게 꽃을 바친다.

가족, 연인, 옛 동료. 던전에서 스러져간 모험자들의 관계자는 얼마든지 있다. 두 손에 꽃다발을 든 휴먼 소녀는 눈가에 눈물을 머금고, 어떤 엘프 여성은 슬픔을 넘어선 표정으로 대열 속에 서 있었다.

혼란을 일으키지 않고자 길드 직원들이 대로 곳곳에서 지켜보는 가운데, 길 가장자리에서 사람들의 흐름을 거슬러 걷던 아이즈는 눈을 내리깔았다.

흔들리는 촛불을 보고 가슴속에 왔다가는 사라지는 것은 작별을 고했던 많은 이들의 얼굴.

친했던 이, 다정하게 대해주었던 이, 소중한 이.

그중에는 【로키 파밀리아】의 동료들도 있었다.

아이즈는 파벌의 선배들을, 그리고 후배들을 가혹한 미

궁 탐색 속에서 잃어버렸다.

되살아나는 것은 수많은 임종의 광경과, 귓가에 남은 최후의 말. 동료가 죽어가는 슬픔이 마음 한구석에서 아픔이 되어 되살아났다.

누군가를 잃을 거라면 던전에는 가지 않아야 한다.

『미지』의 포로가 되어『모험』을 저지르지 않아야 한다.

아무것도 모르는 이는 모험자들을 가리켜 그렇게 말할 것이다.

하지만 아이즈에게는—— 아니, 제1급 모험자에게는, 싸움을 그만둘 수 없는 이유가 있다.

여기에는 물론 개개인의 야망이나 바람도 있겠지만, 무엇보다 그들에게는 전 세계에서 보내는『사명』이 있는 것이다.

"아~【검희】다!"

촛불의 빛을 옆얼굴로 받으며 생각에 잠겨 있을 때.

인파 속에서 스쳐 지나가는 아이즈에게 놀란 듯 외친 사람은.

"검은 없지만 진짜네!"

"정말 엘프보다 예쁘네~ 여신님 같아!"

"【검희】지금 뭐 해?!"

대열 바깥쪽에서 나이에 맞게 떠들어대던 아이들이 이쪽으로 달려왔다.

유명한 제1급 모험자에게 눈을 빛내는 천진난만한 아이

들을 보고 아이즈는 당황했다.

"못써, 『님』자를 붙여야지! 제1급 모험자님은 엄청 위대한 분들이니까!"

그때 대열 속에 있던 하프엘프 소녀가 아이들에게 주의를 주었다.

친구들을 한바탕 야단친 그녀는 아이즈를 돌아보더니 꽃다발을 안은 채 말했다.

"검희 님, 어머니한테 들었어요! 세상 끝에는 아주아주 강하고 무서운 『용』이 있다고!"

흠칫.

아이즈의 손이 떨렸다.

입을 다문 그녀를 바라보며, 어딘가 겁을 먹은 것처럼 하프엘프 소녀가 말을 이었다.

"오늘 축제는 그 『용』에게서 우리를 지켜달라고 영웅님들에게 기도하는 날이래요! 다들 무서워하는 『용』에게 모험자님들이 이길 수 있게 해달라고!"

"……."

이제는 다른 아이들까지 마른침을 삼키는 가운데, 소녀는 눈을 떨며 말했다.

"검희 님, 나쁜 용을 물리쳐주세요!"

"……응."

소녀의 절박한 바람에, 아이즈는 고개를 끄덕였다.

"꼭, 물리칠게."

그리고 결의가 담긴 덧없는 미소를 보냈다.

아이즈의 대답을 듣고 아이들은 웃음을 꽃피웠다.

얼굴을 마주 보며 기뻐하던 그들은 "힘내요!" 하고 말하며 대열로 돌아갔다.

손을 흔들며 떠나가는 모습을 지켜본 후, 아이즈는 자신도 다시 걸어갔다. 그녀를 알아보기 시작한 군중에서 도망치듯, 인기척이 없는 방향으로.

그리고 도착한 곳은 사람이 없는 고지대였다.

조금 전의 아이들과 나눈 대화를 곱씹으며, 아이즈는 별이 가득한 밤하늘을 올려다보았다.

──세상 끝, 아주아주 강하고 무서운 『용』.

그것은 남은 『3대 퀘스트』의 마지막 하나.

하계 전체의 비원──『흑룡』의 토벌.

이곳 오라리오에서 떠나간, 살아있는 종말이라고까지 불리는 고대의 용을 물리치는 것.

그것이 아이즈와 같은 이들에게 내려진 사명이다.

모두가 도시의 정점에 선【파밀리아】에게 바라는 역할이다.

그들은 싸우고 또 싸워야만 한다.

강해져야만 한다.

설령 동료의 주검을 높이 쌓더라도.

세계 최강의 모험자가 모인 미궁도시에는── 이 재앙을 낳은 이곳 오라리오에는 용왕을 물리칠 책무와 자격이 있다.

밤바람을 받은 아이즈는 자신의 머리카락을 붙들며 시내의 등불을 내려다보았다.

시간이 흘러 하늘에 뜬 달의 위치가 바뀌어가는 가운데, 이윽고 센트럴파크에서 노래가 들려왔다.

행사를 마무리하는 만가가 시작된 것이다.

도시 중앙에 모여 넘쳐나는 군중, 몇 겹으로 울리는 사람들의 노랫소리.

종족의 울타리를 넘어, 사람들이 자아내는 수많은 감정이 오라리오의 밤하늘로 떠오른다.

소녀가 말했듯, 이 엘레지아에서 사람들은 추모와 감사를 노래하며 동시에 기도를 바친다.

그 기도가 의미하는 바를 아이즈는, 제1급 모험자들은 알고 있다.

세상은 『영웅』을 원한다.

온 도시에 살아가는 수많은 모험자들이 저마다의 자리에서 그 노래를 듣는다.

길쭉한 저택의 한곳에서 파룸 용사가, 하이엘프 왕녀가, 드워프 노병이.

건물 옥상과 지붕 위에서 웨어울프 청년이, 아마조네스 자매가.

백색 거탑의 최상층에서 보어즈 무인이.

차세대의 『영웅』을 기다리는 비원의 노래를 들었다.

"……."

희생자는 앞으로도 끊이지 않으리라.

『영웅』을 탄생시키기 위해, 수많은 이가 초석이 될 것이다.

하계 전체의 비원이 이루어질 그 날까지.

그리고, 분명, 아마도, 무언가를 감추고 있을 신들의 신의가 성취될 때까지.

던전의 심장부를 공략할 그 날까지.

시야에 펼쳐진 추모의 불빛은 결코 꺼지지 않는다.

"……그 아이들의 눈을 보는 게 괴로웠어."

지금도 흘러나오는 이 노래를 듣는 것이 괴롭다.

아이즈에게는 비원이 있다.

인류와는 다른 『갈망』이 있다.

되찾아야만 하는 것이 있다.

약속된 그 순간, 아이즈는 분명 개인적인 원한과 싸울 것이다.

마치 던전에서 몬스터에게 동료를 잃었던 모험자처럼.

사람들이 바라는 숭고한 『영웅』이 아니라, 자신의 갈망에 속박당한 우스꽝스러운 꼭두각시 인형이 되어.

"나는……."

아이즈의 목은 저절로 떨리고 있었다.

아름다운 만가에 시달리며, 그 노랫소리로부터 도망치듯.

아이즈는 스스로 검을 쥔 것이 아니었다.

아이즈는 검을 쥘 수밖에 없었다.

오늘 꾼 꿈의 뒷이야기가, 장엄한 노래의 음색이 아이즈의 가슴을 헤집었다.

이윽고, 토해내듯 그 말을 입에 담았다.

"……누구의 영웅도, 될 수 없어."

"……."

"벨 님?"

벨은 발을 멈추고 노래가 울려 퍼지는 밤하늘을 우러러보았다.

"……신들도, 노래하고 있어."

들려오는 것은 죽은 이를 기리는 애가였으며, 영웅에게 감사를 바치는 찬미가였으며, 새로운 『영웅』을 갈망하는 기도의 노래이기도 했다. 그리고 그 속에는 신들의 음색도 섞여 있음을 벨은 깨달았다.

달이 뜬 밤하늘 아래 잔을 기울이는 애주가 여신이, 변덕스러운 은발의 미신이, 후덥지근하게 눈물을 흘리는 코끼리 가면의 남신이, 창가에 선 대장장이 신이, 시벽 위에 선 여리여리한 남신이, 그리고 권속들이 돌아오기를 기다리는 어린 여신이.

수많은 신들이, 아이들의 만가를 입에 담고 있었다.

벨은 갑자기 어렸을 때 들었던 할아버지의 말을 떠올렸다.

『오라리오에는 뭐든지 있지.』

『잘만 활약하면 부도 명성도 손에 넣을 수 있을 게야.』

『하지만 길을 잘못 들면 가차 없이 시대의 소용돌이에 말려들지.』

『그러니까…… 영웅도 될 수 있다마다.』

모험자들의, 영웅들의 삶과 죽음.

그들이 자아낸 모험담과, 새로이 만들어질 영웅담.

──미궁도시 오라리오.

영웅들이 스러져간『시작의 땅』.

그리고 많은 목숨과 맞바꾸어 한 줌의 영웅이 태어난 『약속의 땅』.

이야기는 이어져간다.

바라든, 바라지 않든 상관없이.

벨은 이때 할아버지의 말에 담긴 진정한 뜻을 겨우 이해할 것만 같았다.

"영웅이 되고 싶어……."

어린 시절부터 담아놓았던 선망을, 벨은 속삭이듯 밤공기 속에 녹였다.

"하지만…… 어쩐지, 슬퍼."

그리고 끝날 줄 모르는 만가가 가슴에 가져다주는 감정을 입에 담았다.

꽃다발을 바치러 가자. 오늘 있었던 일을 잊지 않도록.

소년은 조용히 속삭였다.

올해도 꽃을 바치자. 나 자신을 잃어버리지 않도록.

소녀는 조용히 속삭였다.

소년과 소녀는 같은 노래를 듣고, 같은 하늘을 올려다보며, 서로 다른 심상에 잠겼다.

🕯

동쪽 하늘이 빛에 싸였다.

아침 해가 떠오를 때까지 울리던 만가는 사라졌다. 엘레지아가 끝난 것이다.

시각은 이른 아침.

햇살을 받으며, 나는 도시 남동쪽에 있는 『제1묘지』로 향하고 있었다.

죽은 모험자…… 시리아 씨에게 꽃을 바치기 위해.

이곳에 오기 전에 【델링그 파밀리아】에 찾아가자 에드거 씨가 그녀의 시신은 이미 매장했다고 가르쳐주었다.

초췌해진 빛을 남긴 채, 고맙다고 다시 감사의 말을 덧붙이며.

그가 가르쳐준 무덤.

아직 아무것도 새겨지지 않은 묘비가 서 있는 얼마 안 되는 공간이 【델링그 파밀리아】가 사들여 시리아 씨를 위해 마련해준 무덤이었다.

『모험자 묘지』라고도 불리는 이 광대한 공동묘지에는 비슷한 묘비가 헤아릴 수도 없이 늘어서 있다. 발밑의 포석도 묘비도 포함해, 일반적으로 무덤에는 하얀 석재가 쓰여, 하계 주민들이 제멋대로 상상하는 천계──『천국』이란 것을 연상케 했다.

"……."

공기가 맑았다.

쌀쌀하게 느껴질 정도로.

릴리가 가르쳐준 노부부의 꽃가게에서 산 꽃다발을 묘비 앞에 놓고 눈을 감았다.

명복을 비는 방법 같은 것은 모르지만, 동종업자 중 한 사람으로서 추모의 마음을 보였다.

모든 것이 끝난 후.

천천히 눈을 떴다.

"여기 오는 것도 두 번째구나……."

주위를 둘러보며 중얼거렸다.

발은 자연스럽게 묘지 안쪽으로 향했다.

그곳에서는 거대한 위령비가 보였다.

첫 번째는 오라리오에 막 도착했던 시작의 날이었다.

두 번째는, 반년이 지난 지금.

기억했던 곳에 서 있는 영웅들의 묘 앞에서 나는 발을 멈추었다.

'……나는 그 무렵과 어떻게 달라졌을까.'

칠흑의 위령비 앞에서 과거와 지금을 비교해본다.

수많은 경험을 쌓았다.

몬스터와 맞설수록 강해졌다.

많은 『죽음』과 접했다.

그래도, 아무리 생각한들 명확한 답은 나오지 않았다.

수많은 영웅들의 이름이 새겨진 묘비도 답을 주지는 않았다.

그저 지금은 가슴에 도사린 애절함만이 전부인 것 같았다.

어젯밤의 『엘레지아』에서 많은 사람들이 이곳에 찾아왔음을 증명하듯, 꽃밭으로 착각할 만큼 수많은 꽃이 아침 햇살을 받아 빛났다.

"──?"

아직 아무것도 몰랐던 당시의 기억을 돌이키며 위령비를 계속 올려다보고 있으려니.

아무도 없는 묘지에 누군가가 온 것이 느껴졌다.

'저건……'

뒤를 돌아보고 놀라움을 느꼈다.

모험자들의 묘비 사이를 걸어 다가오는 것은, 금발금안의 소녀였다.

"아이즈 씨……."

이쪽을 알아보고 아이즈 씨도 눈에 놀라움을 담았다.

하얀 햇살이 우리 사이에 내리쪼였다.

이유는 알 수 없었다.

하지만 그때.

눈부신 아침 햇살 너머에서, 그 사람이 울고 있다고……
어째서인지 그런 생각이 들었다.

"벨……."

평소처럼 감정이 희박한 표정으로 아이즈 씨가 중얼거
렸다.

내 환영을 불식하듯, 그녀는 이쪽으로 다가왔다.

"너도, 누구 무덤에?"

"아, 네……."

"그래……."

내 앞까지 온 아이즈 씨는 어떤 묘비 앞에 꽃다발을 놓
았다.

그대로 눈을 감는다.

그저 둘이서만, 말도 나누지 않고 조용한 시간에 몸을
맡기고 있으려니, 그녀가 고개를 들었다.

"그럼 이만……."

그런 짧은 말을 남기고 내 옆을 스쳐 지나간다.

보고 싶었는데도, 그녀를 불러 세울 수는 없었다.

그렇게 할 수 없는 무언가가 우리 사이에 있었다.

"……."

떠나가는 뒷모습을 바라보던 나는 의식이 이끌린 것처
럼 정면을 돌아보았다.

아이즈 씨가 꽃다발을 바친 무덤 앞으로 이동했다.

어린 시절의 애독서인 『던전 오라토리아』에서도 나온 『고대』 영웅들의 묘.

이곳 오라리오에서 자신을 바쳐 『구멍』에서 나온 몬스터들의 침공을 막아내고, 수많은 이들의 목숨을 구했던 위대한 영웅들이 잠든 곳.

'엘레지아 때문에……? 아이즈 씨도 영웅들에게 꽃을……?'

그 위령비 앞에도 수많은 꽃이 있었다.

그리고 지금은 꺼져버린 많은 양초도.

아이즈 씨가 꽃을 놓은 것은 위령비 중에서도 가장 커다란 석비.

그곳에 새겨진 한 영웅의 이름을 읽었다.

"영웅 알버트……?"

『던전 오라토리아』만이 아니라 수많은 동화에 등장했던 대영웅.

아이즈 씨가 기도를 바쳤던 칠흑의 묘비 밑에는 헤아릴 수도 없는 하얀 꽃다발이 바람에 흔들리고 있었으며──

그때.

전조도 없이.

무언가가 바뀐 것도 아니었지만.

그저 영웅의 이름을 읽은 나의 뇌리에 어마어마한 섬광이 휩쓸고 지나갔다.

되살아나는 할아버지의 목소리가, 그리고 어떤 시의 한 구절이 벼락과도 같은 빛을 터뜨렸다.

'대영웅 알버트…… 책에 따르면 알베르트, 오이제비우스, 검의 패왕…… 수많은 이름으로 불렸으며…… 아니, 아니야. **그게 아니고, 분명——**'

머리가 무언가를 떠올리려 하고 있었다.

기억이 무언가를 끄집어내려 하고 있었다.

그렇다.

내가 읽었던 영웅담에 적혀 있던 한 구절은.

할아버지에게 받았던 『던전 오라토리아』에 적혀 있던 칭호는.

그 대영웅의 별명은——

"『용병왕 발트슈테인』."

두근.

그 이름을 입에 담은 직후 심장이 떨렸다.

『던전 오라토리아』 최종장에 등장하는 최강의 영웅.

그가 이끈 자들, 『고대』에서 말하는 용병이란 탐색자——

현대의 모험자와 같은 뜻이다.

다시 말해 그 이름이 뜻하는 바는 『모험자의 왕』.

'발트슈테인………… **발렌슈타인?**'

두 눈이 떨리는 것을 똑똑히 알 수 있었다.

영웅의 이름을 따 자식에게 붙이는 경우는 현대에도 자주 있는 일이다.

위대한 영걸들을 닮기를 바라는 사례는 결코 드물지 않다.

하지만 이게 정말…… 우연일까?

현대 최강의 모험자 중 한자리를 차지하는 그 사람이, 최강의 영웅에게서 따온 이름을 가진 것이.

【검희】아이즈 발렌슈타인이, 용병왕의 묘에 꽃을 바쳤던 것이.

"……."

나는 천천히 뒤로 돌아섰다.

시선 너머에서 찰랑거리는 금색 장발이 멀어져간다.

말을 잃은 나를 내버려 둔 채, 동경하는 이의 뒷모습은 아침 햇살 저 너머로 뿌옇게 흐려지며 사라져갔다.

【릴리루카 아데】

소속:【헤스티아 파밀리아】
종족: 파룸
직업: 서포터
도달계층: 제37계층
무기:《단도》,《활》
소지금: 58,000발리스

《스키우루스 월넛》
· 오더메이드 무기. 파룸 전용 장비.
· 승화를 계기로 릴리가 발주한 무기. 나무 기분이 좋은 나머지 다소의 대출에도
  눈을 감아버렸다.
· 파벌 대장장이인 벨프가 크로스보우의 구조를 잘 몰랐으므로, 예전의 무기와
  마찬가지로【고브뉴 파밀리아】에 제작을 의뢰.
· 예전의 무기인《리틀 발리스타》를 훨씬 웃도는 위력과 비거리를 자랑한다. 그
  만큼 반동도 강해졌지만 Lv.2가 된 릴리라면 충분히 견딜 정도.
· 별도로 파는 화살에 따라 파괴력 및 비거리 변동.
· 사용되는 소재는 사실 매우 희귀한 던전 채집품. 어떤 『용사』가 오더메이드하
  고 남은 소재를 동족의 정으로 몰래 남겨주었다는 사실을 릴리는 아직 모른다.
· 가격은 380,000발리스

스테이터스

Lv.**2**

힘: IO 내구: IO 기교: IO 민첩: IO 마력: IO
내성: I

《마법》

【신다 엘라】 · 변신마법.
· 변신할 모습은 영창 때의 이미지에 의존.
  구체성이 없을 때는 실패.
· 모방 추천.
· 영창식: 【당신의 상처는 나의 것. 나의 상처는
  나의 것.】
· 해주식: 【울려 퍼지는 열두 시의 알림.】

《스킬》

【아텔 어시스트】 · 장비의 하중이 일정 이상일 때 받는 보정.
· 능력 수정은 중량에 비례.

【커맨드 콜】 · 일정 이상 성량의 고함에 전달기능 확장.
· 난전 때에만 확장보정은 전투규모에 비례.
· 같은 은혜를 가진 자에게만 원격감응 가능.
  최대 범위는 Lv.에 비례.

《백팩 헤르메스☆스페셜》

· 무기와 함께 새로 장만했다. 튼튼하면서도 수납 용량이 예전의 것보다 훨씬 크다.
· 이름 그대로 【헤르메스 파밀리아】가 직접 디자인해 시장에 직접 납품한다. 주
  신의 말을 빌리자면 "나는 여행자를 수호하는 신이니까!"
· 【페르세우스】의 매직 아이템과 마찬가지로 납품한 것이라 은근히 비싸다. 조
  금 화가 나긴 했지만 앞을 생각해 릴리는 구입을 결심했다.
· 가격은 49,800발리스. 참고로 일반적인 백팩의 시가가 2,000발리스.

후기

　미리 말씀드리지만, 결코 하렘물을 쓰고 싶었던 것이 아닙니다.

　일상편을 쓰고 싶었습니다.

　그래도 여성 캐릭터가 많다 보니 주인공과의 꽁냥꽁냥도 필연적으로 늘어나 어쩔 수 없었습니다.

　그런 제15권 되겠습니다.

　우선, 이번 15권에서 번호가 붙은 챕터는 2015년의 본편 애니메이션 블루레이 특전 단편소설에 가필수정을 한 것입니다. 7장만 새로 썼지요. 쌓이고 쌓인 엑세리아를 한꺼번에 갱신해 성장한 이 타이밍에 수록하기로 했습니다.

　덧붙이자면 당초, 라기보다 극히 최근까지 파룸 서포터는 【랭크 업】을 시킬 마음이 전혀 없었답니다. 그녀는 재능 없는 이들의 대표랄까, 세계관이라는 이름의 설정 앞에 끊임없이 발버둥 치는 캐릭터로 생각했지만요, "릴리는 【랭크 업】을 시켜줘야만 해에~!"라고 모 편집장님에게 압박, 이 아니라 조언을 들어서. 네에~? 싶으면서도 저도 14권까지 다시 읽어보니 이러고도 랭크가 안 올라가면 오히려 이상하겠구나, 아니 이러고도 안 올라가면 다른 모험자들은 얼마나 수라장을 겪고 있는 거야, 하는 생각이 들어버렸습니다(그렇게 따지면 외전 7권의 아수라장을 넘어섰던 드워프 노병도【랭크 업】을 안 한 게 이상하지만 이야기 전개상 어쩔 수 없이…… 정말 미안해 제이건.)(SRPG 시리즈『파이어 엠블럼』1편의 등장인물. 초기의 약한 파티를 든든하게 받쳐주는 노병. 후속작의 비슷한 포지션에 있는 캐릭터들도 실제 이름은 다르지만 모두『제이건』이라 통칭하는 경향이 있다.)

그런고로, 축하해 서포터.

창작활동의 라이브 감각이라고나 할까요, 미리 마련해 두었던 플롯을 때려 부수는 등장 인물에게 두근두근 조마조마하면서도 이야기의 진수라는 것을 맛보고 있구나 하는 생각이 들었습니다.

이번의 테마 이야기로 넘어가서, 억지로 이름을 붙인다면 성장한 현재와 미숙했던 과거의『대비』라고나 할까요.

문득 정신을 차리고 보니 엄청나게 강해진 주인공 일행도『시작』은 이랬다는 사실을 알려드리고 싶었던 건지도 모르겠습니다. 진지하게 이야기하면 조금 부끄러운 말이 되겠습니다만, 그런『성장의 궤적』을 따라가는 것을 개인적으로는 굉장히 좋아합니다.

선배 작가님들에게『라이트노벨은 한 권 안에서 캐릭터가 얼마나 성장할지도 하나의 재미를 나타내는 지표』라는 것을 배웠습니다. 이번 15권은 시리즈 전체를 아우르는 스케일이 되어버렸습니다만, 주인공 일행이 어떤 만남을 거쳐 얼마나 소리를 질러댔는지, 조금이라도 떠올려주시면 기쁘겠습니다.

그렇게 생각해보면 에필로그만 뛰는 것 같은데, 최강 히로인의 과거는 조금 더 기다려 주셨으면 합니다. 이번 권에 수록할지 정말로 망설였던 『영웅만가』라는 타이틀은 세계관을 깊이 파고드는 한편 어떻게든 여기서 내보내고 싶어 덧붙여놓았습니다. 모험자란, 미궁도시란, 영웅이란. 그렇게 스스로도 여러모로 생각했던, 마음에 드는 에피소드입니다.

요즘 후기가 점점 길어져서 죄송합니다. 감사와 사죄의 인사를 드립니다.

담당 마츠모토 님과 키타무라 편집장님, 그리고 GA 문고 편집부 여러분, 이번에도 많은 신세를 졌습니다. 언제나 언제나 통조림으로 뻔질나게 드나들어 정말 죄송합니다. 일러스트 야스다 스즈히토 선생님, 이번에도 멋진 일러스트를 그려주셔서 고맙습니다. 방대한 챕터 수에 모두 삽화를 그려주시다니 정말 죄송합니다…… 이렇게까지 많은 그림을 받은 작품도 별로 없지 않을까 생각하면 몸이 떨리네요. 관계자 여러분께도 깊은 감사 말씀드립니다.

그리고 독자 여러분, 본편도 15권에 돌입해 권수가 상당히 많아졌지만 언제나 읽어주셔서 진심으로 감사합니다. 아직도 끝나지 않을 것 같은 이야기지만 앞으로도 읽어주시면 기쁘겠습니다.

이대로 제4부는 이어질 텐데요, 다음 권은 아마 주점 아가씨들 이야기가 될 것 같습니다.

마침내 와버렸구나 싶어 전전긍긍하고 있습니다만, 어떻게든 넘어서기를 바랍니다. 일단 러브코미디 요소는 회피하고 싶습니다. 안 되나요. 그런가요. 그러면 피와 함께 토해내기 위한 달달이를 대량으로 섭취해야겠네요. 끄으응.

여기까지 읽어주셔서 고맙습니다.
그러면 실례하겠습니다.

오모리 후지노

던전에서 만남을 추구하면 안 되는 걸까 15

2019년 9월 1일 1판 1쇄 발행
2024년 4월 15일 1판 3쇄 발행

저   자 오모리 후지노
일 러 스 트 야스다 스즈히토
옮 긴 이 김민재
발 행 인 유재옥
이   사 조병권
출판본부장 박광운
담 당 편 집 정영길
편 집 1 팀 박광운 최서영
편 집 2 팀 정영길 조찬희 박치우 정지원
편 집 3 팀 오준영 이소의 권진영
디자인랩팀 김보라 박민솔
디지털사업팀 박상섭 김지연 윤희진
라이츠사업팀 김정미 맹미영 이윤서
영업마케팅팀 최원석 박수진
물 류 팀 허석용 백철기
경영지원팀 최정연
인쇄제작처 ㈜코리아피엔피
발 행 처 ㈜소미미디어
등   록 제2015-000008호
주   소 서울시 마포구 토정로222, 403호 (신수동, 한국출판콘텐츠센터)
판매 및 마케팅 (070) 8822-2301

ISBN 979-11-6389-915-0 04830
ISBN 979-11-950162-0-4 (세트)